U0943765

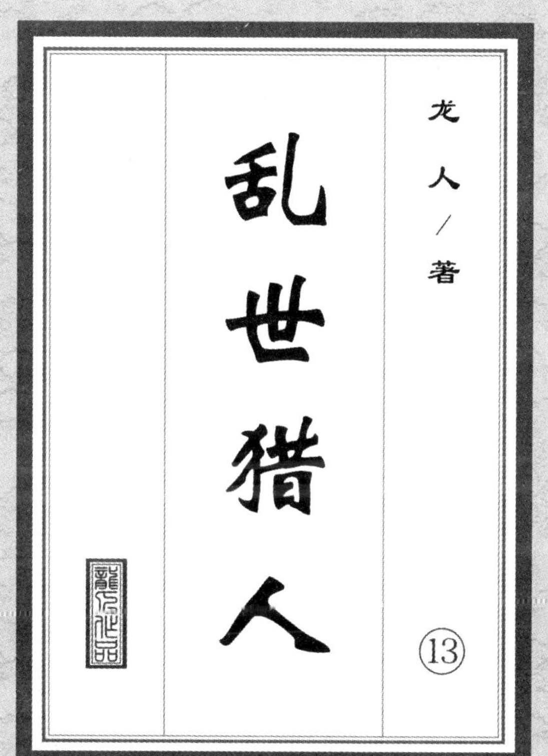

乱世猎人

龙人／著

⑬

二十一世纪出版社集团
21st Century Publishing Group
全国百佳出版社

图书在版编目（CIP）数据

乱世猎人：全14册 / 龙人著．-- 南昌：二十一世纪出版社集团，2017.10

ISBN 978-7-5568-3104-3

Ⅰ．①乱… Ⅱ．①龙… Ⅲ．①长篇小说－中国－当代 Ⅳ．①I247.5

中国版本图书馆CIP数据核字(2017)第243763号

乱世猎人：全14册　　龙　人　著

责任编辑	敖登格日乐
出版发行	二十一世纪出版社集团 （江西省南昌市子安路75号　330025） www.21cccc.com　cc21@163.net
出 版 人	张秋林
经　　销	新华书店
印　　刷	北京龙跃印务有限公司
版　　次	2018年2月第1版　2018年2月第1次印刷
开　　本	710mm × 1000mm　1/16
印　　张	224
字　　数	2327千
书　　号	ISBN 978-7-5568-3104-3
定　　价	700.00元（全14册）

赣版权登字—04—2017—746

如发现印装质量问题，请寄本社图书发行公司调换 0791-86524997

目 录

第一百七十二章　禅身魔心

定州军几乎全都心散如烟尘，呼叫之声此起彼伏，慌乱成了定州军的主旋律。

不知是什么时候，南面的城门竟然被打了开来，在惊慌之中，几道城门的吊桥全都放下，而城门口首先乱成一团，那是因为众守将根本阻止不了绝世高手的袭击。

蔡风的到来，只让所有定州义军都失去了信心，到处都有人高呼："降者不杀！"在降者不杀的条件下，有些定州义军干脆就不再反抗，因为他们根本就不知道有多少敌人入城，而那些负隅反抗之人，也如斩瓜切菜一般被杀得满地都是。

这些义军中没有听说过蔡风名字的人几乎没有，就是从前破六韩拔陵的军中，也有极多的人知道蔡风的可怕，蔡风曾经被列为破六韩拔陵的头号大敌，这些人当然听说过，而最近蔡风更成为江湖和天下议论的风云人物，谁也没想到他竟然深夜跑到定州城中来了。

有些人其实也知道今日白天之事是蔡风所为，那是鲜于修礼的亲信，这些人几乎被蔡风杀破了胆，如今鲜于修礼已死，他们更是没有半点战意，面对蔡风的无情攻击，哪里还敢还手？几乎是一触即溃，全都投降。

宇文肱知道大势已去，他也不明白蔡宗究竟带来了多少人马。不过他心中却十分清楚，对于蔡风，他根本没有一战之力，刚才那如幽灵般的杀手已经让他感到心胆俱寒，他如何还敢与蔡风相抗？

鲜于修礼在千军万马相护之下仍不得不落荒而逃，更何况是他，一名鲜于修礼的属将？

每个人都会珍惜自己的生命，每个人都希望自己能够多活些日子，宇文肱也不例外，因此，他唯有选择投敌。

宇文肱一降，整个定州城就完全在蔡风的控制之下，大局已定，结果比蔡风想象中还要顺利。不过，他却知道，这与他的另一个助手是不无关系的。

那就是田新球，田新球不仅杀了鲜于修礼，更完全动摇了宇文肱的信心，让宇文肱自心底生出寒意，根本就提不起半丝战斗的欲望，那是心理作用。

控制定州城中的大局似乎并不是一件难事，策马一阵乱杀，一阵狂喊，将这些城内守将杀得稀里糊涂，如梦初醒，很快就不用蔡风策马纵横肆掠了，迅速开始收拾凌乱的战场，清理战后的残局。

陈楚风不愧为棍神，两根短棍所使出的招式和意境竟如千军万马在浩瀚的草原之上拼杀一般。

风，是惨烈的，杀机更是阴冷的，那种压力犹如暴风雨来临前的沉闷和死寂。

每一棍，每一个动作，都将所有人的心牵动一下，只是牵动了一下，就足以让人感到惊心动魄。

能够让蔡宗震撼的事并不多，可是陈楚风的棍却有着这样的效果，蔡宗在暗自盘算着，如果他换成包向天，那该如何迎接陈楚风的棍？该怎样应对那狂风暴雨般的攻势？

中原的高手的确太多，在蔡宗这几个月中所见过的高手几乎比他前二十年见识的更多，也难怪当年吴铭说中原藏龙卧虎，武学之道是天外有天，人外有人，绝对不能自傲自满。从眼前这平凡的老头那霸杀的棍式之中，他似乎看到了一种实质的精神。

包向天的武功绝不会比陈楚风逊色，他的身形时而飘忽如风，时而缓如老牛，但任何人都可以看到他游刃有余之态。

包向天的武功比之陈楚风的确要稍胜一筹，俩人交手已达近三百招，各自的头顶已有白气缭绕，显然双方真力皆已消耗甚巨。

蔡宗只看得神驰心动，如此高手相斗的确难得一见。泰山之战是最为精彩的一战，但那种境界完全超出了他的理解范围，而眼前的战局却是那般实在，这俩人的武学境界并未超出蔡宗的理解范围，每一招，每一道惊心动魄的弧线，每一点意境，都给了他心灵的触动，从俩人的招式中，他似乎悟出了极多。

就在蔡宗全神投入陈楚风和包向天之战时，突然觉得腰间一麻，跟着身上一阵剧痛，在惨哼之中，忍不住歪倒下去。

出手的人是蔡念伤，蔡念伤在刹那间击中了他全身的三十六大穴道。

包向天大惊之下，竟与陈楚风俩人同时中招。

陈楚风飞退，撞塌一尊小泥菩萨，而包向天却撞毁了神台，二人各自呕出一大口鲜血，显然都受了重伤。

“公子，你这是为何?”陈楚风虽然知道蔡念伤这样救了他，分了包向天的心，可是他对蔡念伤的做法有点不解，几名葛家庄弟子也有些诧异。

蔡念伤向蔡宗望了一眼，即而转首直视包向天，对那几名葛家庄弟子吩咐道:“给我杀了他!”

“你不守信用!”蔡宗怒叱道，此刻他似乎隐隐知道了蔡念伤杀包向天的决心，刚才他虽提防了蔡念伤的暗算，可是陈楚风与包向天的决斗的确太过精彩，使他的心神全都投入其中，而松懈了防护意识，却被对方乘虚而入。

“蔡兄，只好说声对不起了，包向天我是杀定了，绝对不能错过今天!”蔡念伤向蔡宗淡淡地道，脸上绽出一丝微微得意且狠辣的笑意。

“想不到你竟如此卑鄙！好吧，要杀我就来下手呀!”包向天摇摇晃晃地站起身来，嘴角间渗出一缕淡淡的血迹，他本可以不必受如此重伤，可是因为蔡宗遭袭而分了神，才会受此重伤，而这一切似乎正是蔡念伤所设的圈套。

陈楚风禁不住暗自叹了口气，没想到最后仍要蔡念伤出手。

“包向天，你们交手也可算是两军对阵，所谓兵不厌诈，何所谓卑鄙？何所谓高尚？其结果不就是杀人吗？不是你杀我，就是我杀你，你又能怨谁?”蔡念伤不屑地一笑道。

葛家庄的几名弟子不再犹豫，飞扑向包向天，杀死这个敌人，应该可算是大功一件，这几人的武功皆不错，数人联手攻得包向天手忙脚乱。

此刻的包向天再也没有刚才的矫健和灵活，更没有刚才那种气势，对这些人的攻击竟有些疲于应付，更连连受伤。

鲜血飞溅之下，蔡宗几乎连眼睛都红了，他知道自己看错了眼前这个年轻人，眼前这人并非如他想象中的对他那么客气，那么给他面子，而只是暂时将他稳住，甚至打一开始他就在算计着如何对付包向天。只可恨此刻他全身大穴都被封闭，根本无法动弹，而且对方封穴的劲力十分怪异，自己竟连冲穴之力也没有。蔡宗禁不住怒道：“你这卑鄙的小人，算我看错你了，如果今日他死了，我一定不会放过你的！”

蔡念伤对蔡宗笑了笑，似乎极为得意，手中的黑木刀扬了扬，却莫名其妙地道：“果然是一柄好刀，只可惜冰魄寒光刀已经不在鞘中！”

蔡宗的心如沉到了冰窖之中，一股从来没有过的寒意自脊背直升到顶门，眸子之中闪过一丝冷杀的厉芒，紧紧地盯着蔡念伤，如一头狩捕猎物的饿狼。

蔡念伤只是再次笑了笑，以黑木刀轻轻拍了拍蔡宗的肩头，悠然道：“没空跟你说一些好笑的话，我要去杀人了！”说话之间蔡念伤转身如大鸟般，在摇曳的火光之中拖起一缕乌光，向包向天疾扑而去！

包向天死了，鲜血溅出很远很远，在蔡宗的脸上留下了几滴。

血，是热的，滚烫滚烫，蔡宗伸出舌头舔了舔那离嘴角不远的一滴热血，咸咸的，就像是吹入破败的城隍庙中的狂风。

风也是咸的，咸涩的风让蔡宗的心也变得有些咸涩，恨和怒就是在这咸涩的味道中酝酿，还有杀机！无形但却如火一般滚热的杀机在蔡宗的心底燃烧，他从来都没有如此强烈地想杀一个人。

火热的杀机并没有激沸他的血，他的血被锁在条条封闭的经脉中，无法流动，如果给他力量，第一个定会击杀要了包向天性命的人！

杀死包向天的人是蔡念伤，而蔡念伤用的正是那柄黑木钝刀，黑木钝刀上沾满了血迹，有些诡异，可蔡念伤却不经意地在包向天那截稍稍干净一些的衣衫上擦拭着刀身的血迹。

那六名葛家庄弟子似乎有些意外，但包向天既死，他们就可以松一口气了，有人立刻去拾那颗滚出去的人头！

那是包向天的人头，当那名葛家庄弟子拾到包向天的人头之时，忍不住一声惊呼，那是因为一柄刀。

黑沉沉的钝木刀，这柄刀如一块巨大的石头，带着锐啸向那名葛家庄弟子撞到。

那人吃惊的并不是黑木钝刀，而是一道亮丽的白弧。

那也是刀，蔡念伤的刀，这是真正属于蔡念伤的刀！

白弧过处，传出五声破碎的惨叫，是剩下的五名葛家庄弟子被利刃割断了咽喉。

也是蔡念伤的刀所为，割断这些人咽喉的人竟是蔡念伤，只怕这些人做梦也没有想到。

的确，那名去拾包向天人头的葛家庄弟子也没有想到，所以他才会发出惊呼，不过他仍不忘挥剑格挡撞向他的黑木刀，大呼道："公子……"

他的话没有说完，因为自黑木刀上传出的劲力使他无法说完一句话，他被震得退了两大步，而这时，蔡念伤的刀出现在他的面前，快得让他难以置信。

正因为难以置信，所以他死了，提着包向天的脑袋却丢了自己的脑袋，这是一种悲哀。

的确是一种悲哀，而几蓬鲜血再次溅在刚刚坠地的黑木刀上。

黑木刀又沾上了血腥，红红的，仍是那种诡异而凄艳的颜色，这是一种偶然，还是一种暗示，抑或它本就是一种寓言？……

一切都发生得那般突然而意外，就是蔡宗和陈楚风也呆住了，蔡念伤的刀法之诡异、角度之刁钻、力道之匀衡让人叹为观止。不过，让他们无法理解的却是，蔡念伤为何要击杀葛家庄的六名好手？

"好刀法，好利落，好美妙的杀人手法，我真的十分佩服阁下！"蔡宗忍不住出言相讥道。

"大公子，你这是干什么？"陈楚风脸色极为难看地问道。

蔡念伤将自己那柄锋利的刀在一具尸体上轻轻擦拭，待血迹擦尽之时，才向陈楚风笑了笑，道："我不想任何人分享我的功劳，就这么简单！"

"可是你也不应该杀了他们呀？"陈楚风隐隐感到事情有些不妙，质问道。

蔡宗似乎感觉到了些什么，突然问道："你是蔡念伤？"

蔡念伤讶异地望了蔡宗一眼，笑道："你还不算太笨！"

"你杀了他们只是为了灭口，随即就会取我性命！"蔡宗紧逼地道。

蔡念伤打了个"哈哈"，有些不置可否地反问道："要你死我用得着杀他们灭口吗？"

"因为你怕我说出你只是一个替身，一个卑鄙的替身，并不是真正的蔡念伤，也不是天下第一刀的儿子！你是怕我揭穿你的这场阴谋！"蔡宗声色俱厉地道。

陈楚风禁不住呆住了，这些事情似乎越来越有趣了，也越来越出乎他的意料之外，更让人难以置信。

蔡念伤不屑地笑了笑，道："有谁会相信你的鬼话，就算你所说的是真话，谁会相信？真让人觉得好笑，我发觉你还很幼稚。"

蔡宗的脸色气得发青，也的确，就算是事实，又有谁会相信他的话呢？谁会相信他才是真正的蔡念伤呢？人家有先入为主的优势，而且长得的确与蔡伤有几分相像，华轮虽然透露了那两个字，也几乎是说清楚了，可是蔡宗又怎知华轮不是故意如此呢？

此时的蔡宗有种无可奈何的感觉，只要蔡念伤不承认，他又能如何？难道葛荣还会相信一个外人反而不相信蔡念伤？这是不可能的事。

看到蔡宗不说话，蔡念伤竟得意地笑了起来，一种胜利者的姿态的确让人受不了。

"你很得意吗？"蔡宗冷冷地问道。

"哼，我当然十分得意，你虽逃过九九八十一劫，但这一次却终究还是要死在我的手中，嘿嘿……纵横域外的慈魔终还是逃不出我的手掌心！你说我是不是应该得意？什么大难不死的神话，全都要在我手上打破，难道不值得得意吗？"蔡念伤得意至极地道。

蔡宗的心头在发凉，如有一股冷冷的风吹入了衣领，再吹到他的内心深处。

“这么说来，你对我的过去十分了解啰?”蔡宗吸了口气，冷冷地问道。

“哼，那当然，如果不将你的过去了解透彻，我还是蔡念伤吗？其实我也没有必要如此戏弄一个将死之人，反正马上就要送你去极乐世界，也不妨对你恩惠一些吧！不错，我的确不是蔡念伤，而你才是真正的蔡念伤，此次你的中原之行走对了方向，差点还打乱了我的全盘计划。只不过，你仍然无法逃过本王子的手心，你只好认命了!”蔡念伤极其得意地笑道。

陈楚风的脸色阴晴不定，这个结果的确很出乎他的意料之外，而此刻他更明白蔡念伤真的是起了杀心，绝不会再留下他这个活口。否则，对方也不会将如此重大的秘密说出来，是以，他无语，只是在暗自提聚功力。

“那你究竟是什么人?”蔡宗深深地抽了口凉气，冷声问道。

“哼，你很奇怪我为什么知道你在西域的一举一动吗？那是因为我就是下一代吐蕃赞普的继承人桑于王子!”蔡念伤傲然道。

蔡宗脸色再变，他似乎没有想到眼前的人物竟是西域最为神秘的王子桑于，桑于的名字在域外并没有几个国家的王族不知道，因为桑于是西域之神蓝日法王的几大弟子之一，更为吐蕃国的大王了，但却从来没有人知道桑于王子长得究竟是何模样？因此，桑于王子几乎被西域各国誉为最神秘的王子，人们尊崇蓝日法王，自然也就极为尊崇蓝日法王的几大弟子。

“那么你前来中原自小就用我的名字，也全都是蓝日的主意吗?”蔡宗冷冷地问道。

“我西域密宗哪一项比不上中土佛门？为什么中原只能盛行禅宗，而不可盛行密宗或龙树宗和中观宗呢？若将我喇嘛教传入中土，我们就必须让中原成为我们的管辖范围，这样才能给喇嘛教创造一片净土，而你却屡次残杀我密宗弟子，更破坏密宗大事，你难道不觉得自己该死吗?”蔡念伤说话间，再也不客气，挥刀就向蔡宗斩去。

陈楚风知道此刻不走，便再也不会有机会，要想依照此刻的状态取胜蔡念伤，那完全是不可能的，蔡念伤的刀法的确极为可怕，对于蔡宗，他也无能为力，如果他不走，蔡念伤绝对不可能放过他！

是以，在蔡念伤出刀的一刹那，陈楚风毫不犹豫地飞身向城隍庙外的黑夜中扑去，同时击出一股气劲，熄灭庙中的火光。

蔡念伤微微呆了一呆，似乎没有料到陈楚风还有能力逃走，而且又熄灭了城隍庙中的灯光，眼前一片昏暗，他绝对不能让陈楚风逃走，因为对方知道的秘密太多。不过，他知道陈楚风是不可能逃跑的，不只是因为陈楚风受伤太重的原因。

“嚓！”蔡念伤蓦地觉得自己的刀斩在一根木台上，而蔡宗的身体似乎在刹那之间离开了那个位置，让他的一刀落空。

“砰！”门外传来陈楚风的一声闷哼，随即城隍庙中响过一声沉重的闷响，是重物落地的声音，几乎与蔡念伤斩空的刀声同时发出。

蔡宗的脚飞速踢出，是他印象中蔡念伤的位置，只可惜，他所踢到的是空荡荡的虚空，空气破碎的声音十分轻悠。

蔡宗没有踢到蔡念伤，但却踢亮了城隍庙中的光彩。

也不，是几支火把的光亮照明了庙内每一寸空间，包括陈楚风那血污的脸，和在地上扭曲抽搐的身体。但此时庙内却没有蔡宗的踪影，似乎他在空气之中突然分解，消失于无形。

自城隍庙外走进来的是华轮和黄尊者等人，他们终于还是追了过来，其实，他们在早一步就到了，蔡念伤很清楚地感应到他们就守候在庙外，所以他并没在意陈楚风的逃走。不过，此刻他感到了着急。

着急，并不是一件很有意思的事，至少蔡念伤不觉得很有趣，如果，蔡宗逃走了，那么他的计划可能就很难得到预想的结果，甚至对于他的大计有极大阻碍，更可怕的却是不知蔡宗究竟是在什么时候失踪的？

蔡宗失踪得有些离奇，甚至可算是古怪，以蔡宗的武功，又怎能如此快地冲破被制的三十六处大穴？又如何能够在蔡念伤那快捷无伦的刀下逸走呢？这的确有些玄乎其玄。

可这是事实，没有半点值得怀疑，那蔡宗去了哪里？他依然是潜遁了吗？在蔡念伤的思想中，蔡宗绝对不可能冲破那三十六处以特殊气劲所制的穴道。

蔡念伤更骇然发现，那黑木钝刀也已经不见了，本来躺在地上，沾满鲜血的黑木钝刀，也随着蔡宗的消失而消失，这的确让人心头有些发毛，究竟是蔡宗自己干的，还是另有高人呢？

“慈魔呢？”华轮第一时间意识到了什么，禁不住出言问道。

蔡念伤禁不住呆了呆，低声呼喝道：“给我搜，他一定还在这附近！”

黄尊者立刻明白出了事，禁不住问道：“王子，究竟发生了什么事？”

随来的近二十名苦行者立刻在城隍庙中四处搜寻起来，他们找得极为仔细。

蔡念伤满目杀机地望了望地上呕血的陈楚风，似乎要将全部的怒火全都发泄在陈楚风的身上，若不是这老匹夫扇灭火光，他又怎会自眼皮底下失去蔡宗的身形？更不明白究竟是怎么回事。

陈楚风并没有死，而且似乎十分得意，他以衣袖轻轻拭去嘴边的血迹，笑得有些凄惨地道：“桑于，你千算万算，还是小看了这年轻人，真是有趣。”

蔡念伤脸色铁青，他的确是千算万算而小看了蔡宗这人。自一开始，这里所有的局面全都掌握在他的手中，包括与蔡宗的对话，以及答应蔡宗的条件，一切的一切，无不被他掌握得没有半点遗漏，他故意借走蔡宗的刀，装出一副大无畏的样子，实是以进为退，想一举多得。

而事实上，也的确是一举多得，甚至是一石三鸟。

第一，他使蔡宗的防守力量和攻击力量减弱。

第二，他可以借机立下杀包向天这一大功劳，作为更深入打入葛家庄核心力量的筹码。

第三，他可以让最难对付的高手陈楚风与包向天两败俱伤，以顺利实行他的杀人计划。

蔡念伤的智谋的确有些可怕，他以无畏之势不仅得到了人心，更可激得陈楚风出手，他很清楚。陈楚风面对包向天是不想以单打独斗的方式解决的，因为他与包向天交过手，知道包向天的武功更胜他一筹，因为包向天似乎习过“广成帝诀”中的武学，但蔡念伤却将他逼上了单打独斗的路上，蔡念伤就是因为知道这一点，所以才会装出无畏地与包向天决战，那是因为陈楚风绝对不会让他打头阵的，这是身份的问题。

如果以陈楚风的身份，还让蔡念伤打头阵，而且明知蔡念伤的武功不如对方，这对陈楚风将来立足江湖是一个极大的阻碍，也是对他人格的一种污辱，所以陈楚风一定会抢在蔡念伤之前与包向天交手。

蔡念伤赌对了，而且一切的安排都是那般顺利，那般精巧，完全是在他的计划之中。

陈楚风与包向天两败俱伤，也如蔡念伤所料，只是没有想到一切到了最后也是最紧要的一步，竟出了娄子。

这并不是小问题，所以他几乎快要气昏过去，此刻又被陈楚风如此讥嘲，他恨不得捏死对方。

“你既然嫌步入极乐的时间过慢，那我就成全你好了！”蔡念伤怒气冲天地向陈楚风行去。

陈楚风早就将生死置之度外，对蔡念伤的杀机根本没有半点惊惶，反而笑得更为开心。

华轮的脸色极为凝重，似乎在倾听周围所有动静，他的耳朵一耸一耸的样子十分古怪。

“哗……”一尊泥像碎成了无数小块，首当其冲的几位苦行者惨号着捂面而退。

但是，他们并没有真的能够顺利退出，只是因为一柄刀，乌黑阴沉的刀！

那是蔡宗的刀，人，也是蔡宗，他终于还是显出了踪影，刚一出手，就有三名苦行者丧身于刀下。

杀机狂涨，杀气弥漫于城隍庙中的每一寸空间。

蔡念伤止步、转身，正是蔡宗的黑木钝刀以一道极其诡异的弧度击断第五名苦行者的脊骨和胸肋之时。

蔡念伤不仅看到了那名苦行者如一摊烂泥般歪倒于地，更发现了一道极其阴冷森寒的目光，充满了无尽的杀意。

蔡宗横刀而立，如一棵傲立的苍松，如一根撑住屋梁的大石柱，他的目光扫过场中每一个人，如刀一般森冷而锋利。

剩下的十数名苦行者禁不住打了个寒战，他们似乎被蔡宗看透了心底所有的秘密，犹如赤裸着身子坦露在寒冷的风中。

黄尊者心中也打了个突，蔡宗似乎在这短暂的一点时间中，功力又跨进了一个台阶。

蔡宗笑了，笑得有些阴森，笑得有些得意，又似乎是自几千年的轮回中苏醒的魔神，浑身散发着一层蒸腾如烈焰般的气势。

这是蔡宗给每个人心中的感觉。

的确，空气之中似乎有些燥热，那是来自每个人心底的感觉，抑或事实就是这样。

蔡宗轻轻地说了一句："华轮，你好，我们又见面了！"

只这么简简单单的一句话，却打破了城隍庙中死寂般的气氛，让人知道这毕竟是现实。

"我还以为你走了，原来依然在这里！"蔡念伤突然松了口气道，对于蔡宗是否功力大增，他根本毫不在意，只要蔡宗显出身形，那他就死定了，其结局绝对是这样！

蔡宗冷冷地望了蔡念伤一眼，充满杀意地道："在没有击杀你这卑鄙小人之前，我又怎会如此轻易离去？"

"哦，那你是准备来杀我了？"蔡念伤突然觉得好笑起来。

"应该是如此！"蔡宗并不否认。

"你都知道了？"华轮叹了口气，向蔡宗问道。

"不错，你感到很意外吗？"蔡宗讥嘲道。

"不，我只是为你难过，如果你不知道真相，我还可以给你一条生路，可是现在你必须死，没有半点情义可讲，这不能怪我，要怪也只能怪你的好奇心太重，太执着！"华轮无可奈何地道。

蔡宗笑了笑，他觉得眼前这群虚伪的人实在可笑，世上最虚伪的人，往往会成为普度众生的佛。

"鹿死谁手，还没有定论，你不觉得自己的话太过武断吗？"蔡宗冷冷地反问道。

陈楚风的心变冷，他的心中本来有些得意，可是此刻蔡宗竟再一次出现，使得他完全绝望了，蔡宗再如何厉害，也不可能是这些高手的对手。那既是说今日他和蔡宗死定了，而且全都是死得不明不白，他的确有些不甘心。

“那就让我来领教一下你的刀法，究竟是不是如那些马贼们所说的那么厉害！”蔡念伤说话之间，单刀一摆，如一只苍鹰般飞扑而出。

蔡宗嘿嘿一声冷笑，不退反进，手中的黑木钝刀在腰际绕过一道美丽的弧划了出去。

“咝……”“呀……”几声惨号却是赤尊者和十余名苦行者发出的，城隍庙中再一次陷入了一片黑暗，所有人皆为之震惊。

“砰砰……”一连串的爆响自蔡宗和蔡念伤的刀上发出，他们似乎并没有受到黑暗的影响，可是华轮与黄尊者却神经绷得极紧，显然是有人趁机捣乱。

可来者究竟是谁呢？

处身于黑暗中的蔡宗，如鱼得水，其刀势更狠、更快、更准，如同功力在刹那间激增一倍，他根本不用眼睛，而蔡念伤却有些手忙脚乱，不知应对，他一时根本就无法适应这片黑暗。

冷风凄凄，犹如寒流涌进城隍庙中，一时气氛极其紧张，没有人知道究竟发生了什么事。

华轮在第一时间拉过赤尊者，赤尊者却在颤抖，似乎被雷击了一般，肌肉抽搐不停，那些苦行者在地上惨号着，哀叫着，如同是地狱的冤鬼凄号。

“怎么回事？”黄尊者有些急切地问道。

“有人暗算！”赤尊者痛苦地回应道。

华轮凝目四顾，也逐渐适应了暗淡的光线，可并没有发现什么异样情况。不过，他却感觉到了一股强烈无比的气势存在于某一个角落，如一团无限膨胀的生机在那里扩张，但却被一张无形的网所罩。

华轮心下有些骇然，在黑暗中，显然有位神秘而未曾露面的高手。

华轮骤然转身，城隍庙中突然灯火再亮，他看到了人，四个！四人并排于神台之上，如同四尊神魔，那张狂的气势让他心头有些发麻。

城隍庙中，再次冷风瑟瑟，杀意狂涨。

华轮忍不住呼出其中一人的名字："杨擎天?!"

蔡念伤骇然飞退，自蔡宗的刀下穿出，在黑暗中，他无法与蔡宗相比。黑夜，似乎是蔡宗的天地，也是他最为可怕之时，因为他本身就是来自黑暗的地狱。

"杨大叔!"蔡念伤的神态立改，可是其表现又有些僵硬，当他定下神来，看清突然出现的四人之时，心头如镀上了一层冰霜。

凉风不再是自大门吹入，而是自蔡念伤的心底掠过，以他那僵硬的舌头，道："原来铁叔、颜叔、蔡叔都在这里呀!"

来人竟是蔡伤十大家臣中仅存的四人：铁异游、杨擎天、颜礼敬和蔡艳龙，他们来的是如此突然，使蔡念伤不由感到惶恐不安。

"大师别来无恙！怎么前来中原也不跟我说一声呢?"杨擎天淡淡地笑了笑，自神台上轻轻跃下，语气极其平和地问道。

"哈，我等几人赶到中原之时，本想先去葛家庄与杨施主一叙，可听念儿说你已去了海外，这才没有来得及相会，却没想到会在这里相见，真是太巧了!"华轮暗自叹了口气，淡淡地道。

"原来是这样。"杨擎天目光扫过蔡念伤。

"是的，杨大叔，大师他这次前来中原，本是捉拿这个密宗叛徒慈魔，以澄清我域外佛门的来源。另外也是来看看小侄和大叔你的!"说完蔡念伤指了指一旁的蔡宗，恶人先告状地附和道。

蔡宗不语，脸上却显出一阵厌恶的神色，似乎根本就不屑见到这般卑鄙的小人。

蔡念伤扭头望了望，却发现陈楚风不见了，刚才他躺的地方，只有一摊血迹，却再无别的迹象，心头禁不住更加忐忑。

杨擎天却愤怒地一笑，脸色霎时变得铁青，冷冷地望了华轮一眼，有些感伤地道："我与大师的交情匪浅，早当大师是知心朋友，可是大师所做之事也太令我失望了，身为佛门中人，切忌妄言，大师可记得阿鼻地狱之说?"

华轮神色一凛，额角渗出丝丝冷汗，却已无语，甚至避开杨擎天的目光。

“贪、嗔、妄三念未灭，就是修佛百世也无法得道，也无法通禅，大师常说要宏大密宗，光大佛门，可大师如果无法清除心中的妄念，这佛法何来？密宗又如何振兴？更如何面对千万的佛徒？”杨擎天伤感地道。

华轮知道事情已经败露，再也无法挽回，被杨擎天的这一顿奚落，只觉汗颜，无地自容，自己身为西域大喇嘛，所代表的是整个域外佛门的形象，可是己身未净，如何面对世人？杨擎天的确当他为挚友，对他极度信任，可是他却做出了如此对不起杨擎天的事，实在有些无颜见故人之感，毕竟他不是十恶不赦的大魔头，自小修持佛法，此刻一经点拨，立刻恍然醒悟，竟不再言语。

“杨大叔，你这是怎么了？”蔡念伤还想将戏演下去，装出一副惶恐的样子，急声道。

“桑于，你还想演戏吗？”蔡宗沉声怒喝道。

“慈魔，你这密宗叛徒，有什么资格说话？”蔡念伤杀意狂涨地反叱道。

“哼，桑于，如果你不想死的话，最好不要再装出这副惹人恶心的样子。”铁异游的语气就像他的剑锋一般冰冷。

蔡念伤的确没有必要再说什么，因为事已至此，他再也没有解释和狡辩的可能。

蔡念伤却有些不明白，这些人明明与蔡伤一同去了海外，为什么又会突然出现在这座破庙中呢？这的确是让他头痛的一件事，如果照这样看来，蔡伤是不是也来了呢？单凭眼前四人的武功，就足以应付天下间的任何高手，即使华轮的武功再高，顶多也只能敌过四人中的俩人，而他们多出的另外两名高手又有谁能对付呢？而且蔡宗绝对不是一个可以轻视的对手，他虽然有把握胜过蔡宗，但是又能否同时抗拒另外两名高手的攻击呢？就算黄尊者可以分去一人，可剩下的那人谁来对付？赤尊者似乎遭了暗算，而所有的苦行者也似乎全都失去了攻击力，就算仍有攻击力，对这些高手来说，却又能起到什么作用呢？

“桑于，解决今日之事，只有一个办法！你听好了，如果想活着回到西域，就必须废除所有武功！”杨擎天毫不客气地道。

“你以为自己是谁呀？偷袭暗算，是什么东西?!”赤尊者怒吼道。

桑于的脸色变得极为阴冷，他知道今日之事，是不可能善罢甘休的，如果让他废去武功的话，还不如杀了他，他绝对不会答应，那么就只有硬拼一途了。而他也不会在乎这些，虽然杨擎天和颜礼敬的轻功很好，他还自信不会逃不出去，这些人也不可能拦得住他，想到这里，桑于不由得“哈哈”一笑，面色阴沉地道：“别以为你们有什么了不起，如果不是敬你与大喇嘛是朋友，你说这一句话，我一定会割断你的舌头，凭你们几人，也想废我的武功？简直是痴人说梦，也不够资格！”

蔡宗脸色一变，冷冷地怒叱道：“好狂妄的卑鄙小人，就让我来送你一程吧！”

黄尊者一提紫金金刚杵就要上场，却被桑于伸手一挡，道：“嗯，我就让这小子见识一下本王子的真正武学！”

黄尊者被桑于一挡，也不好再上前，桑于却对着蔡宗露出了一个诡秘莫测的笑容，同时双手缓缓平放于小腹之处。

蔡宗对桑于这诡秘的一笑似深怀戒心，而桑于的双手平抬于小腹之间，也不知道他究竟有何意图。

桑于的两根大拇指在众人全都为之诧异莫名之时，已分别点在自己关元和气海两大穴道上，然后十指如蚂蚁上树般，顺着任督二脉、石门，至咽喉的康泉，点了十数道穴位。

指头所到之处，就似有气体在其中爆破一般的闷响，只让众人大惑不解。

桑于的左手拇指落于气海，右手拇指落于康泉之后，双掌升至眉心合十，再缓缓下压至丹田。

“砰！嘭！”众人的耳中竟闻到两声屁响，那是自桑于的体内传出，桑于也在刹那间如同变了一个人似的，其气势如潮狂涨。

蔡宗眼中闪过一丝诧异，他不知道究竟是怎么回事，但他却知道桑于的气势疯涨与刚才这一系列的动作不无关系，他不能再让桑于的气势膨胀下去，那只会对他极端不利，是以，他出刀了。

黑木钝刀如一条出水的乌龙，带起的风声使得火把一阵摇曳。

桑于阴阴地一笑，暴喝道：“来得好！”

“嘭……”一声巨响，蔡宗竟被击得连退四步，他的黑木钝刀斩实，落在桑于的左掌上，可是他所击之处，犹如一块巨大的石壁，更有一股强劲的反弹之力将他震退。

桑于没有用刀，竟以单掌将他震退，如此功力，的确超出所有人的意料之外。

“你去死吧！”桑于冷喝一声，他的武功似乎在刹那之间暴增了数倍，速度之快，角度之刁钻，的确让人吃惊。

当蔡宗感到刀风入体之时，桑于的刀已经划入了他还击的死角。

蔡宗想到了蔡伤的刀道精要，那本书上不就讲过刀法的死角吗？而眼前桑于所用的正是这一道理，尽管无法如“怒沧海”一般威霸盖世，可也由此可以看出，桑于已然明白了死角的原理。

这样的一刀，几乎挡无可挡，不过蔡宗并没有挡，他选择了攻，那是一种同归于尽的打法，对于“怒沧海”来说，这种打法只会加速死亡，可是桑于的刀法并不是“怒沧海”，因此，同归于尽并不是没有可能。

桑于自然不会与蔡宗同归于尽，他的身份是何等尊贵？蔡宗在他眼中，始终不过是一个马贼头而已，根本不值他以这等高贵的身份去与之同归于尽。是以，他改变了招式，刀面斜斜削出！

斜削的刀，如滑溜的蛇，顺着黑木钝刀疾掠而上，削向蔡宗的手指，握刀的手指。

蔡宗心头微惊，可是瞬间变成了大骇，他的刀竟似被桑于的刀身吸引住了，根本无法改变其运刀的轨迹。

第一百七十三章　慈心刀祖

蔡宗唯一的结果只有弃刀，他不再犹豫，放下钝刀之时，还踢出了一脚，他想给桑于一点颜色看看。

蔡宗的脚踢空了，就在他的脚踢空之时，桑于的脚犹如扭曲的面条般绕过一个怪异的弧度，以完全超出人类想象空间之外的角度，踢在蔡宗的小腹上。

没有人可以理解，因为没有任何正常人的脚能够如面条一般柔软，更如同没有半根骨头，可这是事实，这也是沉重的一脚。

蔡宗和杨擎天都见识过，这是中观宗的瑜伽神功，一种与人类思维有着很大出入、突破人类体能极限的一种异术，乃喇嘛教的一大奇术。

蔡宗没有忘记，眼前的桑于并不是华轮的弟子，而是蓝日法王的弟子，一个融合了喇嘛教龙树宗、中观宗和密宗三大宗绝学的西域神话，更是西域密宗的传教人。

蔡宗虽然知道这种奇学，可是他却无法躲开桑于的悍猛一击，也没有这个能力，桑于比他想象中更为可怕，其武功之高，应不在叶虚之下，他的确轻视了这个对手。

“轰!”一声沉闷的爆响，犹如一个霹雳惊碎了虚空。

桑于如弹丸般弹射而回，蔡宗却立在原地一动不动，像是一只呆头的鹅，不清楚这究竟是为什么，不过他很快看到了一只手。

一只宽厚而细腻白皙的手，自蔡宗的小腹处缓缓移开。

那只手上有点尘土，不过那只手的主人轻轻掸了掸，再自怀中掏出一块手帕拭去上面的尘土，是那般轻松而自在，更有着一种说不出的优雅。

“你的脚底好脏!”那只手的主人轻轻说出这样一句让人心中发寒的话。

“爹!”桑于禁不住脸色大变，有些惊惶地失口呼道，但突然又意识到了一些什么，向蔡宗狠狠地瞪了一眼。

“孩儿蔡宗今日回来认祖归宗了，爹，我才是你的儿子念伤呀!”蔡宗突然鼻子一酸，“扑通”一声跪在那出手救他之人的脚下。

来者正是蔡伤，那准备远去海外的蔡伤!

蔡伤极为慈爱地抚摸了一下蔡宗的肩头，鼻子也有些酸酸地轻声道：“我的好儿子，让你受苦了，现在你回来了就好，你没有给蔡家丢脸。”

“爹!”蔡宗竟伏在地上大哭起来，这二十年来的委屈和辛酸在刹那间如开闸的洪流，全都化作泪水奔涌而出，淋湿了蔡伤的鞋子，也湿了杨擎天等家将的心，华轮亦禁不住低念咒语，愧疚之心更是沉重至极。

蔡伤似乎也为蔡宗的情绪所染，深邃而不可揣测的眼中竟也闪过一片晶莹的泪花。

“孩子，你已经不小了，不能哭，是蔡家的男儿就要珍惜自己的眼泪，任何过激的情绪都会影响你日后的修行。起来吧，孩子!”蔡伤极力使自己的语调变得平和。

桑于因为蔡伤的突然出现，心神似乎为之大乱，由于一贯慑于蔡伤的威严，使他习惯性地呼出了一声“爹”，可是此刻他的心已经渐渐平复，虽然对蔡伤多了一份来自内心深处的敬畏，可他却知道，这是攻击蔡伤的最好时机，如果失去了这个机会，他将永远也不可能在蔡伤手中占得任何便宜，是以，他出手了!手中的刀化作片片流萤，向蔡伤和蔡宗飞射而去，同时整个身形也在同一时间幻化为一缕轻风直撞向蔡伤。

蔡伤微微斜目，那点点流萤已经迫到眉睫，力道之强，速度之快，比他想象中更胜一筹，不过，对方的攻击并没有让他有半点心惊，只是轻轻一挥袖，如驱散眼前的云雾一般潇洒而轻松。

那如流萤一般的刀片全都似遇到一股强劲的引力相吸，更如蜜蜂回巢一般，全都没入了那片衣袖之中，无影无踪。

桑于的拳头在此刻也已经逼至蔡伤的胸口，而在此时，拳心的两指之间竟暴弹出两根长刺。

蔡伤冷冷地一笑，脚下微移，同时拖退了蔡宗的身体，依然是那只衣袖准确无伦地裹住了桑于的拳头，也裹住了他弹出的长刺。

桑于的脸色大变，蔡伤的眼中也闪过一丝讶异，桑于的脚竟自他自己的肩头踢出，直击蔡伤面门。

这几乎是不可能的事情，可是桑于却做到了，那只脚似乎并不是脚，而是缠在他身上的一条灵活毒蛇。

蔡伤并不挡这一脚，也不躲闪，眼见这一脚就要跟中他的面门，桑于的身子突地一震，蓦地暴退。

桑于的暴退是身不由己，蔡伤那只袖子之中所传出的力道之大，让他无从抗拒，因此，只能被迫退身，但是他却再次大惊，那只踢向蔡伤面门的脚却落在蔡伤的左手之中。

准确精妙无比的手法，让桑于没有半点回转的余地。

蔡伤也在同时吃了一惊，他所抓住的那只脚犹如滑溜的泥鳅，比之更甚的是那只脚似乎可以任意变形。

“砰砰！”两声闷哼，蔡伤的右手连连挡开桑于另一只未被抓住的右脚。

桑于的左脚终于自蔡伤的手心滑下，以双手点地倒翻而出，连脚上的鞋子也不顾了，他能够挣脱蔡伤的手，已经够了不起了，更出乎蔡伤的意料之外。

其实，刚才一幕又何尝不出乎杨擎天和颜礼敬诸人的意料之外呢？以蔡伤的武功修为，竟让桑于的脚他自手中溜掉，甚至已经达到了绝顶高手之境，而这一切可能是因为桑于刚才击活穴道有关。

桑于刚一立稳身子，蔡伤就已经立在他的面前了。

其实，那也并不是蔡伤，只是一只掌，手掌。但给人的感觉，却是开天辟地的刀！

蔡伤的动作的确太快，一切的攻势完全不给桑于半丝喘息的机会。

桑于大惊，但他似乎想不到该以什么手法阻挡这要命的一击！

蔡伤的可怕也远远超出了桑于的估计，他本以为蔡伤的感情被牵动，一个高手如果在动情之时，心神难免会有松懈，而在他心神松懈之时正是攻击的最佳时机。可是蔡伤似乎完全不受心神的影响，似乎凡俗的任何牵绊都无法影响他的心情。

一声如巨狮狂吼般的炸响，只震得屋瓦齐动，灰尘和烟雾四处飞洒。

“轰轰……”华轮硕大的身子如踩在滑轮上一般倒滑五尺，并拖下两条深深的履痕。

蔡伤的身形一晃之际，桑于的拳头犹如巨石般沉沉击在他的小腹上！

华轮在危急之时，终以他的龙象般若正气挡住了蔡伤那要命的一击，为桑于解开了必死之危。

桑于的拳势未竭，毫不阻隔地击在蔡伤小腹上，但他突然觉得自己所击之处犹如棉絮一般毫不着力，不！应该说是如一片汪洋，他的力量一点一丝地送入了蔡伤的腹体，可是他却似乎没有感觉到蔡伤的实体，连声音也未发出。

“啪！”一声脆响，蔡伤回过的手掌轻轻搭在桑于的拳头上，桑于竟然没有一丝抗拒的力量。

“轰！”桑于只感到地面一震，一股疯狂的劲气自地底产生，转而由他的足少阴肾经、足太阴脾经直冲而上，如一片温热的火焰，焚烧着他的每一个细胞。

这竟是他自己的功力，他击入蔡伤体内的功力，居然全被蔡伤转移至地下，并以隔地传功之势自他的下身袭入。

桑于想后退，想跃起，可惜他却根本没有这个机会，因为蔡伤的手已经搭在了他的拳头上，而且一股纯正而博大的劲气自他的手少阳胃经、手阳大肠经如潮水般涌入，两股劲气似翻江倒海般自两个方向朝丹田疾冲。

桑于大骇，他知道蔡伤的意图——废去他的所有功力！而且手法之残酷几乎让他肝胆欲裂，只要两股劲气在丹田汇合，立刻就会化成千万股气脉朝四肢百骸冲撞而出，那时即使他有天大的本事，也休想恢复功力。任何一个武人没有比这种废去功力之法更彻底、更狠辣的。

如果只是一股外来劲气入侵而废了武功，以中观宗的瑜伽神功也许还可以恢复，可蔡伤这种方法却是以他本身的功力与桑于击出的功力两股气劲废去其武功，一旦桑于功力被废，只怕天下间任何奇功妙术也不可能修复受损的经脉了。

桑于既知道这些，又怎会不肝胆欲裂？

“呀！”赤尊者似乎察觉出事态不妙，他看到了桑于的脸色，更感到了地底那股流动的劲气，于是不要命地向蔡伤疯撞而至。

这一下可的确出乎所有人的意料之外，蔡宗和杨擎天诸人只注意到黄尊者和华轮大喇嘛，却没想到那倒在一边地上的赤尊者仍有活动能力，而且与蔡伤相隔又近，这一撞竟没有人能够阻挡。

“轰！”赤尊者发出一声长长的惨叫，犹如一块碎肉般飞跌而出，落地后一动也不动，显然已气绝身亡。

挡住他这一撞的是蔡伤一只膝盖，在百忙之中，蔡伤抬起一只膝盖，而这只膝盖上的力道却是借助于桑于所发之劲力，在如潮水般汹涌的劲气中，赤尊者几乎没有任何反抗的余地，就被震飞。

桑于只感到脚下传来的力道一松，蔡伤输入他手上两条经脉中的劲气也有一丝波动，竟奋起余力，猛地一挣。

“轰……轰……”一连串的爆响，血肉横飞之下，桑于的身体竟爆出一个个血洞，但他最终还是挣脱了蔡伤的控制。

蔡伤也被震退了一步，却没有再出手，望着那满身血污、神色凄厉的桑于，淡淡地吁了口气，道：“既然上天要留你一半功力，我也就不再违背天意了，希望你好自为之。”

桑于没有死，但他在拼力一挣之时，蔡伤输入的劲气与他回手的劲气在经脉中一激，竟使之在他体内爆裂开来，而剩余的气劲无法泄出体外，竟径直向皮肤外面冲撞，炸开肌肉，自一个个血洞中散出。

这也是桑于不得已才为之的，除非他想死，如果他不将这股毁灭性的劲气以这种方式散发出来的话，那只会流回心脉，使心脉爆裂，那时便是神仙也救不了他。这是他的果断之处，也是他最让别人心寒之处。

一个人如果在如此短暂的时间中，就决定了取舍，那这个人一定是个可怕的人物。只不过，不幸的是他遇上了更可怕的人物蔡伤，一个被誉为刀道神话的人物。所以，他只能感到悲哀。

桑于的武功并没有全废，但几道经脉全都爆裂，将成为永远也无法修复的死结，这使他的武功顶多只能发挥到五成，更永远无法再望登上武道的极峰，这对于他来说，似乎比捅他一刀还要残酷，可事实就是事实，他没有任何选择，活着总比死了好，只要活着就有希望，只要活着，就有报仇的机会。

华轮骇然地望了望桑于那千疮百孔、几乎是被爆裂得不成模样的手臂，心下骇然，更为眼前的蔡伤那深不可测的功力感到无可奈何。

“施主好狠的手段!”华轮冷冷地道。

蔡伤冷冷地扫了华轮一眼，淡然道：“大师不觉得你所说有欠公平吗?一个这样卑鄙阴险的人却只得如此报应，又岂为过?佛有六趣、四生、三界、四食、六道轮回，大师可知六趣之中的地狼趣为何物?他没有下入阿鼻地狱已经是我佛慈悲了。大师不曾听过除恶即扬善吗?你修佛数十载，却未去妄念，未尽尘根，助纣为虐，实应再去修行!”

华轮的脸色接连变换了好几次，他似是为蔡伤说出的话所震撼。佛门中所讲的六趣他自是十分清楚，而蔡伤一语道中他的心病，其身为西域大喇嘛，却未尽尘根，未去妄念，助纣为虐，实在应该下地狱，虽然他当初并没有杀死蔡宗，那也还算是一种慈悲，不忍心杀生，可是将一个小孩送入无人的死域沼泽中自生自灭，又何尝不是已算是杀生了呢?正因为心中存在一丝愧疚，在蔡宗第一次找上他的时候，他早没有了击杀蔡宗之心，只是他没想到蔡宗竟如此倔犟，如此偏激，那种生长在死域里的人，其心理是他完全无法捉摸的，直到后来蔡宗接连杀了数十名喇嘛时，他才感到事态比较严重了，可是此刻已经有些过迟了，蔡宗已成为一个可怕的刀客，这才会酿成今日之局……

“大师应该返回西域了，佛是以德度化世人，以仁慈感化世人，以善心拯救世人，身系众生，大慈大悲，并不是以阴谋诡计所能得来的。一切顺其自然，有其因必有其果，中土的佛法盛行并非以武力强加于人，而是众生受其所度，受其所感，这才壮大。佛之性在于修心度人，不可否认，有入世之佛，有出世之佛，但其因果皆为苍生，皆顺天意而行。大师若认为以武力将佛强加于人心，这个佛与魔又有何异呢?”蔡伤悠然道，眸子之中闪过智慧而深邃莫测的神芒，犹如遥远而湛蓝的夜空。

华轮似乎顿时大彻大悟，将桑于交给黄尊者，双手合十，感激地道：“谢谢蔡施主的点化，华轮今日即回西域潜心修佛，绝不踏足中土半步。”

“大师又入俗了。”蔡伤轻轻叹了一声，似乎为一个很难点化的大和尚有些惋惜。

华轮大讶，但极为诚恳地道：“还请施主指点迷津。”

“佛之心乃度天下苍生，天下则无中土、域外之分，只要佛心相同便无宗派之别，如果你一心向善，驱除万恶之念，你在中土与西域修佛又有何分别？空色无相，尘念为障，如果大师仍有地域之念，则永远无法看破空色之相，只会落入小乘而无法入道。我言尽于此，还请大师斟酌自悟！”蔡伤淡然道。

华轮大喜，简直如获至宝一般，突然跪下，双手着地掌心向天，重重向蔡伤行了一礼，道：“谢谢蔡施主不吝传于佛法！”

黄尊者大惊，华轮所代表的是整个喇嘛教，如何能向蔡伤行如此大礼？那岂不是当蔡伤为祖师了？

蔡伤淡然一笑，转身欲向后门行去，桑于却突然以其痛苦的声音道：“你不是去海外了吗？”

蔡伤扭头笑了笑，道：“如果我不去海外，你会露出行藏吗？”

桑于默然，的确，如果蔡伤未去海外，他绝对不敢亲自出手。

“自泰山归来后，我便觉得你身份可疑，你的武功的确隐藏得很好。开始时，我也无法觉察到你故意散于四肢百骸的功力，也被你骗了，但自泰山归来后，我知道你以一种独特的手法将自己的武功潜藏起来，一直都没有展现出真正实力，这是疑点之一。再则，你们当初还忽略了一件事，虽然你也在自己的小腹上留下了那一条长长的刀疤，可是那种刀疤绝对无法与沥血刀所留下的刀疤相比。沥血刀之疤永远都不可能修复，反而会随着身体的发育而越来越明显，越来越易认，且有着百足虫般的横纹，这是你永远都无法假装出来的。另外，你还丢失了你杨叔的翠玉耳环，这种玉绝非凡品，不仅毫无瑕疵，更有避瘴、祛毒之效，此玉天下绝对不多。因此，有这三点就足以值得我慎重，至于为什么告诉你包向天的藏身之处，这只是我一手安排的，任何一个细节都不可能逃过我的手掌心，你就好自为之吧。”蔡伤冷峻地道。

桑于只听得浑身冒出冷汗，他似乎没有注意到这些细节，而在当初更没有想到这么多。

蔡宗不屑地望了他一眼，心中更感到一阵温暖，这才想到蔡伤在泰山之顶拒认他并非无因，但却因为泰山之行，才会使真相大白，这的确出乎他的意料之外。

蔡宗拉开衣襟，那小腹之上露出一条长而夺目的可怕刀疤，如一条巨大的蜈蚣爬在小腹之上，连桑于看了也感到触目惊心。的确，这与他小腹上故意刻下的那道刀疤有太在的差别，他小腹之上的疤痕，顶多只像一条无足的蚯蚓。

“今日不杀我，你会后悔的！”桑于心中充满恨意地道。

华轮却沉浸在蔡伤刚才所说的禅意之中，似不记得眼前所发生的事。

“如果他日撞到你为祸武林，就是你的死期！而我蔡伤纵横江湖数十年，从未做过后悔之事，你给我滚吧！”蔡伤不屑地道。

蔡宗再次冷冷地望了桑于一眼，无视对方那充满杀机的目光，拂了拂身上的尘土，但目光却又落在包向天的尸体上。

杨擎天诸人却架出了失踪的陈楚风，他的神色似乎稍有好转，显然是蔡伤刚才为他止住了伤势。

“爹，请允许孩儿将包前辈的尸体给葬了。”蔡宗出言道。

蔡伤并不反对地道：“你自己决定的事情，就放手去做，只要将善与恶紧记于心便行。”

“谢谢爹！”蔡宗同时转身向桑于冷冷地道：“下次再见到你，我绝对不会放过你！”

桑于惨然一笑道：“但愿下次你不会像今天这么没用！”语气之中带着一丝不屑与嘲讽，他是在故意激怒蔡宗。

蔡宗并不为所动，只是缓缓拾起地上的黑木钝刀，脱下外衣，将包向天的尸体裹好，跟在蔡伤身后缓缓行出，心中却涌起了万般滋味。

是喜悦？是酸楚？是痛？是苦？是涩？还是其他？蔡宗不明白，二十年的苦难，二十年的委屈，是不是在这一朝便已雪洗呢？是不是至此就告一个段落呢？

高欢获息赶到定州城下支援之时，定州城已经被完全控制了，根本不用再作什么安排。

出乎高欢意料之外的是，此战的速度之快，损耗兵力虽然极巨，可相对来说，能挽回定州城的安定和控制权，那绝对值得。更让高欢感到激动的，却是蔡风竟成了这次攻城的主帅和最大功臣。他与蔡风已是两年多未曾相见，再次相会时却都已是一军统帅，更成为风云人物，的确让人感到世事沧桑，变幻无常。

高欢是在一座临时搭起的大帐篷中见到蔡风的，帐篷内的布置十分简单，一张红木椅，一张方桌，几个极大的火炉分布四面，使得帐篷内显得极为温暖，这是漠外牧民的模式，地面以猩红色的毛毯铺成，极其温馨。

与高欢同来的还是有尉景，及近来在葛家军中表现极为出色的一名偏将熊晶。

蔡风的身后，是苍鹰与已易容的田新球。营中持枪的护卫排成两列，气势极为不凡。

高欢掀开帘子之时，蔡风便已经到了帐营门口。他并不是一个爱摆架子的人，而且与高欢的交情匪浅。

尉景见到一身便装却浑身透着一股超然气质的蔡风，忆起邯郸之时与蔡风的相遇与相识，禁不住感怀岁月的无情流逝，眼睛一片湿润，高欢也同样与蔡风把手相视，在片刻之间，大家都无语，似乎激动得毫无头绪。

“你们现在过得还好吗？”蔡风深深地吸了口气问道，他最早自情绪之中恢复过来。

高欢和尉景重重点了点头，半晌尉景才激动地道：“阿风，你能够活着，我真高兴！”

蔡风和高欢同时相视了一眼，禁不住同时拍了尉景的肩头一下，蔡风大笑道：“这话可说得实在，但也太直接了吧？”

尉景禁不住也笑了笑，一时之间他实在不知道该说些什么，只能傻傻地笑。

“蔡风可真是不死战神，福大命大，这次攻下定州城，杀鲜于修礼可真是大功一件啊！”高欢拍着蔡风的肩头，兴奋地道。

“这肯定是两位老兄在为我祈祷之故，否则我哪有这么幸运？”蔡风笑道，同时向苍鹰吩咐道：“去切二十斤牛肉，五十斤烧刀子，再来几盘花生，让我跟几位将军痛快地喝一场！”

“就只牛肉和烧刀子及花生？”苍鹰大愕，奇问道。

“不错！”蔡风不经意地答应一声，又吩咐道：“为三位将军添坐。”

苍鹰依然有些不敢相信，试探性地问道：“不要摆酒席吗？”

蔡风悠然地笑了笑，摸了摸那只有短短毛发的头，道：“要摆酒席也只能等回到冀州，什么事也不用管时再说吧，军中一切从简，要来便再来一盆咸菜豆腐汤吧！”

苍鹰极为讶然，但蔡风既然如此说，他也不便反对。在定州，虽然没有谁说谁是主帅，可蔡风很显然地已经成了无名有实的统帅，也没有比他更能让人信服，虽然高欢此次率兵前来相助，但其威势和风头全给蔡风盖住了，让他跟蔡风平起平坐，只怕都不敢。

蔡风对高欢和尉景有数次救命之恩，而在崔暹的速攻营中之时，高欢和尉景最信服的人也就是蔡风，只是在速攻营之中，蔡风成了崔暹的贴身护卫，其展现的机会并不多，后来在杀破六韩拔魏、宇文一道、风吹刀这些破六韩拔陵属下的高手之时，才真正使蔡风的名声大噪。

蔡风此刻身为武林之中的顶级人物，几乎是一个神话，此刻屈就于军中一个小小的统帅，又有谁还会不服呢？就凭其天下年轻第一高手之称，也足够有资格当上这小小统帅之名，更何况其智慧乃是天下公认的，声名之盛仅次于蔡伤和尔朱荣，但其红火之势头因泰山之战，一下子掩盖了蔡伤和尔朱荣的光芒，这并不是夸张。

泰山之战，对江湖的影响是极其深远的，这几乎使天下所有武林人物都在奋发图强，以期在武学之路再攀高枝，虽然蔡风并未真正指挥过大的战役，但凭其武学、心计，足以让人心服。

此刻，蔡风再破定州城，更让世人知道，他的军事才能绝对不是庸俗之辈。

高欢心服的却是蔡风这种简居式的做法，并不摆上酒席，而只是切牛肉、喝烈酒这种简单的江湖生活，绝不铺张。

苍鹰和那些护卫们听到咸菜豆腐汤都忍不住好笑，像蔡风这么吝啬的统帅还真少见，何况此刻攻下定州城，乃是大喜之事，庆祝一番又有何不可？

当然，蔡风有蔡风的理由，他道："攻城容易守城难，治理这座城池更难，要收拾残局，必须尽快，不能有太多的耽误，牛肉和烈酒照样可以填饱肚子，也不用浪费人去收拾桌子之类的，既节省，又有趣，更能省下时间去治理好这座惶乱的城池。"

尔朱荣的临时帅府。

府内极静，因为只有俩人相对而坐，所有的侍卫全都退走，这是尔朱荣的命令。

相视良久，尔朱荣才淡淡地道："我听说太后是祝老的人，也不知这个传说是否正确？"

与尔朱荣相对之人的头脸为一顶深沉的斗篷所罩，但自其身姿可看到那撩人的线条，婀娜的躯体并不因她是坐着的而失去魅力，反而更增无限诱惑，但这人听到尔朱荣说出此话，仍禁不住身子一震，娇声笑了笑道："族王说话就像你的剑一样，如此让人难以招架！"

尔朱荣并不为之所动，淡淡地笑了笑，道："祝老客气了，真正会耍手段的人，应该是祝老，如果不是事出意外，只怕我这一辈子都会蒙在鼓里，我不得不佩服祝老的安排妙到毫巅，就像祝老的美貌一样，让人难以抗拒。"

这神秘的人物正是魔门阴癸宗之主祝仙梅，祝仙梅幽幽叹了口气，道："我们女人不能如你们男人这般叱咤风云，论武功，天下间胜过我的比比皆是，说到智慧，与族王相比也差一大截，更不足以立足江湖，我们唯一能做的就是牺牲色相之类的，说出来只会让人贻笑大方，族王又何必笑仙梅呢？"

尔朱荣捏了捏手中的茶杯，悠然一笑，反问道："那即是说，我说得没错，太后是你们阴癸宗的人了？"

祝仙梅没有否认，只是淡然道："仙梅今日前来，就是为了这件事！"

尔朱荣停了半晌，目光如利刃般穿透祝仙梅的心底。

祝仙梅恬静地一笑，轻轻摘下斗篷，露出那让娇阳失色、百花黯淡的绝世姿容，妩媚之中自有一种勾魂摄魄的魅力。一丝浅笑，一个眼神，都似乎注满了妖异的力量，似让人置身一场虚幻的梦境中，无法醒来。

"恭喜祝老又神功大进，想来天魔功已达到第八重境界，真是难得。"尔朱荣也恬静地笑了笑，语气极为平淡。

祝仙梅并不感到心惊，她的武功与尔朱荣相比的确要差一截，就算天魔功大功告成仍不一定是尔朱荣的对手，被尔朱荣一眼看出她修为的层次，那是十分正常的事。

祝仙梅灿烂地笑了笑，似乎有着一丝少女的纯真和羞涩，这是一种无与伦比的魅力。

"族王法眼通天，仙梅知道这一切无法逃过族王的眼睛。"

尔朱荣傲然笑了笑，道："祝宗主有什么话不妨说出来吧！"

祝仙梅微微有点惊讶尔朱荣的镇定，那分不为任何事所动的定力的确让她有些吃惊，于是深深地望了尔朱荣一眼，神情一肃，道："我想与族王做一笔交易！"

"什么交易？不妨先说出来听听，但祝老如果要我退兵，那就恕我没心情谈了！"尔朱荣很直接地道，也不想做任何解释。

祝仙梅的脸色一变，试探性地问道："如果我以《天魔册》与你交易呢？"

尔朱荣的神色也变了变，眸子之中闪过一丝锋锐无比的光芒，定定地望着祝仙梅那找不到半点瑕疵的脸。

祝仙梅浅浅一笑，目光如秋水般在虚空流淌，脸上却泛起一丝淡淡的潮红，问道："难道族王不肯？"

"你说出你的要求来吧，我也得就事而定，《天魔册》乃我魔门至宝，但并不是没有《天魔册》更重要的东西。"尔朱荣定了定神，淡淡地笑了笑道。

"那族王认为什么比《天魔册》更重要呢?"祝仙梅悠然问道。

"比如生命啊，还有一些东西，也不用一一列举，你说吧，你想我以什么来交换?"尔朱荣淡淡地问道。

"仙梅其实只有一个请求，只可惜被族王一句话给回绝了，只怕我再说下去，也只能是吃上一顿闭门羹了。"祝仙梅似乎极为懂事地道。

尔朱荣悠然一笑，道："祝老果然是要我退兵，只可惜，此刻事态已经不由我自己控制了，我也无法擅自主张退兵，那样只会让天下人贻笑大方。"

祝仙梅神色微微一冷，漠然道："族王做得到。"

"事在人为，可那必须看值不值得!"尔朱荣也神色变冷道，顿了顿又道，"祝老准备用几卷《天魔册》跟我换这个条件呢?"

"族王以为这个条件值得几卷《天魔册》?"祝仙梅反问道。

"如果十卷《天魔册》能够齐全的话，我可以想出退兵之法!"尔朱荣笑了笑道。

祝仙梅脸色一变，悠然道："很遗憾，我所能得到的也不过只有四卷而已，如果族王想十卷齐全的话，只怕会失望的!"

"另外两卷在天邪宗?"尔朱荣冷冷地问道。

"不错，只是没有人知道邪王的下落!"祝仙梅叹了口气道，她知道尔朱荣也拥有四卷《天魔册》。

尔朱荣想到那重伤而逃的石中天，心中也微微产生了一丝阴影，不由冷声问道："连你也不知道?"

"不知道!"祝仙梅肯定地道。

"那你为什么不与我剑宗联合?"尔朱荣有些微微恼火地问道。

"我何尝不想与剑宗联合，但族王别忘了，你代表的是尔朱家族，北魏四大家族之一，你的族人让你与魔门合并吗?我魔门同样难以接受一个异族的加入，除非你的剑宗完全摒弃尔朱家族的陈规，以我们魔门的宗旨和教规去约束自己，我们也许还有合作的可能。"祝仙梅吸了口，沉声道。

"我此刻是剑宗之主，也是尔朱家族之主，为什么不可以将二者并为一体？这似乎并不违背教规吧？”尔朱荣冷冷地道。

“族王似乎不记得尔朱家族当年对我们魔门所用的是什么手段？族王的父亲没能成为尔朱家族之人，不就是一个很好的例子吗？族王似乎忽视了尔朱家族自身的力量，圣母也是为你们尔朱家族的长老们所逼死，你当初虽然竭力争得了族王之位，却并不表示你在尔朱家族之中就可以胡作非为。如果你与魔门再结为一体，那尔朱家族内部定会一片混乱，你自然不想这样，那么你唯有排挤我魔门其他数宗。因此，剑宗与尔朱家族是很难并存的！”祝仙梅肯定地道。

尔朱荣的脸色极为难看，祝仙梅似乎刚好揭了他的伤疤，击中了他的痛处。

尔朱荣冷冷地望了祝仙梅一眼，道：“这就是你们几宗要孤立剑宗的原因吗？”

“可以这样说，但这并不叫孤立，我们只是想，魔门代表的只是一个整体，而不需要任何外人干涉我们的事务。魔门的统一只有两个人有这个能力，一个是族王，另外一人就是邪王。族王代表的是圣母一族，而邪王代表的是老邪王的意志，如果让我们选择的话，很难想象依附在别人的脚下。因此，我们只能指望由邪王来统一整个魔门了！”祝仙梅平静地道。

尔朱荣的眸子之中闪过一缕冷厉的杀机，他明白祝仙梅所说的意思，在魔门之中，只有他与石中天俩人才有可能统一魔门，但这也成了他与石中天不得不决出高下的一个必要过程。若石中天不死，他就永远都没有可能统一魔门，而他另外的任务更要将尔朱家族的内部处理好，祝仙梅所说并非有错，魔门不同于别的势力，而是有着自己长久的历史。在长期中所形成的模式是很难一下子改变的。而且他并未能真正掌握魔门的实力，就算掌握了魔门的实力也无法更改魔门数百年来固定的规律。因此，他只可能改变尔朱家族的原则，这也是他心头最大的阻碍，在魔门与尔朱家族之间他必须选择其一，却很难兼顾。

“哈哈，族王不必想得太多，我知道圣母当年带走了四卷《天魔册》，再加上我这四卷，就可凑足八卷，唯剩下两卷在邪王手中，这对族王来说是很有利的，如果族王仍然不满意的话，那就很难说了。”祝仙梅将话题又扭入正轨，淡然道。

尔朱荣淡淡一笑，道："祝老小看我了，如果只是四卷《天魔册》就可以让我忘了自身的危机，那似乎不是我尔朱荣的作风，祝老该不会不知道，如果我就此退兵的话，那就只能够背上逆贼之名，所谓成王败寇，如果我不战而屈，不仅要背负着贼名，更会受到军中之人的鄙视，失去在军中的威信，这是不可能用任何东西能够换来的。而且更重要的，却是我将失去长乐王、河间王等诸王的支持和信赖，那时，只是因为四卷《天魔册》而成了大输家，没有谁是傻子，聪明人不只有邪王和祝老，我即使手中有八卷《天魔册》又有何用？仍然无法清楚'道心种魔大法'的整个脉络，祝老似乎忘了'道心种魔大法'需要十卷《天魔册》并合才能一睹全貌！"

"我没忘记，可我却知道当年圣母所得的四卷《天魔册》之中记载着'道心种魔大法'的总论，以族王的资质，难道还会无法悟出其中的精奥所在？"祝仙梅淡然道。

尔朱荣深深地望了祝仙梅一眼，漠然道："这只是我的事，如果依照祝老的说法，我在不需要你这四卷《天魔册》的情况下，同样可以悟出'道心种魔大法'，那我又何必要退兵？咱们魔门分成了南北两系，你们在南朝做任何事情都不关我的事，但你们却向我剑宗挑衅，既然这样，我又怎能坐以待毙？这并不是我做人的原则，如果要我让步也可以，但必须答应我的几个条件！"

"哦，族王不妨说出来听听！"祝仙梅平静地道。

"首先，你们的人必须认错，那就是让胡太后废去临兆王世子元钊为帝，如此小儿又怎能掌朝？又怎能臣服人心？既然废了元钊，那就必须另立新帝，这样我们才有可能和气收场。否则，我绝不可能因为四卷《天魔册》而去做这般傻事。另外，所有的政事绝对不能由胡太后一人操纵，我也要参与朝中政事，否则你们如果在暗中做手脚，我却只能蒙在鼓里，而这新皇的立位，必须由北魏的各大家族来作决定，而不是由胡太后另立，我们仍可尊其为太后，可参与朝政的管理！"尔朱荣悠然道。

祝仙梅淡然一笑，反问道："那族王是说让元修为帝？"

尔朱荣并不否认，却并不予以答复。

“哼！”祝仙梅似乎感到有些好笑，道，“如果以元修为帝，那还有别人说话的份吗？到时胡太后的存在只是可有可无的傀儡，我又何必损失四卷《天魔册》？”

“那祝老以为应该让谁来继承这个帝位呢？”尔朱荣反问道。

祝仙梅想了想，道：“我有一个折中之举，不知道族王可否愿意听？”

尔朱荣心里却在嘀咕，他绝对不敢小看眼前这个女人，虽然祝仙梅并未在江湖中怎么活动，但是能够让阴癸宗隐迹江湖这么多年而不漏出半点痕迹，这分深沉和运筹能力，的确让人心惊，最让人心惊的，却是祝仙梅的行踪，她似乎是一个令人永远也不知其底细的人。在魔门中最为诡秘莫测的人就是邪王和祝仙梅，但没有人知道祝仙梅究竟是什么身份、背景，更没有人知道她具体落脚何处。她就像一个谜，在她该出现之时，她会很意外地出现在你的面前，可你想跟踪她，去找她的存身之处，那是不可能的。若要找到她，就必须通过极其严密的手段。

连尔朱荣也无法知道祝仙梅的另一个身份究竟是什么，更不知道阴癸宗的具体总坛在什么地方，以及祝仙梅的行宫别院之类的，再因为贵为一国之后的胡太后也为她所用，这也使得祝仙梅变得更为神秘莫测。

“如何折中？”尔朱荣淡然问道。

“立元子攸为帝！”祝仙梅冷冷地道，她似乎将一切都早已安排和准备好了。

“立元子攸为帝？”尔朱荣禁不住愣了愣，反问道。

“不错！”祝仙梅的脸上绽出了一丝淡淡的笑容。

第一百七十四章　乞儿戏凤

翌日清晨，很早就有人敲响了刘高峰的门，是一个店伙计。

刘高峰似乎有些不太高兴地爬起床来，不耐烦地问道：“这么大早就在叫什么叫，有什么事吗?”

“寨主，外面有个乞丐说有份很重要的礼物必须亲自交给您，说是十分火急之事，如果迟了让小的负责，小的只好来敲门叫醒寨主了。”那店小二有些着急地赶忙道。

“什么乞丐要见我？真是见鬼了，大清早地有乞丐找上门来。”刘高峰有些骂骂咧咧地披上衣服走了出来，睡意依然很浓。他昨夜与三子商量了大半夜，是以睡迟了，而且这些天来为了凌能丽的事，几乎脑袋都变大了，此刻心中落实了，好不容易睡个好觉，却被店小二给吵醒了，是以刘高峰心中有些恼怒。

“寨主，那乞丐就在外面。”店小二有些惶恐地道。

“传他进来，看看有什么玩意要送给我。”刘高峰不以为然地扣好扣子，反手拉上房门道。

“是!”店小二匆匆跑了出去，片刻间就带来了一个衣衫褴褛的乞丐，看上去，这乞丐的衣衫极为单薄，人倒挺高，在那有些空荡而破烂的衣服下，看不出来人的胖瘦，不过走路极为缓慢而沉重，双手更捧着一个木匣子，做工极其简陋，却看不出其中所装的是何物。

乞丐并没有抬头正视刘高峰，只是斜斜偷窥了一眼，感觉很潦倒。

“见过大寨主!”那乞丐依然抱着那个木匣子道。

“你找本寨主有什么事吗?”刘高峰冷冷地问道，心中却暗自嘀咕，这乞丐既然知道我的身份，看来也不简单。

“有人叫我送来一份礼物给寨主，他说寨主一定会喜欢!”那乞丐有些气喘地道，此刻的风倒是有些寒冷。

“什么礼物?”刘高峰目光扫了一下那个木匣子，奇问道，他对这乞丐的来路的确产生了兴趣。

“在这个木匣子中，请寨主让人打开!”乞丐将木匣递了出去，那名店小二将之接在手中。

“打开!”刘高峰吩咐道，同时也变得有些小心了，以防任何意外之变故。

“喳!”“啊……”那店小二轻轻揭开木匣盖子，禁不住一阵惊呼，差点将手中的木匣给丢掉了，心神未定之时刘高峰单手一托那快坠的木匣，脸上显出一阵惊疑不定，却又有些感伤的神情。

“你去把凌姑娘叫来，还有三子公子。”刘高峰沉声道。

“寨主喜欢吗?”那名乞丐有些讶异地问道。

刘高峰定了定神，笑道:“喜欢!”又向小二道:“顺便给这位老兄送上五十两银子。”

“谢谢寨主，那位爷说只要我把礼物送给寨主，寨主还会奖赏我一套好衣裳，更有可能给我一顿酒饭呢。”乞丐似乎有些得寸进尺地狮子张大口。

“你这臭乞丐，胃口还真不小……”

“别这样，既然那位爷说了，那我就为你准备一桌酒菜和一身好衣裳吧!”刘高峰呵斥着打断店小二的话道。

“是，小的这就去办!”店小二满腹狐疑地离开了，却不明白刘高峰为什么会对这个乞丐如此好，明明那木匣子之中只是一颗被石灰泡着的人头，为什么刘高峰不怒反而如此客气呢?难道这乞丐真的大有来头?

“给你这东西的人是不是一个老头?”刘高峰轻轻地合上木匣，声音放得有些柔和地问道。

乞丐想了想，道：“那倒不是，是一个光头人。”

“光头人？”刘高峰一愣，有些不可思议之感，突然脑中灵光一闪，忙问道：“那人是不是很年轻？”

“年轻不年轻我倒不知道，但大概不到三十岁吧。”乞丐似乎有些傻里傻气地答道。

刘高峰心中暗骂这乞丐是浑蛋，不到三十岁的人不就是年轻人吗？怎会不知道那人是否年轻呢？想着不由心中感到有些好笑，但强忍住问道：“那他有没有跟你说些什么？”

那乞丐想了想道：“有，那人好像跟我说了一句什么话来着？只是现在记不太清楚了。”

“说的是什么？你再想想，想想……”刘高峰有些激动地单手抓住那乞丐的肩膀，急问道。

“我好冷，有没有火烘？”乞丐有些紧张地问道。

刘高峰虽然心中很急，但却知道不能太过急躁，道：“好吧，你跟我来！”

……

室内的确暖和了许多，乞丐也不再浑身打战。

刘高峰与他对面而坐，望了望这似乎有些古怪的乞丐一眼，淡然问道：“好些了吗？”

“嗯，好多了！”乞丐点了点头道。

“那人对你说了什么话？”刘高峰又问道。

乞丐想了想道：“那人说叫我先吃了之后再告诉你，不然你们又会不给我吃的了！”

刘高峰望了乞丐一眼，又好气又好笑，但见乞丐那像煞有介事的样子，却恨不得给他一个耳光，可是此刻他只好强忍下来，心中暗想那神秘人物究竟是不是他所猜测的那个人。

店小二的速度倒是极快，在凌能丽和三子赶到之时，他就已经准备好了几样菜肴和美酒送了上来。

乞丐望了凌能丽一眼，却打了个饱嗝，似乎真是秀色可餐，一下子吃饱了似的。

“你快吃吧!”刘高峰沉声吩咐道。

凌能丽打开那个木匣，神色大变，有些惊疑不定地望着乞丐，惑然问道：“这是他送来的?”显然是向刘高峰提出疑问。

刘高峰点了点头，再次望了望那乞丐。

乞丐似乎喝酒喝得极为欢畅，不时地向几人扫一眼。

“那人跟你说了些什么呢?”凌能丽望了乞丐一眼，温声问道。

乞丐喝了口热汤，嘿嘿一笑，露出一口洁白的牙齿，认真地道：“我是蔡风?”

“他说他是蔡风?”三子和凌能丽同时惊问道。

乞丐端起酒碗，耸耸肩，又笑了笑道：“非也非也!”

“那他说了些什么?”刘高峰有些不耐烦地问道。

“他什么也没有说，说话的只是我。”乞丐露出一个狡黠的笑容道。

“他什么也没有说……”三子说到这里似乎意识到了一些什么，古怪地瞪了乞丐一眼，讶然问道：“你是蔡风?”

刘高峰表情露出一丝愠怒，恼恨这乞丐装神弄鬼，口不择言。

乞丐向凌能丽扮了个鬼脸，笑道：“来，美丽的姑娘，喝口酒消消气，别怪我耍了你们。”

“你真是阿风，你这大坏蛋!”凌能丽恍然，一阵狂喜夹着一丝哭笑不得的心情，终还是忍不住骂出口来。

“等等，等我掏干净了耳朵再听你骂个够!”乞丐一副煞有其事的样子，嬉笑道。

三子和刘高峰一阵惊愕，也都弄得哭笑不得。

“来来，大家都坐下，痛快地喝上一场，我大老远从定州连夜赶到此地，这一夜可是来回跑了数百里路，累得够戗，你们还在床上睡安稳觉，不给你们来点刺激怎么行呢?”乞丐摇头晃脑，似乎极为得意。

三子和刘高峰哪里还有怀疑?只是此刻凌能丽却猛地伸出玉手，一把揪住乞丐的耳朵，用力一拉。

只听乞丐一声杀猪般的惨叫：“姑奶奶饶命，姑奶奶饶命，下次不敢了，下次不敢了。”

“还有下次?!”凌能丽又是好气又是好笑地凶道。

“没，没，就算有下次，也不用这么大力呀，你知不知道你的手劲大了不少，即使是铁把也给拧了下来，何况是耳朵?”乞丐苦着脸道，同时也放下了手中的一碗酒。

凌能丽松开手来，凶道：“要不是看在你今日立了大功的分上，定要拧下你的耳朵。”

乞丐苦着脸道：“只准州官放火，不准百姓点灯，你当初硬要偷偷摸摸地逃走，我还当你是怕见到我，所以只好偷偷来喽，免得又将你给吓跑了!”

凌能丽禁不住“扑哧”一声笑了，顿如百花齐放，笑骂道：“谁说当初本姑娘是偷偷摸摸地逃走？谁说本姑娘是怕见到你？本姑娘只不过是想去散散心，亏你还写出这样的信来气我!”

“好了，好了，算我猜错了，都怪我多疑，来！喝口酒消消气。”乞丐一把拉住凌能丽的手，将酒碗递了过去。

凌能丽没好气地接过酒碗，怨道：“什么不好扮，偏偏扮一个臭要饭的，还不去换件衣服?”

“不扮乞丐，哪能讨得了酒喝?”说完乞丐哈哈一笑，立身而起，拍了拍三子的肩膀又道，“老弟，去为我弄身像样点的衣裳来!”

凌能丽正在神思飞扬之时，突然又有人来报。

“寨主，门外有位刘公子求见。”店小二有些异样地回报道。

“他们怎会知道我在这里?”刘高峰有些讶异地冷声问道。

“小的也不清楚，开始小的也一口否认了，可是他说与寨主是熟人，是寨主让他来的，小的就只好前来通报了。”店小二无可奈何地道。

刘高峰思索着，来人肯定不是自己的儿子，那这姓刘的又是谁呢？

刘高峰思忖着大步行出宴厅，此时那乞丐正在沐浴更衣，以去那满身的风尘，唯凌能丽独自坐于厅中，心事重重。

“刘大寨主好!”一个年轻人已经不请自进，正撞上踏入大院的刘高峰。

“是你?”刘高峰一愣，只见眼前之人竟是广灵刘家的刘文卿！他的出现的确大出刘高峰的意料之外，同时精神也变得凝重起来。

刘文卿十分平和地笑了笑，道：“今日刘某前来并不是想找飞龙寨的麻烦，而是来与寨主合作的。”

“与我合作？合什么作?”刘高峰仍未放下戒备之心，反问道。

“我要与寨主联手去救出凌姑娘！不知寨主可否愿意让我加入你们的行列呢？我们刘家在定州城中有人，相信这对你会有帮助的。”刘文卿诚恳地道。

刘高峰心中恍然，但却笑了笑道：“谢谢你的好意，我先代凌姑娘谢过你了。不过，已经用不着你的相助了。”

刘文卿一愣，随即神色一喜，问道：“凌姑娘已经被救出来了?”

刘高峰没有否认，他知道刘文卿对凌能丽极为痴心，如果说出来，只怕会有麻烦，当初就是这家伙如影子般一直跟踪他们，若非蔡伤出现，只怕后果还难预料，他可不想再让这使人心烦意乱的家伙瞎搅和。

“凌姑娘现在在哪里呢？我要见她!”刘文卿果然如刘高峰所想，立刻便说出这番话来。

“凌姑娘不在这里，十分不好意思，她去冀州找蔡老爷子了。”刘高峰撒谎道。

刘文卿似乎有些失望，不由得问道：“凌姑娘是什么时候被救出来的呢?”

“昨天上午，葛家庄里派人来相助，而她也是随葛家庄的兄弟一起去的。不知你找凌姑娘有什么事吗?”刘高峰半真半假地道。

“没……没什么，只是听说她被困在定州城中，我这才自广灵赶来。”刘文卿有些支吾地道。

“哦，刘公子的消息倒是蛮灵通的嘛，居然如此快便赶了过来，真是难得。”刘高峰有些暗自嘲讽道。

“哪里哪里，凌姑娘与我可算是朋友，朋友有难，自应竭力相助了。”刘文卿讪笑道。

“刘公子请回吧，劳你大老远跑了这么一趟，真是不好意思，我若见到凌姑娘，定会转告她一声。”刘高峰极为客气地道，老江湖毕竟是老江湖，说谎根本就不打磕巴。

刘文卿见刘高峰下了逐客令，也不好再留下，只好一抱拳说声告辞。

望着刘文卿的离去，刘高峰吸了口冷冷的空气转身，突地，只听客厅之中传来一声闷响，似乎是凌能丽传来的一声闷哼。

刘高峰大惊，如鹰隼般向客厅扑去，他也不明白究竟发生了什么事。

“哗……”一声碎裂的声音响起，一扇窗子被撞得粉碎，一道身影如风般掠出，向北角冲去，显然这人的怀中还夹着一人。

“锵！”一声龙吟轻响，却是刀出鞘之声。

一道残虹自北角倏然划出，惨烈的杀意，顿时弥漫了整个北角的所有空间。

“噗……”一连七八记闷响，那掠出去的人和那道残虹同时坠落。

“放下凌姑娘！”一声冷喝出自三子的口中，那道残虹正是三子的刀，而那黑影却是一个戴着巨大竹笠，完全无法看清楚其脸面的人。

“小子好烈的刀！”头戴竹笠的神秘人物嘶哑着声音道。

三子有些暗自心惊地望着这个神秘的怪人，此人的身形并不高大，甚至有些矮小，但却戴着一个极为不相称的大斗笠，看上去倒像是一个特大的蘑菇。不过，他却知道眼前这个神秘人物绝对可怕，刚才挡住他一刀的是一只肉掌。

那似乎是一棵斩不烂的怪木，竟能够单手强抗他八刀而不退却。

“你的皮似乎很厚，倒像一只斩不烂的蘑菇！”三子讥讽道。

“快放下凌姑娘，否则别怪我们不客气！”刘高峰也飞身赶了过来，见凌能丽似乎昏迷不醒地被这怪人抱在怀里，禁不住急声道。

那怪人并不理会刘高峰，似乎还有些不屑之感，只是向三子笑了笑，以沙哑的声音道："我不是蘑菇，我是木耳！"

三子禁不住有些好笑，但依然冷冷地道："不管你是谁，放下凌姑娘我可以饶你不死！"

"你还拦不住我！"那怪人淡然一笑道，语调之中充满了极度的自信。

"那不妨试试！"三子刀锋一横，一道凌厉无匹的刀气自然散出。

"好，如此年轻便身具此等功力，不简单！"怪人说话间，顺手一掌，也生出一股无形的气劲，与三子的刀气在虚空之中相撞，发出一声闷响，与此同时，怪人身形掠起，手中的凌能丽如弹丸般被甩了出去。

三子撤身掠起，想去接住凌能丽，但那怪人的双掌已经如闪电般袭至他的胸前，根本就不给任何机会他去救人。

刘高峰一声轻啸，闪身而起，如出海苍龙般向虚空中飞落的凌能丽掠去。

"噗噗噗……"那怪人的双掌幻出数十道掌影，满天都似乎是他的手掌所在，让人看得眼花缭乱。

三子节节后退，脚尖根本没能踏上实地，那自刀锋涌过的劲气只震得他气血翻涌，因为三子首先分了心神，这才会使先机尽失，更可怕的却是眼前这人似乎根本就不畏刀斩，全身如铜皮铁骨。

刘高峰眼见手掌就要抓住凌能丽的脚跟，但自侧边却伸出了一只手，刚好抓住凌能丽的手，将之带了过去。

刘高峰抓空之时，一只带着血光的手爪向他的面门抓来。

刘高峰想也不想，双臂一合，"轰"的一声爆响，他禁不住自空中坠了下来，袭击者却是一个苍颜老妪，此刻的凌能丽正在她怀中。

刘高峰大骇，只觉手臂上有一缕阴寒至极的气劲上升，似乎欲直透他的经脉。

"嘿嘿……"那老妪佝偻着背，头发蓬松得像一只狮子狗，只是发笑时露出的一嘴黑牙与眼睛里的凶光，正如一头疯狂的狮子。

刘高峰吓了一跳，幸亏这是白天，如果在晚上，单凭对方这副尊容，就要吓死一大片人，这绝对不是空话。

“你究竟是什么人?”刘高峰沉声问道。

“夜叉花杏!”那老妪露出一嘴黑牙和一个残不忍睹、狰狞无比的笑容道。

“夜叉花杏?”刘高峰似乎从未听说过这个怪异的名字，不过这人以“夜叉”为名可谓当之无愧。

“不错，夜叉花杏正是老娘!”那老妪“嘿嘿”笑道，她似乎极喜欢这个可怕的名字。

“不管你是谁，今日如果不放开凌姑娘，这里就是你的葬身之地!”刘高峰肯定地道。

“就凭你?”夜叉花杏似乎并不屑与刘高峰一般见识。

“哼，还不够吗?”说话之间刘高峰双掌一错，疯狂的气劲绞旋而出，如掀起了一股无形的狂潮向夜叉花杏撞去。

夜叉花杏似乎根本不想理会刘高峰的攻击，只是佝偻着转身，极其悠闲地向院外走去。

“轰!”一声爆响之中，刘高峰骇然倒退两步，挡住他这一掌的却是一个浑身鼓涌着一层魔气的老者，眸子中那张狂的邪意似乎在向刘高峰发出挑衅的信号。

刘高峰的杀机和怒火大炽，似乎是要将眼前这个可恨的敌人撕成无数碎片。

刚才那一击，他已经试出眼前老者的功力并不在他之下，而且似乎极其怪异，而此时，夜叉花杏夹着凌能丽正向外掠去。

刘高峰大急，双掌虚晃一招，直向夜叉花杏追去，但那老者的速度也绝对不慢，伸手便拦，狂意四射地笑道:“别急，还有我呢!”

刘高峰无可奈何，他根本不可能有任何机会自这个可怕的高手手底下溜开。

三子的情况似乎并不是很好，皆因他的对手的确是个极为可怕的人物。

节节败退之中，幸好冯敌诸人闻声赶来，但夜叉花杏的身影已经到了院墙边沿，追之不及了。

“再见了!”夜叉花杏有些邪异地笑了笑，反身招招手道了一声，身形如鹰般向院外掠去。

付正华迅速绕过木耳和那老者，向夜叉花杏拼命追去。

“砰!”那飞出去的夜叉花杏竟如炮弹一般在付正华和郑飞诸人的惊愕之中倒飞而出，而她手中的凌能丽被击得脱手而出。

付正华一惊，夜叉花杏那佝偻的身子在空中一扭，再次向凌能丽飞射而去，她似乎并不想放过抓住凌能丽的任何机会，抑或她隐隐感到，应该拿凌能丽作为人质。

郑飞在一愣的同时，看到另一道光影自一个角落射出，同时泼出一片银色的光雾。

“哗……”夜叉花杏骇然伸手相阻，却是一盆温热的水，淋得她满头满脸都是，更被这股冲力给激得重坠而下，而凌能丽却已落到了那人的怀中。

夜叉花杏大怒，但也大骇，在闻到一声轻笑之时，一条人影犹如一片浮云般自天空悠然降下，却是个光头和尚，一手抱着凌能丽的娇躯，一手端着一只大浴桶。

夜叉花杏极其惊讶。那和尚却笑了笑，道：“本公子的澡还没有洗完，你们就来瞎捣乱，小心本公子让你们一个个喝洗脚水了。”

夜叉花杏心中大怒，刚才她虽一掌被这人给震了回来，可是心中却有着极大的不甘心，对方猝然而攻，而她又手抱一人，自然极为不服气，此刻听这和尚竟说出这样一番讥嘲的话来，哪还能冷静?

双手一探，手掌竟泛出血红之色，一丝丝阴寒至极的气劲直射而出。

“哇，别冻着了如此冷的手!”和尚似乎喜欢说些风凉话，在此同时，将手中的浴桶一摆，幻起一幕桶墙，如屏障般将他与夜叉花杏之间的空间隔断。

“哗……”浴桶被击得粉碎，夜叉花杏却大叫一声，骇然惊退。

脸色苍白之中移目手心，只见上面插着一块碎木，几乎将整个手掌都刺穿了，鲜血自掌心滑落却成乌色。

“哟，怎的这么不小心，也真是的，这么大年纪的人了，火气却如此大，连个木桶也不放过，可真是凶到了极点，看你以后还敢不敢乱来!”和尚笑了笑，调笑道，只气得夜叉花杏脸色煞白。

凌能丽悠悠醒转，显然是这和尚以真气为她冲开了所封的穴道。

“你是什么人?”夜叉花杏有些心惊地问道，这也是郑飞和付正华想知道的问题。

“噢，我认出你了，你不就是唐村那个装神弄鬼的神婆吗?怎么这些日子不见，你竟变得这么丑?我差点还认不出你来了。”光头和尚禁不住笑道。

夜叉花杏一惊，骇然问道：“你是河神绝情?”她似乎一下子记起了眼前这光头和尚的身份和来历，不过，眼前这人却是个光头和尚，面貌也有些改变，她自然有些不敢肯定。

“阿风，放下我!”凌能丽一挣，但光头和尚却将怀中佳人用力抱紧，然后轻轻放下，笑道：“别那么急嘛。”

这光头和尚正是那去沐浴更衣的乞丐，也就是无人不晓、叱咤风云的蔡风，只是此刻易容的面部并没有完全恢复过来，使人一时无法认出其身份。

凌能丽心头又喜又羞，白了蔡风一眼，又狠狠地望向夜叉花杏。

夜叉花杏似乎没有想到竟在此地遇到这个可怕的冤家，当初蔡风在唐家村和朱家村出现时所表现的武功她亲眼见过，知道眼前这人功力极为深厚，她根本就不是其对手。

郑飞和付正华一惊，旋即一喜，他们似乎没有料到眼前之人竟是那神龙见首不见尾的蔡风。

“你的头发?”凌能丽有些吃惊地望着蔡风的头顶，讶然问道。

“小僧被那几个大和尚强按着脑袋，把尘根都给剃光了，他们还说要烧香疤，我因为怕痛，所以就逃下来见你喽!”蔡风扮了个鬼脸笑道。

凌能丽见蔡风没什么正经，大敌当前，依然轻松自如，便也放松了不少。

“能丽，你去帮三子把那个蘑菇给做了，看他们还有什么狂的，这些人可真是胆大包天，连我的能丽也敢动，不教训教训他们看来是不行了!”蔡风有些油嘴滑舌地道。

“谁是你的能丽，也不害臊!”凌能丽娇嗔道。

“噢，错了，我的好义妹嘛，反正也就是那么回事，差不了多少，快去。”蔡风嘿嘿一笑道。

凌能丽这才罢休，想到刚才满肚子的怨气，那蘑菇般的怪物突然偷袭，又是在她走神之时，竟然被暗算受制，若非今日这里高手云聚，只怕后果不堪设想。不过，她却有些不太明白，这些人怎会如此快地找到这里，对方是什么身份？又有何目的呢？

蔡风望着露出一丝畏惧之色的夜叉花杏，冷杀地问道：“你究竟是什么人？是谁派你来的？”

夜叉花杏突然张口一声尖啸，声音之尖锐，犹如一枚针直插入九重云霄。

“哼，想找帮手来吗？那就先送你一程好了!”蔡风冷冷地道了一声，右手立刻泛起一层柔和而莹润的光泽。

夜叉花杏心头一惊，随即疾退，她深深感受到那散自蔡风身上的浩然正气，那博大纯正犹如怒潮般奔涌的气劲在蔡风手心旋转流动，整个人立如高山渊亭，一种强悍无可匹敌的感觉让夜叉花杏不得不退。

她找不出任何一种可以进攻的方法，平时她有数千种杀人手法，更有数万个攻击的手法，可是面对蔡风，她却无能为力了。

的确，她曾以天地五行之气去阐述疗伤救人之理，可蔡风却以无处不存、无处不在的天地五行之气作为武器，作为攻击的手段，她是借五行之气杀敌，而蔡风却是整个身形融于天地之间。

天、地、人，无分彼此，浑然无间。

掌，已经出现在夜叉花杏的眼前，没有空间的局限，没有时间的界限，似乎亘古以来，这一掌便已在夜叉花杏的眼前，没有丝毫的移动，没有半点偏差，只是仍在推进，以一种似乎极慢但却快极的速度，极为矛盾地攻向夜叉花杏那张扭曲怪异的脸。

夜叉花杏退无可退，避无可避，她的速度完全无法与蔡风相比，因此，她只有出手相击，这是没有办法中的唯一办法。

夜叉花杏的确是个人物，一个绝对不是别人想象之中那般差劲的人物，与蔡风比起来，她的确差了很远，但是不可否认，她的确是个高手，一个十分厉害的高手。

夜叉花杏改变了一百七十二种手法，移了三十九次方位，终于截住了蔡风这一掌，简简单单，却又玄奥莫测的一掌。

“嘭”的一声爆响传出很远，同时还夹杂着一声惨叫。

是夜叉花杏的惨叫，那块插入她手心的木片竟洞穿了其手掌，自掌背穿出，“噗”的一声插入她的胸膛。

鲜血自干裂的两乳之间滑出，染红了那阴沉死气的衣衫，而她的身子也在飞，身不由已地飞。

她根本就无法抗拒蔡风掌间的那股狂野而又纯正的劲气，这似乎有些矛盾，但蔡风的存在本就是一个矛盾，他掌间的劲气自然也就有些矛盾了。

夜叉花杏的身子在坠地的一刹那间，她又看到了那一掌，依然是简简单单、玄奥莫测的一掌。

掌，同样是蔡风的，他没有半丝停顿，甚至身形更快，他的动作和身法的确已经超出了普通人所能理解的范围。

夜叉花杏想挡，但是她的劲气根本就不可能如此快便能恢复，何况，那木片对她造成的并不是皮肉之伤，在与蔡风对掌之时，木片上本就蕴涵了蔡风无匹的掌劲，而且此刻她根本就没有太多的时间去准备。

蔡风在半途中突地改变了掌式，也换了一个方位，但那种自然而利落的变换方位之举，根本就不能算是动作，他似乎原本就是在那个位置，一直都未曾变更。

夜叉花杏的眸子之中闪过一丝喜悦。蔡风并不是真的仁慈。对付敌人，蔡风似乎并没有仁慈的习惯。

蔡风并非不想这一掌杀死夜叉花杏，但是他不能，因为他不想死，哪怕是受伤，那根本就不值得去赌，蔡风并不是一个很喜赌搏的赌徒，所以他回身、移掌，所击之处，是另一只手掌！

“石中天！”蔡风忍不住低低呼出了三个字。

“轰！”两掌相击，一股强劲的暴风以两掌为中心向四面八方扩展、旋飞。

夜叉花杏的身形再一次被卷飞，如秋风中的败叶，被掀得再一次倒翻而出。

蔡风的衣袖碎裂成无数飞散的蝴蝶，石中天却“噔噔”倒退两步。

树折、花枯，沙石飞扬之中，石中天也忍不住惊呼了一声：“你怎会托天冥王掌？”

不等蔡风回答，石中天已低喝一声：“走！”一带夜叉花杏，如夜鸟般飞射而去。

木耳和那老者猛地攻出一掌，也跟在石中天的身后飞射而出，他们并不敢接近蔡风，只是绕身飞过。

蔡风没有追赶，只是静静地立着。刘高峰和三子又怎肯让他们的对手说走就走？只不过木耳和那老者的身法的确快得有些怪异。

沙落尘定，蔡风长长地吁了一口闷气，沉声道：“不用追了，追不上他们的！”

“阿风，你没事吧？”凌能丽回转身形关切地问道。

“没事，想不到这魔头居然如此快就恢复了功力。”蔡风稍稍平复了心头翻涌的气息，有些担忧地道。

想到石中天的可怕，凌能丽禁不住有些疑惑地问道：“你……真的没事吗？”

蔡风不由得一阵好笑道：“你看我像有事的人吗？”说着伸展了一下臂膀，骨节一阵噼啪爆响。

众人眼中显出了一丝疑惑，似乎有些奇怪，既然蔡风没事，为什么不追？那至少也可以截下对方两名高手。

蔡风似乎明白他们的意思，解释道："并不是我不想追，而是刚才我有心无力，石中天的独臂冥王拳又精进了一个层次，要化解他的拳劲我根本就不能移动身子！"说着蔡风移动了一下身子。

众人禁不住一阵惊呼，蔡风所踏的石板烙出了两个深深的脚印，脚步移动时，仍有袅袅的余烟在升起，显然他已将"独臂冥王拳"的余劲尽数散入地下。看来石中天的功力之高，的确已经达到了骇人听闻之境。

凌能丽和三子皆亲眼见过石中天与蔡伤交手，自然知道石中天的可怕。

"他也受了些轻伤，来不及散去我击入他体内的劲气，就带着神婆逃走了。"蔡风极为肯定地道。

三子和凌能丽俩人这才稍稍放下心来，这至少可以说明蔡风的功力并不比石中天逊色，而石中天还是被蔡风给吓走的。

刘高峰诸人仍不知道石中天的可怕，他们所感受到的，远不如三子和凌能丽强烈。

"这里不能再逗留下去了，那魔头很可能会卷土重来。"蔡风认真地道。

"那我们该去何处呢？"刘高峰有些疑惑地问道。

"去定州，昨晚我已经攻破定州城，此刻定州城中虽然没有葛家庄那般高手如云，但至少大家在一起相互有个照应。"蔡风淡然道。

"你已经攻下了定州城？"众人全都忍不住惊声问道，似乎感到极为意外。

"不错！"蔡风眸子中闪过一丝冷厉而自信的神采。

三子大喜，一拍蔡风的肩膀，欢喜地道："你终于肯出手了，真是太好了！"

蔡风悠然一笑，道："我现在明白了，既生于世，就应造福于世，为万民请命，为苍天行道，解救万民于水火之中才是正理！"

凌能丽也大喜，望着蔡风说这话时那飞扬的神采，心中激动不已，也知道天下战局从这一刻才真的开始了。

“对了，阿风，老爷子已于昨日前去海外仙岛了！”三子似乎记起了什么道。

“啊！”蔡风一呆，这似乎的确有些出乎他的意料之外。

“我娘也一起跟着去了吗？”蔡风问道。

“嗯，包括定芳姐和贵琴！”三子补充道，神情微微有些不自然。

蔡风禁不住大感好笑地望着三子的表情，却没有任何心情去笑，想到元定芳的孤苦无依，又以为他已不在人世的那分凄凉和痛苦，可想而知是如何深重。

“阿风，听夫人说，定芳姐可能已有了身孕。”三子又补充道。

“啊！”蔡风一愣，随即大喜，一把抓住三子的手问道：“真的？”

“我哪敢骗你呀？”三子没好气地道。

蔡风禁不住笑颜大展，又恢复往常的顽皮之性，道：“你是舍不得颜姑娘吧？这么不服气干什么，现在我就派你去追上他们，告诉他们我没有死，你也顺便把你的宝贝贵琴给接回来，就说是我的吩咐，如何？”

三子似乎一下子被蔡风说中了心病，听到后面一句话更是眼睛大放光彩，只是很快便没戏唱了，垂头丧气地道：“即使此刻追赶恐怕也迟了，就是赶到了海盐帮，恐怕老爷子早就出海了。”

蔡风的神情也有些冷落，想到自己快要做父亲了，心中的那份兴奋之感可真是难以掩饰。

“迅速飞鸽传书海盐帮，告之我的消息，中原并非净土，让定芳去海外好好地给我生个宝贝出来，一旦有空，我就会前去海外陪她的。”蔡风果断地道。

三子一想，觉得这样也未尝不是一件好事，如果快马难以追上，信鸽的速度也许会赶到，只不过蔡风竟不留元定芳在身边，这有点出乎他的意料之外。

蔡风见三子在愣神沉思，不由得拍拍他的肩头，道：“快去吧，别忘了给你的颜姑娘捎封情书，也不要怕肉麻！”

三子俊脸一红，笑骂道："哪个像你这样脸皮厚。"

"满脑子没正经！"凌能丽低声嘀咕着佯怒道。

"你在说什么？小心被你说中了。"蔡风扭头邪邪地笑了笑道。

"你敢，我告诉义父打烂你的屁股。"凌能丽毫不示弱地反击道。

蔡风立时蔫了，无可奈何地道："唉，现在我怎的发现竟不是你的对手了呢？"

"这正常得很。"凌能丽傲然而自信地笑道。

"怎么个正常法？"蔡风有些不服气地问道。

"以前，本姑娘生在山沟里，长在山沟里，没见过什么大的世面，这才会被你这坏蛋以花言巧语给骗了，还有就是被那三脚猫的功夫给吓住了，现在本姑娘闯荡江湖日久，什么大风大浪没见过？又岂是你这大坏蛋所能骗的？何况本姑娘再也不怕你那三脚猫的功夫威胁了，因为我有义父撑腰！"凌能丽俏皮之中不无得意地回答道。

三子和众人禁不住全都为之捧腹大笑，蔡风也禁不住莞尔，狠狠地道："算你厉害，下次我一定要杀杀你的威风。"

"本姑娘随时奉陪！"凌能丽白了蔡风一眼，娇笑道。

"走吧，不跟你这江湖混混大姐胡搅蛮缠了，快去收拾东西，咱们前往定州。"蔡风吸了口气，沉声吩咐道。

第一百七十五章　怒毁神池

定州城被葛家军所破，这是一件大事，一件极大的事情。

定州似乎成了鲜于修礼的一扇大门，而这扇大门一开，葛家军便如潮水般北上挺进。很快就攻下了鲜于修礼所占的一个个城池，而包向天已经身死，这对于左城的义军无形又是一个极大的沉重打击。

在官兵与葛家军两头夹击之下，鲜于修礼的义军处于混乱状态。

葛家军更是软硬兼施，向鲜于修礼的属下诉说其中的利害关系，鲜于修礼的义军开始向葛家军倾斜，投降者不计其数，何况连宇文肱这种在鲜于修礼军中有极高威望的人也已投降了，加之葛家军的势大财粗，更是人心所向。

宇文肱的两子宇文洛生和宇文泰敢各率部众数万降于葛家军，这很快就引起了鲜于修礼的义军全线崩溃，斗志尽失。官兵也趁机收复数座重镇，但鲜于修礼的大军几乎全都归于葛家军的旗下，因为这次统领大军攻城略地之人是名动天下的蔡风。

攻城之时，蔡风几乎是攻无不克、战无不胜，也许是因为其士气极其高昂，也许是因为鲜于修礼的义军斗志太弱。总之，蔡风所率义军一路势如破竹地北进，所到之处，敌人望风而屈。当地的人们都用这样几个字去形容蔡风的可怕，那就是“望风而逃”。

蔡风最善于用的，也同样是奇兵，虚实无定，让人无从捉摸，官兵几次想拣便宜，却总会偷鸡不成反蚀把米，反倒损失了几批人马，蔡风的声名本就已经够响亮的，此刻更是叱咤风云，所向披靡，而蔡风的副手高欢也跟着声名大震，也几乎成了风云人物。在各路义军当中，葛家军立刻一跃成为最为强大的一股。

关于蔡风泰山之战居然没死，这也让江湖震惊非小。江湖中人，更将其列入与蔡伤、尔朱荣并排的神话人物，甚至更盖过蔡伤和尔朱荣。

最令人津津乐道的，除蔡风在泰山之战外，便是定州之战。

有人传说，蔡风之所以大破定州城，是因为一个女人，蔡风杀鲜于修礼，也是为了一个女人。

“蔡风为了这个女人，独自杀入定州城，杀了鲜于修礼身边所有高手，再冲入千军万马之中斩杀了鲜于修礼，以一人之力击溃了定州城的数万大军。”当然，这只是一个传说，江湖中的传说往往会显得有血有肉，被传得神乎其神，似乎它本身就是在讲一个神话故事一般。

江湖人物最喜欢以讹传讹，越传越神，也不必去追究是与否，符不符合情理，反正人家厉害就是厉害，没有什么值得怀疑的。

不过，这些也都只是茶馆闲谈而已，并没有任何必要去追究其真实度，反正事情也已经发生了，没有谁有这个能耐让蔡风重新演示一遍。听到动人之处，你认为好，也就拍拍掌，叫声：“奶奶的，真够劲。”不拍也无所谓，你认为胡吹大气，乱谈乱扯，你照样可以拍一下桌子，骂两声：“奶奶的，吹牛也不怕胀破肚皮……”

不过，江湖之中的确盛传着一种说法，那就是谁要是抓住了蔡风所救的那个心爱的女人，至少可以与他换几座城池，千里之地！甚至让蔡风听你的话，当然，其前提条件就是你必须一定要有本事，要不然，你只怕尚未见到那个女人是美是丑，就已经呜呼哀哉了。

对于蔡风，的确没有几人敢去打他的主意，毕竟，没有人惹得起他，人们所考虑的，不仅是蔡风，还要考虑到蔡伤，那个天下无敌的刀道神话，更要考虑到葛家庄那百万雄师和不可计数的高手。试想，又有谁敢去轻捋虎须呢？

洛阳，再生变故，胡太后让步，终于答应了尔朱荣和各路亲王的要求，废除元钊，改立元子攸为帝，同时封尔朱荣为辅政大司马，有权过问朝中的一切事宜，甚至参与奏折的审批，这等于是将胡太后的权力分成了三份，一为元子攸，一为尔朱荣，另一却由胡太后所掌握。胡太后为一国之母，虽然并不比元子攸大多少，但却是先皇之母，无人敢不尊。在胡太后下出这一道召诣之后，元家的各路亲王也就不再说什么，这大概也是最好的结果。不过，唯有刘家和叔孙家族不满，那是因为这样一来，尔朱家族很明显地扩大了势力。

五月初二，黄道吉日，是新皇登基大典与策封尔朱荣为大司马的大好日子。

洛阳城内可谓剑拔弩张，气氛极为紧张，那是因为提防有人来都城闹事，破坏了今天大好的气氛。

新皇登基，必有拜神的活动，因此，没有人敢不小心谨慎，生怕出了半点纰漏，而遭到杀头之罪。

近来，不仅义军猖狂，气焰嚣张，就是各路匪寇也同样凶焰大涨。暗月寨自南方北进闹事日渐凶狂，其寨主饶刚、肖忠诸人更是气焰嚣张逼人，这使得洛阳不得不加强守备。更何况，葛荣的义军一路南下，攻下邢台、南和，危及沙河。

立新帝，也是迫在眉睫之事，否则，就不可能迅速整军对葛荣迎头痛击。

五月，春末夏初，北国天气正是怡人之时，花开满地，叶绿山青，水碧天蓝，若非战火与烽烟烧得天地色变，只怕更会有另一番好气象。

望都，蔡风正在思忖着如何去攻克左城（今河北唐县），突地三子行色匆匆行了进来。

蔡风停下手中的木棍，那是他用以指点地形草图的工具，每一战之前，蔡风都必须慎重地考虑地形，仔细构思攻城的应变之策，这或许也是他取胜的一个重要因素吧。

“发生了什么事?”蔡风问道，他十分了解三子，若非遇到了麻烦、甚至有些棘手的事情，三子的脸色不会如此沉重。

三子望了蔡风一眼，闷了半天，才狠声道：“派去邯郸求亲的兄弟回来了。”

蔡风心头一冷，隐隐感觉到事情很可能出在这上面，不由问道："究竟发生了什么事？"

"只有一个人活着回来，王英豪和魏子健并不敢出面，他们害怕沾上了通敌之名，并未去说亲，前去的人是正阳关王通老爷子，但王老爷子被扣押，跟随而去的葛家庄一百名兄弟，唯有十余人重伤逃回之外，其他人全部死了，与王老爷子一起的送礼之人，只有一人回来，带回来的却是另外一些人的脑袋！"三子眸子之中闪过凌厉的杀机，狠声道。

"什么？怎会这样？"蔡风大怒，一拍桌子立身而起道。

三子闷声不响地自怀中掏出一封信，递给蔡风，道："这是元浩让那名兄弟带回来的信。"

蔡风麻利地展开手中的信，信笺上的字极其苍雄而有力，如一刀刀刻于木上之感，笔禾力透纸背。

"蔡风，你确为一代人杰，我欣赏有魄力、有能力的年轻人，只可惜，你我不为同道中人，注定为敌。虽然媚儿钟情于你，而你也有意于她，但道不同不相为谋，我的女儿不可能委身于叛贼道徒，若你愿意弃暗投明，我可保你荣华终身，也不想阻你年轻人之事，望你三思。"

最后属名是元浩。

蔡风竟显得格外冷静，这封信的措辞并非十分激烈，也并不是没有道理，但为什么元浩却要击杀那些替他前去求亲的人呢？

"那回来的人在哪里？"蔡风沉声问道。

"在葛家庄！"三子回应一声，有些感伤地望了望蔡风手中的信笺。

"他说了是怎么回事吗？"蔡风问道。

"他的舌头被割了，左右手各被斩去了四根指头，不能说话也不能写字。"三子无法掩饰满腔的愤怒道。

蔡风愣住了，心头一阵抽痛，杀机也在心底萌生，因为这凶手的手段的确太过狠辣了，对待一个求亲使者竟施下如此辣手，两国交兵尚不斩来使，何况这些人只是送礼求亲之人，对方居然如此做，实在太过分了一些。

"他也做得太过分了！"蔡风手指的关节一阵"噼啪"乱响，显然也被激怒了，但是声音依然显得十分平静。

“不只过分，简直是狠绝。我看该以同样的手段还报于他们，让他们知道，我们葛家军不是好惹的！”三子狠声道。

蔡风并没有对三子的话作出太大的反应，只是淡然问道：“那群接应的兄弟是受到什么人的袭击？”

“是一群来历不明的高手，他们也说不明白！”三子漠然道。

蔡风正在思忖之间，突然外面有人行了进来。

“报告大将军，城西外郊结聚了一大群野狗在狂呼乱叫，似乎极为异常，守城的兄弟们不敢大开城门，也不知道是不是敌人的扰兵之计，还请大将军亲临察看！”那名护卫恭敬地禀道。

蔡风心头一动，道：“走，去看看！”

城西外的林子中，只见一只只灰影在蹿动，一阵阵鬼哭般的号叫的确惊心动魄，数百只野狗的齐嚎声势惊人是很正常的。

蔡风心头一阵恍然，大声道：“大家不要乱放箭！”说完，蔡风撮嘴一声低啸。

霎时，林间也传来了一声野狗的号叫之声，短促而尖厉，在此同时，一只身形硕大的灰毛野狗自林间如箭般向城下跑来。

蔡风身形如大鸟般掠下数丈高的城墙，在众人惊讶之时，那只大灰狗已经停在蔡风的身边，并伸出舌头舔蔡风的手掌，显得极其亲热。

蔡风却掀开狗尾巴，自尾巴下抓出一件东西，再轻轻拍了拍大灰狗的头，这才转身向墙头掠来，身若飞鸟，城墙的高度根本难不住他，只是脚在城墙壁上轻点两下，就已掠上了城头，这才吩咐道：“任何人都不得对这群狗进行攻击，违者军法处置！”

城头守将全都大为惊讶，但却也是见怪不怪，蔡风本身就是一个极其神秘的人，在一个神秘人物身上发生一些神秘的事情自然不足让人奇怪了。

蔡风再次转身看了看那仍在望着他的那只大灰狗，这才大步向回行去，身后的护卫簇拥着他朝将军府而去。

三子望着蔡风那逐渐变得充满杀意的脸，暗暗有些心惊地问道：“阿风，发生了什么事?”

“我要杀了元融!”蔡风一拍桌面，坚决而充满杀机地道。

三子没有出声，他知道蔡风做事一定有他的道理，他根本就没有必要过问，该告诉他的，蔡风一定会告诉他，如果有什么事情不想告诉他，更没有必要去问。此刻，蔡风乃一军之首，他唯有服从命令就行。

“那些人是元融杀的!”蔡风冷冷地道。

“元融?”三子立刻明白蔡风所指。

“他怎么知道我们的求亲使者什么时候到？又怎会知道我们伏在城外的兄弟呢?”三子满是疑惑地问道。

蔡风想了想，道：“也许是他的耳目极灵吧，或者是邯郸元府通知他的，但不管怎样，我都必须杀了他!”

三子也握紧了拳头，但也并不是个有仇不报之人，不过，他揣摸到蔡风杀意并不仅仅于此。

“让高欢安排一下，我要前去邯郸一行，更要让元融知道，我蔡风绝对不是好惹的!”蔡风淡淡地吩咐道，同时，脸上的杀意越来越浓。

三子知道这一切与天网送来的信笺有关，蔡风刚才自狗尾之下拿出的只是一个小巧的香囊，里面除了一个同心结之外，就是一封信。

三子不知道信中写了些什么，这时试探性地问道：“这会不会是元融布下的一个陷阱呢?”

蔡风涩然一笑，道：“这是叶媚的字迹，我知道，她也有了身孕，而且已有四五个月了！此刻她根本出不了元府，只好让如风引去天网，再让天网传书，元融还没有这个本事让天网驯服!”

三子禁不住呆了一呆，他似乎没有想到这封信竟是元叶媚所写，而且她也怀有身孕，这可就不好玩了。

蔡风叹了口气道：“即使是元融设下的陷阱也要去，因为元融坚决要元浩打掉叶媚腹中的孩子，元融乃是元浩的堂兄，对于他的话，元浩也不能不听。”

“什么?”三子一惊，一拍桌面，极为愤怒地道：“他们也太过分了!”

“所以，我要杀掉元融，一定要!”蔡风斩钉截铁地道。

世事总有太多出人意料的事，正如洛阳的新皇登基大典竟意外地变成了一个精心布置的杀局。

这的确有些出乎人的意料之外，这个登基大典乃是胡太后与临洮王安排的杀局，目标是尔朱荣。

这个计划的确十分周密，也动用了朝中几乎所有可以动用的高手，包括太监。当然，这之中又怎少得了魔门中的高手?出手的人包括祝仙梅、昌义之及来自十八层地狱的新秀高手，甚至连石中天也出了手。

尔朱荣的亲卫和尔朱家族的高手尽丧命于洛阳城中，但是却又有另一个意外让石中天、祝仙梅诸人心凉到了极点。

那众多高手相护的尔朱荣只是个替身，一个易容整装之后的替死鬼，真正的尔朱荣却整兵王屋山脚下，正在渡过黄河!

这的确是个意外，一个要命的意外，即使石中天这般老谋深算的大魔头也不禁失色了。

谁都以为只要干掉了尔朱荣，其所领军队的联盟阵势必会不攻自溃，没有尔朱荣这个核心人物作为精神支柱，军中多数人仍会选择依附胡太后，这一点祝仙梅、石中天的确算得很清楚，只是他们算漏了尔朱荣的狡猾。

假尔朱荣也是个高手，但在石中天所布下的这个必杀之局中并不能逃得一命，所有进入洛阳境内的尔朱家族的军队和高手，能够逃出去的就只有那么一两个，皇城之中的高手的确多如尘沙，否则，大内皇宫也不会成为武林人物望而却步之地。

洛阳城中极乱，那是因为登基大典的余波未息，那严格的城防并未防到那些小贼，反而成了杀局的工具。

元子攸被囚，胡太后还不敢杀他，似乎也不想杀他，至少，他仍是一颗有用的棋子。不过，现在胡太后的烦恼却是够多的了，如何应付尔朱荣的大军压境，如何善后，整个局面几乎是乱得如一锅粥。

那些身居洛阳城中的达官显贵也显得惶惶不可终日，尔朱荣的数十万大军很快就会压境而至，洛阳再非安稳之地，但是却似乎没有谁有更好的解决方法。

洛阳留守的各路官兵加强戒备，他们知道，与尔朱荣的一战已经在所难免。

神池堡，一个让江湖中人望而生畏之地，尔朱家族的根本之地。

神池堡之所以能够震慑江湖，也只是因为它是尔朱家族的根本之地。

尔朱荣此刻更成天下间的风云人物，率大军攻洛阳，几乎成为北魏的龙头，尔朱家族的大部分高手全都跟随尔朱荣奔赴洛阳。

也许，这本身就是一种失误，尔朱荣绝对没有想到的失误。

当然，尔朱荣毕竟是人而不是神，是人总会有失算的时候。对于洛阳来说，他的确占了先机，但对于其他方面来说，他不一定这么幸运。

的确，他的结果并不是想象中的那么幸运，神池堡竟然被一群神秘人物搅了个天翻地覆，堡中不仅仅是一片狼藉，更是死伤累累。

对于一般江湖人来说，神池堡是一个神秘之地，但对于有些人来说，这里却是一个极为平常之处。

神池堡，井水中被下了毒，一种可以让人筋软骨酥的药物，它并不能毒死人，可是这却是绝对隐秘，即使连井中所放养的鱼都不可能毒死，更是无色无味，这就是神池堡如此轻易被人攻破的原因。另外一个原因大概就是因前来攻堡之人的奇兵突袭，且全都是好手之故。

整座神池堡被破，是因为里应外合之故。下毒者，也必是神池堡的内部之人，否则外人根本就不可能有下毒的机会，所以，神池堡注定在这一役之中输得很惨。

元老堂，一向都是神池堡的秘地之一，但今日，就连元老堂也不例外地遭到破坏。

昔日两大元老坐镇元老堂，倒是没人敢来惹事，但今日却只有一人坐镇，尔朱归自泰山之役后，就一直未曾回来，而现今留守元老堂之人正是两大元老之一的尔朱悠。

尔朱悠，尔朱家族仅存的两大元老之一，一个专志于剑道修行的神秘高手。不过，他今日的对手却是另一个叱咤风云的人物——葛荣！

摧毁神池堡的人，正是葛荣。为了这一天，葛荣已经筹划整整三个月，每一个细节都似乎经过精心计算，是以，他这次的袭击可谓极为成功，不过，葛家庄所出动的高手的确不少，几乎动用了四五百好手，而神池堡中更有数十名内应，再加上葛明的关系，也达百余人，这次攻击神池堡的好手几达六百人之多。

这些人早在三个月前就已分批潜入神池附近，或是生意人，或是路过的，或是樵夫，或是混入堡中。

因为尔朱荣攻打洛阳，带走了大批高手，使得堡中稍有些人手紧缺之感，因此，便必须向外招募一些新的高手填充实力，这就给了葛荣机会。

在内外交击之下，整座神池堡根本失去了其真正的坚固，而堡中的绝世好手，如尔朱荣、尔朱天光、尔朱天佑之类的，全都不在，又突生奇变，自然无人能挡葛荣之刀锋。

当然，唯一能挡葛荣刀锋之人，那就是元老堂的两大元老之一尔朱悠。

尔朱悠虽然能够与葛荣争一时长短，但却无法同时抗拒葛荣身边的另一群高手，如棍神陈楚风之流，几乎被两大高手击得无可遁形，只好眼睁睁看着葛家庄的人去毁元老堂。

而在葛荣准备自河道进入神池堡最为神秘之地时，那一直都未曾归返的尔朱归竟如奇迹般赶了回来，更随同另外一批武功极其可怕的人物，所过之处，葛家庄的好手也死伤极惨。

葛荣这才在无奈之下退兵，也来不及杀死尔朱悠。葛荣所担心的尚不是尔朱归这一群高手，而是尔朱家族外在的力量，神池堡毕竟不是他的地盘，而他的这种做法只是孤军深入，如果为人所缠，那就只能作困兽之斗了，这是绝对不能发生的事。

因此，他只可能速战速决，绝对不能够拖泥带水浪费时间，早一点撤退，就少一分被官兵封住退路的危险。是以，葛荣选择了立刻撤退，反正他的目的已经达到。

葛明几乎是强行将其母带走，葛荣二十多年未见爱人，心中的激动是无与伦比的，虽然此时的王敏失去了昔日的娇颜，人也憔悴多了，但葛荣始终未忘昔日之情，在心中为其留下了一个最为重要的位置。

王敏怎么也没有想到，二十多年后的今天会重续当年的未了尘缘，可此刻又如何面对新的一切呢？相见之情确非言语所能描述，让她无法想象的却是，二十余年后的今天，葛荣依然这般情深，这般不顾一切地来夺她，让她想起了二十多年前，葛荣浴血奋战的场面。只不过，今日不同的是，葛荣已是天下间有数几位风云人物之一，拥有一切让人惊羡的东西，权力、地位、荣华富贵，更拥有一支天下最强大的义军。可葛荣仍未改变初衷，如此不顾生命、危险地前来接她，神池堡的确让她受够了冷漠，犹如一个阴冷凄凉的冷宫，也像是一所监狱。

葛荣全身而退，但所剩的人马只有一半了，这一战的确损失惨重，不过，比起神池堡的损失来说，却又是微不足道的。

神池堡周围也驻有官兵，但这些官兵并没有能力阻拦这样一群可怕的江湖人物，尽管他们人多势众。

葛荣冲出官兵的阵营之时，身上添了一道伤口，三百多人的队伍也只剩下两百多人，战争的确是残酷的。葛荣的伤口正是代王敏挨的，为她挡了一刀……

当尔朱归赶回时，神池堡中已经是一片狼藉，更且四处有火头升起。不过，葛荣率人退去之后，他至少可以重整神池堡。

官兵也全都进来帮忙灭火，可是这颓败之势已不可逆转。

尔朱悠受伤不轻，虽然他的武功极高，但怎么能敌葛荣与陈楚风这两大绝世高手的联手之击？若非葛荣想尽快进入禁地，后由陈楚风一人对付他，只怕此刻他已经不可能还能够站着说话了，这绝对不是危言耸听。

尔朱归的回来正好救了他，也使神池堡还保存了一些实力，但堡内一千多人死伤只剩下两百余人，这些幸存之人还多是有伤在身。他们最吃亏的是，有大部分人饮水中毒，使得功力大打折扣，有的人甚至根本就无法发挥出自身功力，这也是无可奈何之事，内奸总是令人防不胜防，这犹如一座巨大建筑之中的蛀虫，没有人可以堵绝它的存在。

官兵们极其卖力，那城守也不敢不卖力，他有些心惊胆战，城内发生了如此大事，他自然是责无旁贷，只吓得向尔朱归诸人不住地磕头请罪。

收拾完这些凌乱的东西，已到了晚间，神池堡中变得极其冷清，井水有毒，自是不能再喝，葛荣做得也真绝，不过，这种药性并不能持久，只需两三日，就可在井中完全化解，再无作用，这还算是葛荣最为仁慈的做法。

尔朱荣的大军势如破竹，渡过黄河，直赴洛阳，由于自王屋山下偷过黄河，这的确出乎洛阳守军的意料之外，而且其时正是新皇登基，洛阳城内大变之时，又有谁注意到尔朱荣的大军突然渡过黄河呢?

若非如此，横渡黄河只怕是让尔朱荣最为头痛之事了，河水湍急，五月正值涨潮之时，黄河水流更急。只要洛阳军队在黄河边沿固守，尔朱荣至少要多损耗不止一倍的人力。

洛阳军心本就已失，又无可战之将，虽然昌义之乃是公认的最佳守将，但守城之道，重在上下一心，全民皆兵，否则，再好的守将，又有什么用？是以，昌义之也无回天之力了。

尔朱荣很恨胡太后出尔反尔，更恨祝仙梅和石中天之阴险歹毒，因此杀敌绝不留情，大军一过黄河，立刻控制了洛阳周围数大重镇，对洛阳进行全面封锁。

几经交锋，洛阳军每战皆败，人心尽丧，降者无数，但昌义之仍在坚守洛阳。

六月，天气大暖，洛阳城中粮草尽被截死，只能坐吃山空，虽然洛阳为一座坚城，但城中军民却无法抗拒饥饿。

在此同时，葛荣避开一路官兵的追杀，更巧妙地引开敌人的搜寻，终于与驻兵五台山下的游四会合，更急时反扑追杀，杀敌五千，这才安全撤回耿镇，经太行回到河北。不过，此次随葛荣一齐攻堡的兄弟，能够活着回来的却只有一百九十三人，这几乎震慑了整个北方。

就在葛荣回到葛家庄之时，高欢终于攻下了左城，结束了鲜于修礼的最后一口气，统一了鲜于修礼的义军，整个河北，几乎被葛荣占驻了一大半，葛家军更向南不住扩张，直接威胁到邯郸，同时向东也不断扩张。

六月十七日，洛阳城内的将士终于受不了这种忍受饥饿的生活，而六月的天气也已极热了，且他们似乎根本就看不到什么希望，自然想到了投降。

尔朱荣也终于发动了总攻，全面进击。

十八日晚，洛阳城破，“胡太后”欲逃，但却根本无法逃出尔朱荣所布下的罗网，昌义之战死，祝仙梅和石中天却溜走了，单凭这些官兵，根本就不可能抓住他们。

尔朱荣进军洛阳，无论大官小吏，一律都杀，包括望士队、宗子羽林，任何外逃之人，也尽数杀绝。

北魏居于洛阳的朝臣两千余人，无一幸存，尽数杀绝，无论是其家眷还是仆佣，几乎鸡犬不留。

尔朱荣擒住“胡太后”与幼主元钊及数百宫女，全都绑上石头，沉入黄河，更杀死临洮王元宝晖。

次日，有人在孟津下游一百里处发现“胡太后”及幼主的尸体，两具尸体绑在一起，更有大石加诸于身，但迅速有人再次将其绑上巨石又一次沉入河中，史称河阴之变。

经此大屠杀，北魏朝廷实力几乎全部被消灭，包括刘家和叔孙家族及元家三大家族。

真正掌握实际兵权的，三大家族的所有实力加起来都不如尔朱荣，元家更是名存实亡，如河间王、高阳王之类全都是仰仗尔朱荣鼻息而活，只是到尔朱荣下令对洛阳城内进行大屠杀之时，他们才恍然发现，自己已经再也起不了任何作用，尔朱荣要杀他们真是太轻而易举了。

各路来救洛阳的官兵，也全被尔朱荣夺下兵权，并将士卒统归于旗下。

尔朱荣大权在握，重立新皇，立元子攸为孝庄帝，更改年号为永安，而他则成了名正言顺的大司马，尽掌朝政，连孝庄帝都得看他的眼色行事……

整个天下的确为洛阳之变而震惊，就是南朝，似乎也没有想到事情的发展竟会这样。

北魏之乱，可谓已经到了无以复加之境，各地诸王及刺史大臣几乎全都有些无所适从，此次，洛阳城中几乎全都换上了新面孔，自新皇到新大臣。

最为令人震惊的却是刘家和叔孙家族，似乎谁都没有想到尔朱荣竟然做得如此绝，如此狠下辣手，几乎所有的朝臣、达官显贵都不满，但尔朱荣掌握着强大的兵权，任谁也无法与之相抗衡，包括刘家和叔孙家族。他两家虽然拥有极多的高手，但此刻再也无法像以前一样影响朝政，在军中所拥有的支持更是微乎其微，根本就不能与尔朱家族相比。北魏的天下本来是元家的天下，但这样一来，整个北魏的天下几乎变成了尔朱家族的天下了。当然，尔朱家族此刻所面对的却是庞大义军的挑战，各路义军，几乎都像一头巨鲸，在吞噬着北魏的疆土，尤以葛荣之军为甚。

合鲜于修礼的降军于一体，重组起来的葛家军几达百万雄师，比朝中所拥有的兵力更多，这不能不让人心忧。

莫折念生趁崔延伯和萧宝寅分神洛阳之时，一气强攻，竟大败萧宝寅于泽州（现指甘肃镇原），并攻占了东秦州（现指陕西陇县）、北华州（现指陕西黄陵南西），向东却已攻至潼关脚下，声势之壮，也不在葛荣之下，甚至比葛荣更为锋芒毕露，只要攻下潼关，就会比葛荣更有机会首先攻下洛阳。

邯郸，也逐渐显得有些不安稳起来，葛荣的大军逼临得极快，其威势犹如潮水一般席卷大地，整个河北，已经没有多少地方不属于葛荣的了。

邯郸能够抵抗得住葛荣那强大的兵力吗？没有人知道。

不安的原因当然不只这个，更有洛阳的因素，洛阳的大屠杀，若说对邯郸没有影响，那是鬼话，无论是邺城还是邯郸都同样受到了极大的影响。

元飞远就是在洛阳城中被杀，还有更多的人，包括邯郸郡臣穆立武的兄长，这使得人心大愤，鲜卑贵族无不受到影响，尔朱家族本为鲜卑一支契胡族之人，竟一跃而压下鲜卑其他几大支系的贵族，自然会引起他们的不满。

邯郸城中近来警戒似乎更胜以前，因为他们知道葛荣的大军快到了。

当然，花天酒地之人自然也极多，“抛却尘俗烦心事，但管今朝醉一回”，一些消极之人总认为应当极时行乐，他日之事，他日再说。

邯郸元府，依然守卫森严，似乎并未因为三当家的身死洛阳而有太多的改变，整个元府依然是邯郸城中最具权威之地，也是戒备最为森严之处。

对于邯郸元府，蔡风并不陌生，他可以闭着眼睛画出元府的地形布局图。今日，他只是稍稍掩盖了一下自己的装束，根本没有人认出他的真正身份，至少到元府的大门口，仍没有人认出他的来历。

田新球的装束极为普通，更没有人能够认出来，只不过田新球的手中却捧着一个大匣子，上面以一层红布相盖。当然，他们是自马车中下来的。

邯郸元府的大门极高，不过，在蔡风的眼中，这里似乎比几年前矮了些，旧地重游的感觉有些酸涩。岁月的流逝，他已失去了昔日的那份顽劣之本性，江湖的风雨血腥也似乎在他的心中烙上了一道道伤痕，整个人变得有些沧桑，这是一种人人都明白的感慨，正如当你五十岁时突然在一本很旧的残缺书中，蓦地翻出一页年轻时欲寄却未能寄出去的情书一般。也许，这个时候会有一种想大哭一场的冲动，但，你却不知道为什么会哭，哭什么，是伤心？是痛苦？是快乐？是欢喜？也许那些全都不是，只是在刹那之间似乎感悟到一种说不出的东西，也许，那就是禅。

“你们是什么人？走开，别挡了大门！”那四个立在元府门口的护卫喝道。

蔡风扭头扫了四人一眼，是四张陌生的面孔，以前站在这里的人跟他很熟。

“你们立刻去通知老爷，就说驯狗师回来了！”蔡风吸了口气，淡然道。

“驯狗师?”那四名护卫相视望了一眼，显然并不清楚当年发生的事，也不知道有这个驯狗师的存在。

“驯狗师？你是什么人，报上名来再说。”其中一人有些狐疑地问道。

“别啰里啰唆，你就去告诉你们的主人，有人送聘礼来了。”田新球极为不耐烦地道。

“送聘礼?”那几人望了望田新球手上端着的那以红布相盖的方形物件，脸色有些微变，刚才说话之人随即冷冷地道：“你等着，我这就去通报!”说完便转身就要离去。

田新球向蔡风望了一眼，似乎是在询问要不要继续等待，抑或直接进去。

“慢着，你就将这张拜帖交给你的主人或总管!”说完蔡风自怀中掏出一张红色的名帖甩了出去。

那人一惊，拜帖已经落在他的手上，准确无误，而且力道均衡得难以想象，他心惊之余更是大骇，因为拜帖之上写着“蔡风”两个触目惊心的大字，他哪敢怠慢，立时如飞般奔了进去，门口的另外三名护卫也为之大讶，不知拜帖上写着什么，竟让同伴如此惊慌，但却知道门口俩人的来头绝不简单，因此也不敢再傲慢无礼。

约莫等了一盏茶时间，蔡风整个人犹如一尊雕像，在烈日之下，他与田新球一人一顶斗篷，却也不是很热，不过，这一切对于他们来说根本就算不了什么。

田新球正感不耐之时，府内传来了一阵脚步声，很快，一队列阵以待的人出现在门口。

蔡风一眼就看见了元浩，他依然很有气势，依旧身具一派王者之风，健步如飞，满面红光，只是眼神显得有些冷漠，如一口阴森的枯井，让人看了心头发寒。

元浩似乎也是一眼就看见了蔡风，虽然此刻的蔡风已经长高了很多，可依然被元浩一眼认了出来。

两道目光在虚空之中有着轻微的碰撞和摩擦，但蔡风很快就移开了，只是扫向元浩身边的一群人物。

长孙敬武和元权不在其中，虽然也有几个熟悉的面孔，但都怀有敌意。

元浩笑了笑，笑得有些勉强，有些阴森。也许，他的惊讶在接到拜帖之时已经完全表露出来，他的确想不到蔡风竟然找上门来了。

“只有你们俩人?”元浩有些讶然地问道，他似乎没有估计到蔡风竟只有俩人前来。

“大人认为我应该带几人前来?”蔡风也笑了笑，反问道。

第一百七十六章　人心莫测

元浩干笑一声，禁不住再次多打量了蔡风几眼，此刻的蔡风的确比三年前的蔡风长高了，也壮实了一些，浑身看上去更充满了力感，似乎每一寸肌肤都是一个生命的整体。

“你壮实了很多，也长高了很多。”元浩吸了口气道。

蔡风又笑了，回应道：“时间是会改变很多东西的，大人不也是多了几根白发吗?”

“蔡风，你好大的胆子，竟敢再来元府!”元浩身边的一个年轻人似乎看不惯蔡风这份轻松之态，忍不住叱道。

蔡风笑了笑，反问道：“如果你是虎是狼，我也许就不敢来了，但你不是虎不是狼，所以我也便专程前来走走!”

“你……”那年轻人怒道。

元浩也有些讶然蔡风的冷静和镇定，不由得沉声问道：“你今日前来到底想干什么?”

蔡风深深望了元浩一眼，道：“今日我是来下聘礼的，真诚地向叶媚求婚，既然大人认为我上次所遣来之人不够诚心，今日我只好亲自来一趟了，还请大人不要为难蔡风，就让有情人终成眷属吧，这也是功德一件。”

元浩的脸色变得极为阴冷，冷冷地问道：“我元浩的女儿即使死了，也不会嫁给逆贼乱匪，你可有了心理准备?”

蔡风神色不变，淡然道：“大人认为这是待客之道吗？我想大门外并非一个很好的谈话之地吧?”

“你是什么客人？你是我们的敌人！这不是待客之道，却是待敌之道！”那年轻人插话狠声道。

蔡风似乎不屑跟他一般见识，只是将头扭向元浩，平静地道：“今日蔡风抛开俗务，抛开军机，已不再是以敌人的身份而行，而是以江湖身份前来，大人还认为蔡风是敌人吗？”

“敌人永远是敌人，无论在什么时候，你的立场与我的立场都不相同，因此，无论你以什么身份，只要没有脱离那些叛贼，就永远是我的敌人。”元浩毫无表情地漠然道。

“我们曾经是朋友，对吗？”蔡风并不退让地问道。

“正如你所说，时间可以改变很多东西，我们的关系也在改变之中，的确，我们曾经是朋友，但现在却是敌人。若非我极为欣赏你这个人，此刻我们已经不可能这样相对说话了。”元浩断然道。

“难道大人愿意看着叶媚这样憔悴下去？难道大人就要这样葬送叶媚一生的幸福？”蔡风有些微恼地质问道。

“这不关你的事！”那立在元浩身后的年轻人抢着道。

“你是什么人？”蔡风冷冷地问道，田新球的目光如两支利箭直刺在那年轻人的脸上，冰寒至极，那年轻人禁不住打了个冷战，向后退了一小步。

元浩似乎并不知道田新球与那年轻人之间发生的事一般，淡淡地道：“不错，这不关你的事！”

“你错了，叶媚是你的女儿，那的确不错，但她也是我的妻子，而且还怀了我的孩子！因此，我必须对她负责！”蔡风语气一转道。

“我并没有与你计较这些，如果你一定要提起，我们也不妨一起算算这些账！”元浩狠声道。

蔡风神色变冷，淡淡地道：“可否容我见一见叶媚？”

“除非你弃暗投明。”元浩冷冷地道。

“你以为如今的天下还很明朗吗？洛阳屠杀，沉太后于黄河，太后毒死孝明帝，尔朱荣拿元子攸当傀儡，何为明？何为暗？败坏的朝纲，水深火热中的百姓们在受着无尽折磨，你们不知为百姓请命，却枕于安乐，只顾自相残杀，争权夺利，如此的朝廷还叫作‘明’吗？我看是一塌糊涂的黑，蔡风为百姓请命，愿以一腔热血澄清天下，又何错之有？如果这也为暗的话，那岂不是黑白不分，是非颠倒吗？大人，你去看看在葛家军领导下的城池，去看看那里的百姓和那一群在生死中挣扎的饥饿难民，你就知道到底是谁对谁错。”蔡风也有些愤怒地叱道。

“我不想听你教训，如果你不改变初衷，我只好不客气了！”元浩冷杀地道。

蔡风叹了口气，道：“我其实并不想这样，如果大人一定要逼我的话，那我也只好接下了！”

“哼，早就应该这样，何必这么啰唆！”那立在元浩身后的年轻人不屑地道，说话之间，元浩和他向两旁一分，其他随从也一字排开，一簇劲箭如雨般向蔡风和田新球射到。

蔡风叹了口气，知道今日之事不能善了，他并不想做得太过火，也不想让这件事以武力开始，毕竟曾经相交一场，这里也曾留下过他的笑声和足迹，也有他的朋友。不过，这一刻已经不可能再任由他想象了。

蔡风手臂一挽，在身前抡了个半圆，立时生出一股无形的气旋，那些射来的劲箭尽数被绞在一起自他的掌下坠落。

一朵红云升起，几乎挡住了所有人的视线，田新球出手了，他绝对不是一个仁慈之人，虽然蔡风吩咐过他不可乱杀无辜，可这些人的确极为可恨。

“噗！”一杆枪洞穿红云，准确无比地向田新球面门射到，无论是速度、角度还是力道，都足以让人心惊。

田新球微微有些讶异，这杆枪的主人武功绝对已入化境，对他倒有着极大的威胁。

田新球如游鱼一般，自枪身一滑而过，直向门内冲去，而那盖于红布之下的玉匣一弹而开，直向远去的大路上飞去。

“轰！”红布尽碎，如片片血蝶四处飞舞狂飘，在劲气激荡之中，田新球的双掌已经滑至元浩的面门。

“啪啪！”元浩的枪尾一摇，枪身竟如软蛇般，枪尖调头回刺田新球的背门。

田新球也吃了一惊，居然有人能将枪练到这种程度，他并不想杀元浩，蔡风曾告诫过他，不能杀了元浩。当然，田新球更不想被元浩所杀，是以，他的掌风一改，错步之间向那自侧面攻来的年轻人拍去，对于这个家伙，他并不想客气，甚至杀机已经升上了十二重楼。

元浩知道蔡风的武功可怕，但却没料到这个打扮极为普通的送礼汉子也如此厉害，他的枪刺空，那是因为田新球的动作的确太快，元浩没有追袭。

在元浩的眼光余角处，发现了一道灰色身影，如一抹幽光，在大路的暗处闪了一下，那是一个转弯处。

灰色的身影并没有做任何多余的事，只是以准确无比的角度接住那个被田新球甩出的玉匣，然后再如幽灵般闪没在拐弯处，一切动作都如行云流水，优美而利落。

不可否认，接走玉匣的人，是个高手，也是蔡风的人。

蔡风呢？蔡风竟然不见了，本来立在门口的蔡风竟然在刹那之间消失得无影无踪。

元浩心惊的，就因为蔡风的消失，蔡风究竟去了哪里？怎会在如此短暂的时间内走得无影无踪呢？红布挡住视线，那只是眨眼间的事，可是蔡风走了，这是事实，不可否认的事实。

“砰……啪……”那年轻人的剑被击成碎片，而田新球那一拳的余劲被另一拳所消，那是一个老头，看上去极有精神的老头。

那年轻人与老头同时飞退，撞倒四名强健的汉子，这才刹住脚步。

田新球身子轻旋，袖袍拂过之处，那攻来的兵刃根本就无法入袭，全被逼在圈外，唯一可以刺破他袖袍的，仍是元浩的长枪。

元浩的枪如同软蛇，灵活得超出任何人想象，劲力之强也绝对让田新球不敢小看。

元府之内的人马似乎全都惊动了，齐齐向大门口跑来。田新球却毫无所惧，虽然眼前之人皆为好手，元浩更是一个难以应付的硬手，可是他若想走，那还不是轻而易举之事？只是他并不想走，反而希望有更多的人为他的出手所吸引。

元浩却似乎并没有多大的心思恋战，可能是因为蔡风的失踪，他老是在猜测蔡风究竟去了哪里？其实，这很显而易见，蔡风肯定是去见元叶媚了。

蔡风的确是去见元叶媚了，对于元府，他熟悉如自己的家，就连挂月楼中的密室他也去过，何况其他地方？不过，元府极大，蔡风也不敢肯定元叶媚究竟身在何处，因为元浩绝对不可能仍将元叶媚安置在她的闺房中，他又岂会没想到蔡风会来暗中与元叶媚相见？

蔡风最先寻找的人并不是元叶媚，而是仲吹烟和陶大夫，这两个人总会有人知道元叶媚的下落，而陶大夫最有可能知道，因为元叶媚怀了身孕。

想到元叶媚为他所受的苦，蔡风心中便禁不住生出无限的歉意，对元浩的阻挠也生出了一些不满，前后他派出了两路人马前来求亲，全都被推脱。这次他亲自来，却成了敌人，但无论如何，他一定要带走元叶媚。他不是一个不负责任的人，更何况，他的内心又岂会不爱元叶媚？三年前，就是因为元叶媚，他才从阳邑踏足邯郸，这才身不由己地被推上江湖的浪头，一步步走了过来，开始之时只是因为对元叶媚的惊艳，那个时候的蔡风并不知道爱为何物，但随着时间的流逝，相处日久，才真正为她的性格所吸引。

仲吹烟的门反锁着，显然并不在，而陶大夫也不在，他们似乎全都被元浩遣走，蔡风心中隐隐明白了些什么，元浩似乎将元府之中所有与他关系密切的人全都调走了，这使得他再来元府之时，根本就找不到内援。

元府内的守卫极为森严，但这却并不能阻拦蔡风的行动，何况这里只是偏院，元府的护卫重点是在东院的主院中。

正当蔡风思索之时，突地发现当年在元府照料他的两个丫头之一，但却是作小妇人打扮，可蔡风依稀记得对方正是照料他的两个丫头中的报春。

报春发现蔡风之时，蔡风已在她身前不到五尺，其移动身子的速度可谓快到了极点。

报春正要惊叫，但蔡风的手却按住了她的口，并低唤了一声：“报春姑娘，是我！”

惊慌失措的报春张大眼睛，也隐约认出了蔡风，虽然如今的蔡风长高了，也更为壮实，但面貌依然未曾改变，惊慌之中，报春眨了眨眼睛，表示已经认出了蔡风。

蔡风这才松手，报春惊喜地道：“你是蔡公子？”说着，眸子之中禁不住滑落两行泪水。

蔡风一愣，有些讶异地问道：“怎么了，报春？”

“没……没什么。”报春一边以衣袖忙着拭去腮边的泪水，一边有些慌张地答道，目光却不敢与蔡风对视，脸上更泛起一抹潮红。

蔡风心中有些感慨，才三年未见，想不到变化却这般大，不由问道：“叶媚被关在何处？”

报春这才想到蔡风此刻是元府内要对付的人，不由急声道：“公子，你快走吧，这些人都要对付你，他们人多，你打不过他们的。”

“你先告诉我叶媚关在什么地方，至于其他的，你不用担心，他们不能拿我怎样。哦，近来你们还好吗？”蔡风有些感动地道。

“报春，你在跟谁说话？”一个声音自一间瓦屋中传了出来。

“没……没有谁！”报春有些慌乱地应了一声，忙向蔡风小声道：“公子，你快走吧，小姐被老爷关在挂月楼，你就别去了，那里有很多人守护着！”

蔡风一呆，却听到“吱呀”一声，那扇木门被拉了开来。

“你是什么人？”那人冷喝一声，显然他对报春那惊慌的声音产生了怀疑，这才拉门出来查看。

报春的脸色刷的一下变得苍白无比，一推蔡风，惶急地道：“公子，你快走！快走！”

“元胜，还记得我吗？”蔡风一掀斗篷，目光如电般投在那推门而出的汉子脸上。

“蔡公子！”那人吃了一惊，随之又一喜，急忙扭头四顾，忙道：“快，快进来说话！”

蔡风心中松了口气，元胜毕竟还当他是朋友，报春似乎也微微松了口气。

蔡风望了报春和元胜一眼，立刻明白他们的关系，不由得淡然一笑，道：“不必了，你以后可要好好照顾报春哦，如果有机会，蔡风日后必来喝你们的喜酒。”

元胜和报春同时一阵脸红，齐声道：“进去坐坐吧！”

蔡风推开报春的手，道：“我要去挂月楼，你们就在屋中不要出去了。”

元胜一呆，惊道：“那里有很多人守着，十分危险的，你一个人前去怎么行?”

“不要紧，我走了！”说完如风一般向东掠去，元胜还想说些什么，但是蔡风转眼已经消失在他的眼前。

尔朱荣初掌朝政，葛家军就立刻给了他一个下马威。

神池堡毁于一旦，葛荣竟自河北直接侵袭神池，这大概是他做梦也没有想到的事，而且这次袭击，竟直接捣毁了他经营了数十年的老巢之一，这使他的震怒无以复加，也使整个北魏为之震惊。

自然，这是有人欢喜有人忧之事，那些恨尔朱家族的人自然极为欢喜，与尔朱家族有关系的人，就显得心惊肉跳了。

葛荣把握时间之准，恰好正中尔朱荣的命门，而葛荣的安然返回河北，更使得义军士气大振，也让其他各路义军得到了极大的鼓舞，包括据于汉中的蜀人，而这路人马却向蜀中攻击，不直接进击洛阳，反而想据蜀中的肥沃之地。

乞伏莫于的声势虽然渐弱，但也很快与汉中的义军合并，形成声势更为浩大的义军阵容，虽不及葛家军，也不及万俟丑奴的义军，但所领人数与莫折念生相比也毫不逊色。

葛荣在一时之间，竟成了各路义军的龙头，且据占塞北要地，外通契骨、契丹，甚至远联突厥、高车，财源、战马、兵器源源不断自北方运进，而且兵力又横向东，抵达沧州，自海上又有萧衍运来的援助，各方面的运作，几乎让他成了整个北魏最有实力的人。

似乎整个北魏的江山，葛荣至少有五成的把握居大，各方人士相附相依的不计其数，其声势之盛，一时无两。

尔朱荣心惊的还不是神池堡被毁，神池堡虽然毁了，却可以重建，但有些东西失去了就永远都不可能再拿得回来，那就是生命！除了生命之外，还有另外一些东西。

尔朱荣心惊、心乱，甚至想狂泄心中的怨气，面对着坐在他对面的人，他却无声。

尔朱荣实在不想说话，他感到有些累，累的感觉是那般清晰，就因为他对面坐着的那个人。

这是一间密室，静静的密室，静静的俩人，空气似乎变得极为沉闷。

尔朱荣始终不说话，一言不发，与他相对而坐的人装束十分神秘，甚至看不清其脸面，因为其头脸蒙在一块黑巾之中，唯有那双如明星般的眸子，闪耀着森寒而阴沉的光亮。

沉默了大概一盏茶时间，二人犹如是对弈的智者。

“阿爹死了！”那被蒙着头脸的人物终于说出了一句憋了很久的话。

尔朱荣的身子震了震，没有悲伤，但却有着难以置信的神色。

“怎么死的？”尔朱荣的目光紧盯在神秘人的眸子之上，问道。他更想在这人的目光之中找到一些答案。

神秘人物的目光依然是那般阴沉，也没有任何悲切之情，反而有一丝淡淡的笑意。

“人总是要死的，阿爹死得值！”神秘人对于他爹的死，似乎还感到有些欣慰。

尔朱荣沉寂了半晌，又问道：“与葛荣攻神池堡有关？”

“不错，应该可以这么说！”神秘人物似乎并不在意尔朱荣是什么身份。

“以葛荣的武功难道还能够伤了阿爹？”尔朱荣不敢相信地问道。

“以葛荣那点微末之技，根本不配与阿爹交手！”神秘人语气有些不屑地道。

“到底发生了什么事？你破关而出，难道就不怕让他们发现你的身份吗？”尔朱荣终按捺不住自己的心情道。

“你是说悠叔那老匹夫？哼，就是我在他面前走过，他也不会知道!”神秘人物不屑地一笑道。

“他死了?”尔朱荣惊问道。

“不错，是姑父杀了他!”神秘人物点了点头答道。

尔朱荣的神情有些古怪地望着神秘人物，深深吸了口凉气，淡然问道：“到底发生了什么事?”

“姑父不仅杀了悠叔，还杀了姑姑！阿爹也是他带来的人杀伤的，但最终没能逃过死劫。”神秘人物语气有些发冷地缓缓道来。

尔朱荣不由得呆住了，半晌才充满杀机地道：“姑父怎会这样?”

“因为他本身就不是我们尔朱家族的人。”那神秘人物悠然道，似乎并没有什么恨意。

“你怎么知道?”尔朱荣有些怪异地望了神秘人物一眼，疑惑地问道。

“是阿爹临死前告诉我的，这也是一个深藏在我们尔朱家族之中最为神秘的秘密。”神秘人物淡然道。

尔朱荣眸子之中闪过一丝光彩，急切地问道：“阿爹清醒了?”

“不错，他被姑父带回的三大高手联手相击之下，虽然被击成了重伤，但也在突然之间清醒过来，不再疯狂，更在刹那间顿悟‘道心种魔大法’的奥秘，并在一击之下，重伤姑父与他同来的三大高手，那些人惊得退走，而阿爹也趋油尽灯枯之境，并告诉我姑父的真正身份及发生在我们家族之中的一件重大秘密。”神秘人物似乎语气有些激动地道。

尔朱荣的眸子之中闪过一丝异彩，惊喜无限地问道：“阿爹终于悟出了‘道心种魔大法’的奥秘？那他可曾对你讲过?”

神秘人物涩然道：“我们根本不可能以阿爹的那种方法去练习，也不可能达到那种境界。”

尔朱荣禁不住有些失望，也有些讶异和不解，问道：“为什么?”

“阿爹为了修习‘道心种魔大法’，便将那些曾名动一时的各门各派高手尽数抓入‘死狱’，而这些高手，大多是四十多年前人们认为死在冥宗与邪宗浩劫之中的佛道两门高手，可笑那些人还将这笔账全都记在不拜天头上，江湖中人都以为这些高手死了，其实阿爹就是从那时候开始苦悟

‘道心种魔大法’的。而被抓进‘死狱’的佛道两门高手正是实验品，阿爹分别将自己所悟武功让这些人先练，看谁的进展最大，就选择谁的练法。这些人拿着那些要诀苦悟，后来的确有些人进展极快，阿爹便随着练习。可后来，阿爹因以太多的方式去修习‘道心种魔大法’，更在无形之中吸收了这些人的功力，学得他们各门各派的武功，结果却被体内的劲气四处冲撞，最终走火入魔，这一疯就是二十余年。因此，悠叔只好将‘死狱’列为禁地。阿爹虽疯，可功力日进，到今日，如果不疯的话，就是烦难和天痴加起来，也不一定是阿爹的对手，直到姑父与他同来的三大高手联手一击，那强大无匹的劲气，竟一下子将阿爹那充斥在四肢百骸、相互制约的劲气全都逼出体外，也就这样，阿爹才清醒过来，在刹那间顿悟出‘道心种魔大法’的奥妙，吸引外来力量为己用，更在体内排斥的力量泄出之后，天地之间的浩然正气随流而入，充斥了阿爹的身体，姑父和那几人的确吃了一惊。而此时阿爹出手，功力和气势几乎暴增数倍，一掌将四人全都击出洞外，齐受重伤而逃。”说到这里，神秘人物眸子之中闪过一丝惊悸之色，显然忆及当时的情景，心中犹有些骇然和吃惊。

尔朱荣很清晰地捕捉到对方那绝对没有作伪的神采，他似乎也可清楚地想象到当时的那种场面，能够让他眼前之人吃惊的场面，天下之间绝无仅有，更何况又是武道之上？

“那阿爹究竟是从何处悟出‘道心种魔大法’的？”尔朱荣吸了口气，问道。

“其实，阿爹这些年并不是疯了，他只是因无法控制体内的真气，而陷入一种超魔的境界，那是一种超出魔道的另一种不真实的境界。他的心神似乎处在一种虚幻空无的天地中，但却始终无法摆脱肉身的限制，无法让心神与灵魂任意在那虚幻的天地中自由发展。而他未能摆脱肉身的限制，便无法自超魔的境界抵至更高层境界‘无魔’之境，唯有无魔才能入道。”神秘人物吸了口气，又道，“阿爹说过，无论正邪、佛魔，其最后追求的最高境界全都一样，那就是以求破开生命的限制，晋升天道！”

尔朱荣呆了一呆，他似乎隐隐明白了一些什么，但却似乎什么都不明白。

“娘亲曾说过，‘道心种魔大法’的始创者也是道教一系，更是承袭广成仙长一脉，只是后来其武功尽废，才会另辟异途，以魔心修道，终自入魔再入道，达到天人之境，只是这被正道人物视为异途魔道，加以排斥，那只是因为，天下间如那位祖师般拥有那等智慧的人太少太少，修习‘道心种魔大法’之人往往悟不透最后一关而沦入魔道，无法翻身，这才造成了江湖人士的偏见。两百多年前的邪尊祖师虽然悟通了‘道心种魔大法’，但却未能达到最后的境界，而终败在葛洪的手下，其实还有一个原因，就是葛洪当年所修习的是广成仙长所留下的《长生诀》，而创出‘道心种魔大法’的始祖也是出自道教广成一脉，所以，才会有败北之局。但这并不代表魔道不能相当，只有达到最高境界才会是一个完美结局。”神秘人物缓缓地道。

“那阿爹可是悟到了最高境界攀入了天道？”尔朱荣眸子中再次闪过异彩道。

“没有，阿爹虽然悟到了那等境界，更是伸手可及晋入天道，但因其伤势太重，元阳也尽，终无法再进入那种境界。不过，阿爹说他在那种超魔的境界中，见到了烦难和天痴，还有另外一个和尚，那是以心和精神去感应到的，这说明，无论是佛、道还是魔，想要进入天道，就必须首先进入超魔和无魔这两层境界。只可惜，阿爹肉身之内的混乱劲气分散了他的精神，这使他的精神与肉身不能同在一个层次，也就不能合一。而我们又无法感受他的那种境界，其精神力致使他做的一些事是我们无法理解的，这就使我们认为他疯了。事实上，疯子也就是因为精神力和灵魂不再与肉身配合，他们会看到一些我们看不到的东西，感受到一些我们感受不到的东西，而我们却不明就理地当他们疯了。而在姑父和那三大高手将阿爹体内的混乱劲气逼出体外之时，阿爹的精神力和灵魂在刹那间竟与肉身交融，也将超魔境界的那层世界中的浩然正气引入体内，这才真正爆发出惊天动地的一击，一掌击飞了四大绝世高手！”神秘人物似乎是在阐述一件神圣的事情，眸子之中充满了向往之色。

尔朱荣的眸子中也充满了向往，他完全无法想象，那究竟是怎样一种境界，怎样的一个世界呢？

神秘人物顿了半晌，又道："阿爹之所以能击出那惊天动地的一击，还有另外一个原因，那就是因为姑父等四大高手击入他体内的功力出自同一宗，无论是内劲的修为还是其他，所以四股劲气击入阿爹体内后，立即汇成一股，并不相互排斥，反而顺通了阿爹闭塞的经脉，这才使得那股浩然正气顺利入体，如果阿爹没有一点气劲作为引子，也根本不可能借来那股浩然正气。"

尔朱荣愣了愣，他想不出天下间有哪一门中能出四个绝世高手，他心中十分清楚，能被身前之人认为是绝世高手的人物，绝对不会比葛荣之流差，如果真是这样，这个门派岂不骇人听闻了？而这个门派又与自己的姑父有关，不由令尔朱荣有些头大了。

"当时，我被姑父暗算，几乎武功尽废，毫无还手之力，阿爹击退他们，知道自己已油尽灯枯，元阳消耗殆尽，也就将姑父和死狱的秘密及他感受到的超魔境界告诉了我，更将残存于他体内的劲气全部输传给我，他才安然归去。"神秘人物吸了口气道。

尔朱荣再次一震，惊问道："阿爹将功力全都输给了你？"

"这也是没有办法的事，与其让残存的功力白白耗去，倒不如留下来为将来的事业做一些贡献，所以我来助荣弟一臂之力。"神秘人物悠然道。

尔朱荣心中有些不忿，但他却不能说出来，眼前之人毕竟是他的哥哥，同胞的兄弟。

"那大哥怎么说，我们是不可能修习'道心种魔大法'了？"尔朱荣淡淡问道。

"我们总不可能如阿爹那样抓一批高手来乱试，阿爹虽然在临终之前悟出了其中的奥妙，但并未能完全悟通，他毕竟只是根据那四卷残缺的《天魔册》以自己的才智去自创摸索，其中有太多的漏洞，而且他根本就来不及仔细整理其中的心得，所以，我们根本就不可能得知其中奥妙，只能够多走弯路，一路重演。"神秘人物叹了口气道。

尔朱荣知道大哥所说不假，如果再以其父的方式去练的话，不知要到何年何月才有效，最终是成功，还是如他父亲一样的悲剧呢？那是令人无法猜测的。

“你杀了姑父吗?”尔朱荣换了一个话题问道。

“没有，我恢复功力之时，他们已经全都走得不见踪影，那些被关在‘死狱’中的数十疯子，全都被毒死了，神池堡之中没有几个活口!”神秘人物狠狠地道。

“他好狠的心，竟然连姑姑也杀!”尔朱荣眸子之中似乎要射出火焰来。

“他从来都没有爱过姑姑，他更不是我尔朱家族的人，他也不叫尔朱归，而是区四杀，乃当年冥宗宗主不拜天大弟子区阳的仆人!”

“啊!”尔朱荣一惊，忍不住叫出声来，这的确太出乎他的意料了。

“他潜伏在尔朱家族几十年，只是想盗取尔朱家族的传家宝剑巨阙，因为区阳被封在泰山之顶的同心石下，他想盗走巨阙，就是要以巨阙之神锋破开同心石，救出区阳!”神秘人物淡然道。

尔朱荣无语，他怎么也没有想到，自小待他如亲子的姑父竟是冥宗的余孽，更是潜伏于尔朱家族的一条恶狼。

“还有，我们尔朱家族当年的十一大高手神秘之死全都是他干的，你可听说过，当年十一大高手全都是死于一种霸烈无比的拳劲之下，而这用拳的高手正是姑父。阿爹说，姑父的拳道的确已经达到了巅峰境界，在几十年前就几乎难寻敌手。不过，姑父杀这十一大高手全是阿爹指使的，因为当时这些人全都排斥娘亲，逼死娘亲之人也是这些人，所以阿爹才会招来姑父，并将姑姑嫁给他，从而使他成了阿爹的一件秘密武器，也因此有人怀疑十一大高手之死是阿爹所为，这才让阿爹未能有机会当上族王。”神秘人物平静地叙说道，却自有一种惊心动魄之感。

尔朱荣心神飞跃，更是惊讶无比，他似乎估不到当年尔朱家族的十一大高手之死果然是阿爹一手策划的。

“姑父为了掩饰自己是凶手，此后弃拳练剑，而使拳道再无半分进展，更无法攀升一个新的境界。后来姑父明白，这是阿爹故意如此安排的，以剑道制约他的拳心，也不至于使姑父的拳道达到无人可及的地步。阿爹以巧计为我们夺下族王的位置之后，曾想过杀死姑父，但却又因练功走火入魔，这才让姑父在尔朱家族之中再多待了几十年，但他却未能获得巨阙神剑，此刻区阳出了泰山极顶，他自然再无顾忌，更想一泄多年的怨愤，想得《天魔册》和巨阙，而区阳似乎本身就受了重伤，只有一根指头可动，但这人功力之高的确骇人听闻，只凭一根指头就不会在你我之下！”神秘人物有些心惊地道。

尔朱荣心中一惊，他实在想不到世间奇事竟如此之多，一个只有一根指头能动之人的武功会与他不相上下，这几乎是不可能的，以他今日的武学修为，竟不是对方的一指之敌！但他相信眼前之人所说的话，因为眼前之人是他的兄长，同胞而生的哥哥，他们不仅仅长得一模一样，更有心心相通之感，他知道大哥并不是在说谎。只不过，这几十年来，他一直只是作为一个影子存在着，使他的心性方面与常人有着一些差异，不过这也是极为正常的事。但尔朱荣心中却极为烦躁，他并不需要一个影子的存在，那像是一种潜在的威胁，可这却是他父亲安排的。

也许，没有这个影子的存在，他就不会拥有今天的一切，包括族王的地位。当年正因为这个影子在他受伤之时，替他出战尔朱天光，这才让他大获全胜，在尔朱家族的人不明所以的情况下，他就首当其冲地被列为最后的赢家，理所当然成了族王，但他自己心中却十分清楚，他并不比尔朱天光强，在夺取族王的比斗之中，甚至比尔朱天佑伤得更重，但值得庆幸的是他有一个影子，另一个活生生的自己。

尔朱荣更清楚，影子可以代他出手，也同样可以代他做一切，甚至在不知不觉中取代他的地位，这绝对不是一个神话，而是不可否认的事实。因此，这些年来，尔朱荣活得并不开心，并不快乐，但对于这个影子，他却难以下手，因为世上他最亲的人此刻莫过于这个影子，但此刻影子却告诉了他一个让他更为不安的消息，那就是——他的父亲竟将残余功力全都输给了影子，这就说明，如今影子的实力很可能比他更强。

“巨阙可是被他们抢走了?”尔朱荣淡淡地问道。

“不知道，阿爹临终之前并没有提到巨阙藏于何处，也许他们不能找到巨阙的下落。”神秘人物沉声道。

尔朱荣的目光冷冷地注视着神秘人，心中升起了一丝疑虑，但他并不想说出来，因为即使说出来也毫无用处。

"难道我们就这样放过区阳?"尔朱荣冷冷地问道。

"你是要我去击杀区阳和姑父?"神秘人物反问道。

"区四杀必须死，他已不再是我们的姑父尔朱归，他还知道我们的秘密，因此，我们绝对不能让他活下去!"尔朱荣充满杀机地道。

神秘人物的眸子之中也闪过森冷的杀机。

的确，他绝不容许知道他秘密的人再活在世上，那绝对是一个极大的威胁，任何可能都会发生。一个不小心，他尔朱荣甚至会栽在区四杀的手中，只要他将所知道的秘密全都让尔朱天光诸人及尔朱家族中那些塞外的长老们知道，后果则会不堪设想，但幸亏尔朱天佑被葛荣所擒，至少在尔朱家族之中少了一部分阻力。

"区四杀和区阳他们一定要杀，但目前我们还有更重要的事情必须面对，虽然眼下我们掌握了北魏的朝政，但北魏的江山还并不是我们的，甚至很可能被人所夺，这之中最大的敌人，莫过于葛荣，而莫折念生这个年轻人也很了不起，但他还不足为患。葛荣却是最让人头疼之人，他的部下高手如云，更有很多绝世高手相助，如蔡伤、蔡风及陈楚风那老不死的，甚至还有哑剑黄海，且拥有近百万大军，实力之雄，比我们犹有过之。因此，我们目前最强的两路敌人，应该是区四杀和区阳诸人及葛荣!"尔朱荣深深地吸了口气，不得不面对现实道。

神秘人物呆了半晌，淡淡地道："区四杀的事情就交给我，葛荣的事情你自己去解决，而且，对付区四杀和区阳，我还必须要带一批高手前去，以我一人之力也不可能对付得了他们，如果他们真是冥宗之人，我只怕难以完成任务。"

尔朱荣深深望了神秘人物一眼，半晌才道："好，我会调派一些高手给你的!"

挂月楼，巍峨高耸，如屹立的巨人，别有一番神秘的气氛。

四周幽静，不闻人声，唯有几丛修竹在风中带起一阵"沙沙"的喧响。

蔡风放缓了脚步，从容得如在花间散步，他并没有把元府当成是虎穴，更似乎从未把即将到来的危险放在心上，也许，他根本就不愿想得太多。

“你终于来了！”一个缓和而沉重的声音似乎带着一种异样的磁性，自挂月楼中传入蔡风的耳朵。

“我早就该来了，只是俗务缠身，脱不开身而已，倒是让总管久候了。”蔡风悠然道，似乎是故友在拉拉家常，蔡风的脚步并未停，一直向挂月楼的入口行去。

箭，数十支劲箭自几个不同方位一齐瞄准了蔡风，只待一声令下，就将蔡风射成蜂窝。

蔡风停下脚步的时候，距挂月楼的大门只有两丈远，他可以看清楚门内的景象，更可感到散布于二楼的强弩劲箭。

“叶媚是在这里吗？”蔡风的目光上移，落在一个中年汉子的身上，淡然问道。

“不错，但大哥却未同意你与媚儿之事。”说话的是元府大管家元费。

元费依然极有精神，虽然静如秋水，但也可自他的话意中听出一丝无奈。

“难道总管也如此守旧而残忍？”蔡风并没有半丝退却之意，极为平静地道。

“现实本来就是残酷的，虽然我并不想这样，可有些事情并不是人力可以改变的。不应时局而行之人，只会落得更惨的下场，如果你愿意改变你自己，我可以双手将媚儿送给你。”元费无可奈何地道。

“但叶媚并不是礼物，感情更不是礼物，也不是货品，不是拿来交换的。”蔡风淡漠地道。

“那很遗憾，我无法帮你！”元费无可奈何地道。

杀机在这一语之后不停狂涨，大战一触即发，就连骄阳也显得有些阴森可怖。

蔡风心头有些苦涩，如果世上的一切都必须以血为代价的话，是不是也太残酷了一些？正如有人所说，人在江湖身不由己，有些事情并不是你不想做便可以避免的，就像现在，蔡风却不能不出手，可他的确不想出手。

箭，如飞蝗，在弦响之时，蔡风所立的位置插满了利箭，像是地上长满了一根根倒刺，但是蔡风已经不在。

似乎是消失的魅影，几乎没有几人看清了他是如何行动的，也许，蔡风本身就不是一个实体。

元费看到了蔡风，那是他枪尖所指的方位，他的目光似乎可以穿透一切虚幻，清楚地捕捉到蔡风破空的轨迹，而他的枪似乎更可预知蔡风落脚的方位，因此，他出枪了。

蔡风的身形似乎完全虚幻，并不理会元费的长枪。

也的确，元费的枪根本就不可能刺中他，所刺中的，仍是蔡风所留的残影。

蔡风落足二楼，对这座挂月楼他并不陌生，对于这里的机关他也很清楚，只是今日，他并不想杀人，尽管元府中人并不将他当作朋友。

元费的枪刺空，很快便回枪横扫，速度快捷异常，但蔡风比他更快！

攻向蔡风的有两柄刀，来自两个不同的方向，只不过，这两柄刀在蔡风的眼中看来，犹如儿戏，缓慢似蚂蚁在爬行。

元费的枪被一柄刀挡住，本是攻向蔡风的刀，被蔡风轻轻一拨，竟斩上了元费的枪杆，同时之间，蔡风自两柄刀之间走了过去，如同踩着风，踏着云，轻悠至极。

那两名刀手如同一截伐倒的木头般，哼都未哼一声，就轰然倒下了。

元费的枪击到了那柄刀身上，只不过，那柄刀却又到了蔡风手中，一切都是那么自然，那么洒脱，没有半分牵强的感觉。

攻向蔡风的兵刃并不只有元费的枪，还有三柄剑、四把刀、两杆枪和一只重锤。

二楼的走廊并不十分宽阔，但这十一件兵刃却是自不同的方向攻来，几乎封死了蔡风所有可以进退的路。

蔡风在偶然却又必然之下抓住了那柄刀，也就信手挥了出去，接刀、挥刀，一气呵成。

第一百七十七章　重铸龙身

刀，极为平凡，但握刀的人却绝对不凡，这也就制造了绝不寻常的杀局。

其实，任何兵刃在今时的蔡风手中都已一样。

同样是刀，但那四柄刀和三柄剑全都被斩断，如同废铁，抑或根本称不上是铁，只是像朽木，一截截朽木，根本就不堪一击的朽木。

刀断，剑碎，蔡风再次闯入了他们的阵形之中，刀却如剖竹竿般劈开了一杆长枪。

“轰！”长廊之内的青砖墙壁碎出了一个大洞，砖屑乱飞，更似乎凝聚了强劲的气流直冲而出。

那被蔡风闯入的阵势霎时溃散，更有几人飞跌而出。

蔡风的刀并未撤回，而是夹在那被剖开的枪杆之中，但那人握枪的手却掉下了三根指头，若非他拼命握住枪杆，这一刀定会将枪杆分裂两半劈入他的胸膛。

墙壁是那柄大锤所击，蔡风的手掌如带有一股强劲的牵引之力，使那用锤之人根本就无法自控大铁锤，这才使铁锤无情地砸开墙壁。

“砰！”“呀……”那名锤手惨哼一声，蔡风的脚无情地踢在他的小腹上，几乎让他肝肠寸断，庞大的躯体如肉弹般向楼下飞去。

那未能赶上节拍的枪却再次被蔡风挟在腋下，强大的气劲使他的躯体不由自主地向外撞去，逼得向前扑进的元费也不得不闪身避让。

蔡风轻笑一声，那柄大锤却被握在他的手中，而他的身形此时却已钻入室内。

“呼……”一张系满倒钩的大网迎头罩下。

蔡风根本就不将之当一回事，因为他的身形快得犹如脱兔，铁网对他构不成丝毫的威胁。

“噗噗……”几声闷响，那几名执网的汉子如陨石般重重摔在二楼的地板上，发出几声惨哼和闷响，蔡风不仅冲过了他们所设的大网，更以碎砖头射中了他们的穴道，让他们根本没有能力运功抵抗，从上往下直摔而下。

室内那只大柜依然存在，依然是摆在那个方位，可当蔡风走到大柜之前时，却止而不前，他见到了仲吹烟，此时的仲吹烟似乎老了很多。

仲吹烟的突然出现，似乎连守在那只柜子旁边的几名护卫都吃了一惊，脸色巨变。

而脸色最难看的反而是仲吹烟。

“蔡公子快走，这是个陷阱，柜子中全是火药！”仲吹烟又急又惶地呼道。

蔡风吃了一惊，但那几名护卫更为吃惊，似乎吃惊于仲吹烟的话，也吃惊于自己的处境，但是他们仍然出手了，而且在蔡风吃惊之时，他们的兵刃沾上了蔡风的衣衫。

他们的确感到有些欣慰，这一切似乎来得极为顺利，也超出他们的意料，只不过他们根本就没来得及进一步欢喜，因为他们发觉自己所刺的，只是一个不真实的虚体，犹如刺入水中，又像是刺在空气里。

“快走！否则来不及了！”仲吹烟似乎在这里潜伏了很久，只等蔡风出现后，他才现身。

屋外竟奇迹般的没有声息，并未听到元费和那些人的呼喝，蔡风却听到了“滋滋”的异响声，正是火药引线燃着的声音。

仲吹烟几乎魂飞魄散，那几名护卫也听到了，但是，他们并不太清楚这是什么声音，也没意料到这究竟是怎么回事。不过，待他们意识到的时候，一切都已经迟了。

“轰！”第一声巨响自那大柜中传出，天地在震荡，整座挂月楼在摇晃。

“轰……轰……轰……”第二声、第三声，紧接着一齐爆响，天地在刹那之间全都变得虚幻，一切不再真实……

葛荣返回冀州，使得葛家军军心大振，士气也高昂得达到前所未有的层次。

各路大军的首领尽数回聚冀州，因为葛荣有大事相召，这对于义军来说，的确是一个极大的震动。

葛明初次与各路义军的首领相聚，葛家军军容之盛，实比官兵更有过之，虽然在服装上仍有些混乱，但配备的武器却极为精良，而葛家军之中的将领无不是精神抖擞，杀气腾腾，更多的是年轻人，大小将领竟达数百人。再加上葛家庄自身的高手，人数达数千，这可以说是葛家军的核心力量。当然，仍有些重要将领在防守、占驻重镇，负责攻城的行动。

葛明要不是亲眼所见这一切，真难以想象葛家军中有如此多的高手和人才，也禁不住心中为拥有这样的父亲而自豪，心中更暗自欢喜，想到有朝一日，这些人全都归于自己的领导，那究竟会是怎样一种自豪和威风？想到自己是葛荣的亲生儿子，葛明禁不住又多了几分骄傲和自豪。可是，葛家军中还有个蔡风，蔡风的可怕举世共知，想到这里葛明心中微凉，他今日并没有见到蔡风，因为蔡风根本就没有回到冀州。

葛荣也问及蔡风，回话的却是高欢，而这一刻，葛明才明白，蔡风在葛荣的心目中所占的分量，那种关切之情让葛明心中产生了一丝莫名的嫉妒，更有一种隐隐的威胁感。因为葛荣对蔡风的关心似乎更胜过对葛存远和葛悠义。若说葛存远和葛悠义不是葛荣的亲生子还情有可原，但蔡风更非葛荣所养。

蔡风单赴邯郸，葛荣心中的忧急之色显而易见，同时也做了一些紧急安排，只是为保蔡风安全。

葛存远和葛悠义对葛明十分友善，这似乎是葛荣教导得好，他们更亲热地叫王敏为娘。葛荣很满意他们俩人的表现。而军中之人对葛明的尊重似乎并不很明显，更有几大将领只是淡淡地回应，如高傲曹、怀德与何礼生及蔡泰斗等人。

葛荣对这几人极为欣赏，并让葛明向他们学习作战领兵之术，葛明本就是心高气傲之人，虽然葛荣说了话，不得不客套一番，可心里却对这些出身低下之人不怎么看好，唯一例外的是对蔡泰斗，因为他是蔡伤的儿子。

葛荣一定要让他叫蔡泰斗为兄长，葛存远第二，蔡念伤第三，而葛明却是第四，葛悠义第五，蔡风第六。

而真正的蔡念伤跟蔡伤一起远赴海外，不在葛家庄。那天当蔡宗的真正身份揭露时，在整个葛家庄甚至在整个中原引起了一场不小的轰动。不过，他很快就被人接受了，因为他带来了包向天的尸体，这无疑使他一举成名，让人接受了他。因此，蔡宗理所当然也就成了六人中的老大，所以葛明要称蔡宗为大哥，葛存远为二哥，蔡泰斗为三哥，这使他心存的一些优越感消减了很多。

蔡泰斗伸出双手拍了拍葛明的双肩，以示友好，葛明却感受到蔡泰斗那极高的武学修为，更感到了潜在的威胁。

高欢是近日来的红人，那是因为跟随蔡风一起大破鲜于修礼义军，统一了鲜于修礼的大军，高欢对葛明极为客气，甚至有些恭敬，这让葛明心头大为痛快，倒觉得高欢是这些人中最顺眼的俩人之一，另外一个却是游四。

王敏似乎有些激动，与葛荣相伴，被葛荣相携，走在千万人之间，接受着千万人的行礼，这是她从来未曾经历过的场面。当场中千万人同声高呼大王万岁、夫人千岁之时，那如雷动的声音只让她热血沸腾，泪若泉涌。所有的担忧顾虑全都消失得无影无踪，更为葛荣的深情而感动。

这是葛荣所宣布的最重要的事情之一，葛荣的确把王敏和葛明回到他身边当成了一件大事，还有更重要的一件事，却是葛荣宣布立国，自称为天子，立国号为齐，改元广安，并大封文武百官，暂定都于冀州，更准备修一座气派宏伟的皇宫，立三公六卿之制，但真正确立却必须待攻下洛阳之后，更会召告天下。

而王敏更被封为西宫之主，毕竟王敏并未真正落实，但东宫之主却是葛荣明媒正娶的夫人董群，也只有这样才能服众。

王敏自然心满意足，更能深切理解葛荣的难处，既然葛荣此刻身为天子，自然要保持东宫的圣洁超然，而她却是在尔朱家族待了二十多年的女人，能立为西宫之主已是天大的恩赐了。

葛明心头却有些不满意，但葛荣称天子，立国号为齐却让他欢喜无限，此刻他在思忖着未来当了太子该如何去做，更暗自惴测，自己的选择果然没有错，在尔朱家族之中，却只是做一个替身，他已经受够了，而真正的尔朱兆重回尔朱家族后，他更没有什么地位。葛明暗自庆幸还有一个如此出色的父亲，这是他的骄傲，也是他的……

整座挂月楼在碎石、断砖、烂木、残肢断腿飞溅之中，成了一片废墟。

那惊天动地的巨响传出很远很远，似乎整个邯郸城都为之震动。

守城的官兵自然也惊动了，元府的每一个角落也惊动了，但元府之中并没有太多的人为之惊慌和意外。

当然，惊恐、意外、不知所措的人也有，甚至有的仆妇在尖叫，那剧烈的爆炸之声的确太使人惊心动魄了。

元费的表情有些苦涩，他的确不想这样，不可否认，他很欣赏蔡风，欣赏蔡风的武功，欣赏蔡风的智慧，更因为蔡风曾与元府有过交情，甚至是恩情。

如果蔡风不是一个可怕的敌人，如果蔡风愿意改变主意，他的确十分乐意与蔡风交个朋友。

蔡风的武功的确可怕至极，虽然元府之中的高手众多，但真正能够阻挡蔡风留住蔡风的人还没有，刚才只不过是短暂的交手，但却可清楚地看出蔡风的武功有多么厉害，任何人有这样一个敌人存在都不可能有好日子过，任何人都不会介意多这样一个朋友。虽然，元费知道蔡风并没有当他们是敌人，可他却不能不为整个家族去考虑，如果他只是孤家寡人，那他一定会选择与蔡风交朋友。

蔡风没死之时，元费心中暗自担心，而蔡风此刻丧身挂月楼，他又有些惋惜，一个如此年轻却拥有如此智慧的绝世高手，其前途的确是无可限量的，他为元叶媚失去了这样一个好夫君而痛心，为不能拥有这样一个侄女婿而遗憾。不可否认，任谁都不会怀疑蔡风配不上任何女人。

元费的确有些感慨，这个三年前甘愿在元府驯狗的年轻人，却是天下间最出风头也最让人看好的高手，他当初确实没有想到，他怎么也想不到天下第一刀的儿子竟然甘愿做一个驯狗之人，而这一切也只是为了元叶媚，虽然有些荒唐，但却可见蔡风甘心为元叶媚做任何事。

三年之间，蔡风的武功增长之快也让人吃惊，在三年时间内竟成为一个绝世高手，几达天下无敌之境，这的确有些不可思议。但一切都已经不再重要，因为蔡风已经只是过去的历史，至少在元费心中是这么认为的，他此刻所想的却是如何说服元叶媚。

挂月楼的残物飞出好远，那些元家子弟远远望着倒塌的废墟，久久凝立，陪葬的有几名元府兄弟，更有被列为元府重地的挂月楼。

而这一切，只为了一个蔡风，没有人知道这值不值得。不过，有人曾说过，他愿意以一座城池来换取蔡风的性命。相较来说，元府这点损失只是极为轻微的。

尘土飘飞极高，那飞扬的尘土在天空之中弥漫成一层轻纱般的雾，没有人知道它会在什么时候降落，但挂月楼的残局却总需要收拾，元府之中，不可能容许这样一堆垃圾。

元府门口的田新球杀得极为起劲，这群人并不能拿他怎么样，虽然也伤不了对方，可脱身对他来说却是极为轻易的事。

这群人中，最为厉害的就是元浩，那一杆枪使得神出鬼没，的确有些难缠。

那声巨大的爆炸之声也惊动了田新球，他却不明白发生了什么事，但元浩的眉目之间却有了喜色，他是一个只计成败，不会在意其他的人，只要他的敌人已死，就不会再有什么是不可以放下的，因此，他杀得更为起劲，斗志更盛，尽管眼前的对手是那般强悍。

田新球似乎少了那份耐性，长啸一声，向元府内院冲去，他也不必与这些人缠斗个没完没了，只需要游斗就行，他不相信元浩不会追来。

田新球采取游斗方式后所过之处，更让一些未参与者失去战斗力，至少可以减少后来的阻力。

元浩大惊，田新球居然直冲而进，所向披靡，行动之快，完全不受限制，根本没有谁能阻止，如此下去，岂不会如龙卷风般毁坏元府的一切防守？

他很难想象，能有多少人可以阻住田新球一刻，也许，唯有元融可以，但此刻博野战事吃紧，元融不得不赶到博野控制局面，也许，博野战局吃紧也是蔡风安排调走元融的一步棋。

元融一走，蔡风便赶来了，这并不是偶然的巧合，而是蔡风的安排。不过，元浩心中唯一值得欣慰的就是此刻蔡风可能死了，至少在心理上少了一层顾忌。

蔡风的可怕，他不是没听过，三年前就将他们玩弄了一次，而近来江湖中人对蔡风的评价，与当年的蔡伤相比，有过之而无不及，甚至不会比现在的蔡伤和尔朱荣逊色。又有泰山之战的神话，更有定州之役的事实，蔡风可以说已成了他心头最大的隐患，既然这样一个人不愿意屈服，归于自己所用，那就只能毁掉他，为了家族的利益，他必须牺牲女儿的幸福。

收拾挂月楼残物的行动开始了，虽然尘土并未完全降落，却也不如初始那般呛人，也低沉了不少，只是满地狼藉。

元费觉得没有必要再在此继续待下去，那似乎并不是一件很有意思的事情，他听到门口传来的长啸声，那肯定又有高手前来，元费转身，几乎就在同时，他听到了几声长长的惨叫。

绝望而痛苦的惨叫，更多的却是惊恐的呼喊与凌乱的碎砖摔碰之声。

元费再转身，声音是自废墟中传出来的，元费禁不住大骇，心神剧震。

很快，他看到了蔡风，如一棵参天古树般耸立在废墟之中，立成了一道独特的风景。

蔡风目光冷冷地扫视着在场的每一个人，头发、衣衫都有些凌乱，甚至有些破碎，手中似乎尚抱着一个人，抑或是一具尸体。

依稀之中，元费辨出那是仲吹烟的尸体，他的心中再次吃了一惊，暗自忖道："仲吹烟怎的出现在这里?"他清楚地记得已经调走了仲吹烟，可此刻仲吹烟却出现在挂月楼的废墟中，这的确是个意外，更意外的却是蔡风仍活着。

蔡风仍活着，像个来自地狱的魔神，浑身散发着难以抗拒的杀机，已有几人的鲜血洒入废墟，那是蔡风的杰作。

元费想不通，为什么蔡风居然没有死，如此强烈的爆炸，蔡风竟然活了下来，这不能说不是一个意外，更是一个奇迹。

挂月楼塌了，蔡风却没有死，难道蔡风真是一个神?

不，蔡风并不是神，只不过蔡风也不是个普通人，任何人想要置他于死地，都必须付出惨重的代价，但这次蔡风没死却是因为一个人。

那人正是仲吹烟，仲吹烟救了蔡风，他的及时呼喊救了蔡风，让蔡风免于遇难，可惜，仲吹烟为之付出的却是自己的生命。

这是元费没有想到的，也出乎所有人的意料，就连蔡风也感到有些意外。

蔡风的速度不谓不快，可是他却无法让仲吹烟不死，这火药的威力的确惊人，只不过元费为了确保自己人不受太大的伤亡，并未敢在挂月楼外伏下火药，如果是那样的话，也许蔡风真的只有死路一条了，但元费却不敢，他怕自己人无法完全退避，因为火药引线烧得太快。

杀气浓如烈酒，迅速蔓延了元费与蔡风之间的虚空，夏日炽热，但寒意却自所有人的心底萌生。

那些收拾废墟的人全都骇然倒退，似乎无法抗拒那散自蔡风身上的浓烈杀机。

"嗖……"劲箭再一次破空而出，如飞蝗般笼罩了废墟的上空。

目标，是蔡风!

蔡风如同漫步在花丛之中一般，从容而轻缓，但每一步的距离却很远。

元费的眸子之中闪过一丝异彩，蔡风受了伤，他可以自蔡风迈开的步子中感觉出来。但也仅止于受伤而已，究竟伤势如何，他也不太清楚，但却可以清楚地判断出，蔡风的确受伤了。

在那强烈而可怕的爆炸之中，蔡风终还是个人，而不是神，受伤总是难免的，只不过却没有人清楚，蔡风究竟是如何自那疯狂的爆炸中冲出来的。

蔡风受了伤，但那些箭矢却并不能真正威胁到他。

箭雨在蔡风左手划出的一个圆弧里坠落，那似是一个充满无尽引力的涵洞，劲箭根本就无法抗拒来自圆弧之中的力量。

元费吃了一惊，在他吃惊的同时，箭雨却再次飞起，不是射向蔡风，而是自蔡风的左手向四面散飞，若绽开的鲜花。

惊呼、惨叫，空气被撕裂的声音响成了一片，此时，元费出手了。

他必须出手，他知道光凭这一群人是不可能对蔡风构成任何威胁的，此刻唯一让他心里稍有些安慰的是，蔡风受了伤。

蔡风的眼中寒芒乍现，但却极为轻缓地放下仲吹烟的尸体，很谨慎、很小心，也很沉重。

蔡风本来不想杀人，但是元费的确激怒了他，元府所做的一切实在太狠，太过分了，如果仲吹烟没有死，也许他还不会心动杀机，可仲吹烟却是为他而死，这位慈和而真诚的长者可算得上是蔡风初出江湖的忘年之交，如此一位长者，为了他却不顾自己的生命危险，这种情深义重之举的确激起了蔡风内心对敌人的杀机。

元费的枪，挽起了七十八朵枪花，几乎封死了蔡风的每一个方位，那丝丝劲气在枪尖上吞吐不息。

“叮!”一声脆响过处，枪身一震，一缕青幽的冷光如电蛇般自枪身滑过，射向元费的咽喉。

仲吹烟的尸体之旁并没有蔡风的身影，蔡风出现的位置是元费刚才站立之地，而元费退了五步，变换了十八种枪招。

蔡风的速度太快，也许蔡风真的受了伤，但蔡风的受伤只是对于其功力的发挥有些影响，却并没有妨碍他出剑的速度。

蔡风并没有再继续追袭元费，而是划过一道完美至极的弧线，带着一圈美丽而青幽的弧光切向自旁侧攻来的另一群人物。

剑气、杀意、空气，一切在刹那间都变得十分冰凉，仿佛连六月的骄阳也感化不了这浓浓的、深深的死气。

没有金铁交击之声，没有锐利啸声，一切都只是在无声无息之中发生。

几点鲜血洒过，一道完美的光弧划过之处，血星轻落，那是咽喉的高度。

没有人能够守住这一高度，这一高度完全属于蔡风的剑，那一抹青幽的弧光。

没有惨叫发出，蔡风却收剑静立，如一棵古枫，立于碧云淡雾之间，那份潇洒与从容，竟有着一份难言的震撼。

蔡风的头发并不长，却有些乱，短发一乱就显得怪异，衣衫也显得破烂不堪，却似乎被风吹拂轻悠地晃动着。

剑，窄长，如月辉下的河水，泛着淡淡的幽光，杀意在剑上流转。

一阵风吹过，那些并未坠落的尘土四处晃了晃，但很快坠落下来，空气之中仍有些呛人的味道，火药的味道依然很浓。

风吹过，吹得很轻，但却将蔡风周围的七人同时吹倒，如一截截伐倒的朽木，轰然倒下，激起一片低低的尘埃，他们的眼睛睁得很大，咽喉上凝出一串细碎的血珠。

七人，伤口都在同一个位置，廉泉穴上，血珠的凝成都是两寸长，绝对没有半点差异。

蔡风的目光再一次扫过那惊骇无比的人群，冷寒如刀，肃杀如秋风。

那些本来准备攻击的人，全都吓得倒退几步，似乎皆被蔡风的威势所震慑。

蔡风的剑实在太快，快得连他们根本就未曾看清楚是怎么回事时，同伴的身躯已经轰然倒下，他们的确从未见过如此快的剑！

元费也呆了一呆，蔡风比他想象中更为可怕，他根本就无法捕捉到蔡风究竟伤有多重，也不知道蔡风究竟有多大的潜力。

“叶媚究竟在什么地方?”蔡风的声音极冷，犹如掷出的坚冰，字字砸得人心惊胆战。

“我不会告诉你的，除非你愿意离开葛荣，效力朝廷！”元费的声音有些苦涩。

“元飞远死了，元钊死了，元宝晖死了，元诩死了，‘胡太后’死了，洛阳两千多朝臣尽死，你的朝廷还存在吗？你以为现在还是你元家的天下吗？元子攸是什么东西，只不过是一个傀儡，他若敢说半个‘不’字，尔朱荣立刻可以废掉他。你认为事实不是这样吗？你口中所谓的朝廷只不过是在苟且偷生而已，残喘之声日渐粗重，难道你听不到吗？”蔡风有些不屑、有些愤怒地道，但眼前之人却是元叶媚的亲人，他不能狠下杀手。

元费也禁不住默然，事实上似乎便是如此，蔡风所说的也极为实在，但他的思想却很难改变过来。

“天下为公，鲜卑与汉人又有什么分别？大家都要生存，都要吃饭穿衣和睡觉，当政而不当事，无论是谁，都只会注定败亡！有德者居天下，有才者治天下，有势者保天下，识时务者为俊杰，总管又何必如此固执？如果你们愿意合作的话，我同样可以保你们荣华富贵，我也不想与你们为敌，更不想因此而伤害了叶媚。”

这时，一声长啸自不远处传来，更夹有惊呼、怒喝，惨叫不断传出，却是田新球如飞般赶到。啸声高昂，杀意如狂，田新球所过之处，没有人能够抗拒一招。

元费再次大惊，蔡风的眼中却露出欣慰的笑意，不经意间，嘴角滑出两缕鲜艳欲滴的血丝，悬挂成一种异样的凄惨。

蔡风的确受了伤，而且是重伤，但元费却犹豫了一下，只此一下，便有人发现了蔡风嘴角滑下的鲜血，于是有人动了。

这的确是一个千载难逢的机会，能够捕捉到蔡风身受重伤的机会本就是极为罕见。

蔡风的脸色依然没有多大的改变，就连眼神也未曾有丝毫的变动，并不是他不在意生与死，而是他知道自己不会死。

这些人的力量根本就不足为虑，只要元费有那么半刻的犹豫。

“砰砰……”“呀……”几声爆响，几声惨叫，在那些攻向蔡风的兵刃仅离蔡风胸前五寸之距时，却又全部停顿，并后退，田新球的速度比幽灵鬼魅更快。

元费错愕之间，田新球的身形已经自他的身边穿过，然后他看到了几个脑袋如蛋壳般碎裂，红白之物溅得一地凄惨，更有几条身影如草包般被掷出老远，当他此刻意识到出手之时，田新球已经挟着蔡风如影子般飞掠而出。

元浩的身影也出现在不远处，他是来追田新球的。元费的表情有些苦涩，但仍是快速向田新球的身后疾追，但田新球的速度的确太快。

元府之外的大队官兵全都赶来，这些人是听到那声剧烈的爆炸声而匆忙赶来的。

田新球的身形却是向元府的后方掠出，虽然带着一人，但根本没有人能够追得上他。

掠出院墙，他发现了一辆马车，这并不是蔡风预先准备的马车，田新球愣了愣，很快便听到后面有大队人马向这边赶来，嘈杂的人声，让他心头一惊。

“快上车!”一声低低的呼叫自马车车厢中响起，却是个女子的声音，并拉开了车帘。

田新球一愣，讶然望了望对方，有些疑惑，但蔡风却认出车厢中的人正是报春，不由有些虚弱地道：“上车!”

田新球立刻如箭般带着蔡风射入车厢之中。

“驾！驾!”两声皮鞭的轻响，健马一声低嘶，车厢立时晃动起来。

驾车之人居然是元胜。

元胜乃邯郸城中极为活跃的人，虽在元府中地位并不是很高，却也小有名气，那些官兵全都认识他，邯郸各路人物无不对元府之人给几分薄面，有元胜驾车，那些官兵根本不加阻拦，即使是稍问几句，元胜也很轻易地搪塞过去，马车几乎畅通无阻。

元浩和元费追了出来，只能听到嘈杂的人声，根本没有听到马车的动静，而此时马车也正好拐过一道弯跑出了他们的视线，但自那些官兵的口中，二人立刻知道是怎么回事，忙呼喝人马去追。

元胜不顾一切狠命地抽打着马匹，马车如飞般滑过街面，路旁的行人全都骇然躲开。虽然有些人骂骂咧咧，但却不敢大声叱骂，在邯郸街头，不认识元胜的人不多，因此，没有谁敢多管其闲事，就是官兵也只能睁一只眼闭一只眼。更何况，此刻大部分官兵已经赶向了元府。

元胜在驱车的同时，却发现另外一辆马车自旁侧跟来，似乎不急不离地跟着，心头禁不住有些骇然。

蔡风并没有就此昏去，他所受之伤的确很重，那阵剧烈的爆炸，就是他那无可匹敌的护体真气也被震得失去了作用，更震伤了内腑，若非仲吹烟提醒，他及时以最快的速度自破墙洞中穿出，只怕当时就已被炸得支离破碎。而仲吹烟却没有那么强的护体真气，虽受蔡风真气相护，可功力毕竟不够，被震得五脏俱裂，回天乏术。

蔡风本不想如此快就自废墟之中爬起来，但是元府中人如此快就开始清理现场，使他无法藏于其中尽快恢复功力，他拥有毒人的生命力，虽然体内的毒性已经完全被排出，可是那被改造的肌体并没有受到任何影响，因此，他有把握在很短的时间内恢复数成功力。可是，元费并没有给他时间，所以他只好强忍住伤势，试图以霸烈的杀招震住那些要取他性命的人。是以，刚开始几击，差不多耗尽了蔡风凝聚的所有功力，几乎使他无法压制伤势，不过还算起到了一定的效果，但在田新球出现之时，蔡风心神一松，再也无法控制自己的伤势，呕出血来，而元费发现时却迟了一些。

“阿风!”蔡风听到了三子的呼喊。

田新球轻掀轿帘，却发现三子驱着马车也跟了上来。

“后面有很多追兵，这样不行!”三子一眼就望见了田新球，出言轻声道。

田新球的耳力极强，听得十分清楚。

“元胜，你不要再这样了，快弃车走，追兵就要追来了，马车快不过单骑!”蔡风忙摧道。

“弃车，骑马!”三子低喝道，在大街之上，也不怕惊世骇俗，挥手一掌，竟将车辕和套绳全都斩断。

田新球一手挟着蔡风，一手挟住报春如出巢之鸟般冲出，飞身准确无比地落在三子已拍碎套绳和车辕的其中一匹健马背上。

三子乃是有心之人，马背之上全都备有马鞍，本来准备三人一人一骑，现在却有五人，那只好俩人共坐一骑，另外一人一骑。

三子也飞身跃上马背，车厢滚动了一阵后，最终横在马路中间。

田新球双脚用力夹住马腹，将劲气微微灌入，坐下之马如腾云驾雾般，快似离弦之箭，三子心下微安，他还怕那匹马载三人会影响速度，此刻看来不仅不会影响速度，健马跑得还更快。

元胜吃了一惊，田新球已经策马与他擦肩而过。

“上来!”三子一手抓住元胜，元胜几乎没有任何反抗之力，就被三子提到了剩下的那匹马背上，同时手中抓住缰绳。

“前面开路!”三子也知道元胜在邯郸所起的作用。

“战龙，将女人交给三子，别太张扬!”蔡风低声吩咐道。

“好!”田新球立刻又将报春一送，三子伸手抓住，置于马前，狠狠一夹马腹，健马一声长嘶，蓦地加速。

元胜也依稀记得三子，只是有些不敢肯定，三年前与蔡风一起出手救他的人，便有三子。此刻的三子已不再具当年的稚气，而且浑身散发着一股霸烈之气，深具高手风范，更显得成熟刚毅，使他几乎不敢相认，不过不管怎样，这些人绝不会对他心存恶意，不由得一边快速策马，一边张口呼道：“让开！让开!”

快马如风，街上的行人纷纷惊避。

元费和元浩的马队却为横于路中的马车堵了一堵，落后许多，但很快就追了上来，与三子诸人相隔二十余丈。

“截住他们！截住他们!”元浩高呼道。

邯郸城并不是太大，健马一路狂奔，很快就到了城门口，元费虽是单人单骑，却并不比三子诸人的马快。

城门口的官兵正当错愕之际，元胜大喝道：“快让开，追贼子!”

那些守门的官兵并不是什么大人物，城门口本来就有人进进出出，对元胜这么一喝愣了愣，本能地向一旁让了开去，那些正准备过城门的人却吓得尖叫着闪开。

那几个查询过往行人的官兵想问一声，但元胜的速度根本就不允许他们有机会发问，只得胡乱叫了几声便闪到了一旁，心里不由暗骂“今天真是撞到鬼了”，但元胜也不是好惹的，他们不敢骂出声来，一不小心得罪了元府的人，那可是吃不了兜着走。

“截住他们……”元浩的吼声自后面不远处传来。

待守城的官兵们反应过来之时，元胜诸人已经冲出了城门。

“放箭!”城楼上的偏将似乎明白了有些不妥，忙下令守在城楼上的官兵放箭。

“嗖……”一时箭雨纷飞，向三子诸人追射而出，但这些人并不敢伤人，全都射马，他们根本就不明白是怎么回事，所以也不敢真的伤了元胜，否则一个不好，射错了人，那可就麻烦大了。

一出城门，三子和田新球再无顾忌，一夹马腹，马速再增，那些追在后面的箭雨对他们根本就构不成威胁。

元浩诸人也策马追出了城门，守在城门附近的守城军亦纷纷上马狂追。

三子心中一阵冷笑，对此毫不在意，只要出了原野，这群人根本起不了任何作用。

马蹄之声震得林野喧响，六月的太阳极烈，元胜的额角渗出汗来，这三匹马载着五个人，又如何能快过元浩诸人呢?就算暂时可以，但时间一久，很快就会被对方追上，蔡风又受了伤，以数人之力，既要保护蔡风和报春，又要抗敌，这如何办得到?

正想间，突闻“嗖……”一排弦响，箭雨迎面射来，元胜吓得魂飞魄散。

第一百七十八章　突围而出

洛阳，元子攸已是第十天正式上朝。

各路公卿纷纷回朝，不过，今日的早朝让元子攸的心有些痛，满腹忧虑。

那数十年未正式上过朝的刘家老太爷刘飞和叔孙家族的老祖叔孙怒雷联袂上朝。

举朝皆震，似乎谁也没有想到，北魏这两大最具威望的元老，竟联袂而至，使得满朝上下都为之大讶。

叔孙怒雷和刘飞的上朝好像出乎元子攸的意料，尔朱荣也稍稍吃了一惊，但他知道这是迟早的事情。

自攻破洛阳以来，还没有人敢顶撞尔朱荣半句，但今日，尔朱荣几乎气炸了肺。

叔孙怒雷和刘飞的矛头直指向他们，当着满朝文武和孝庄帝的面奚落尔朱荣的不是，更说尔朱荣屠杀两千多朝臣有伤人和，有伤国力，简直是暴行。

孝庄帝虽然极力帮着尔朱荣说话，但叔孙怒雷与刘飞的身份不同，他也无法拿俩人怎样，更何况，这两个老人全都是当世之中的绝世高手，能与之相抗衡的也只有尔朱荣，但元子攸却有些为难了，他既不能得罪刘家和叔孙家族，更不能说出对尔朱家族不利的话。毕竟，他是尔朱荣一手捧起来的，以后的江山还要靠尔朱荣来稳固，总不能连同两大元老攻击尔朱荣吧？

满朝文武，虽然多是仰仗尔朱荣的鼻息，但却没有人插得上口，谁敢去顶撞这两位元老？朝中除尔朱荣和元子攸之外，几乎没有人可以与这两位老人平起平坐，满朝文武都噤若寒蝉。

叔孙怒雷似乎最为恼怒，他实在想不到尔朱荣竟做得如此绝，沉太后于黄河之中，如此大逆不道的行为几乎让他怒不可遏，孝庄帝又护着尔朱荣，最后只气得叔孙怒雷在金銮殿上脱下朝靴、朝服和顶带，愤然离朝，刘飞也拂袖而去，似乎对元子攸极为恼怒。

元子攸又气又心痛，一旦与这两位元老决裂，他就只好一心依赖尔朱荣了，但这也是没有办法的事，兵权全都掌握在尔朱荣手中，他不能不偏袒尔朱荣，可却无法挽留叔孙怒雷与刘飞这两位强有力的支柱，这的确有些悲哀，更多的则是无奈和心痛。

今日的早朝散得很迟，在叔孙怒雷和刘飞愤然离去之时，元子攸这才不得不宣布散朝。

静静地想着叔孙怒雷那愤怒的样子，元子攸竟长长叹了口气。

元胜一惊之时，劲箭已擦肩而过，却没有一支是射向他的，而是绕过他们射向后面的追兵。

马嘶、惨叫、呼嚷，乱成一片。

这里伏下的正是蔡风所安排的伏兵，蔡风绝对不是一个草率之人，做任何事情必须为自己留下一条后路。是以，他虽然单身赴邯郸，但在城外却有接应之兵。尽管这些人不一定用得上，可有备无患总会是件好事。

此刻，这些人正好派上了用场。

三子一带马缰，蹿入林中，将惊魂甫定的报春送到元胜的马上，笑道：“这位兄台如何称呼？可要谢谢你此次相助哦！”

田新球也带住马缰，自林间蹿出的人却是刘高峰。

“兄弟们，杀呀！”刘高峰一声高呼，林间埋伏的数百人箭矢齐发，同时向元浩诸人反扑而去。

元浩心头大惊，他也不知道这里的伏兵究竟有多少，分成几路，如果蔡风带了大批人马前来攻打邯郸，那可就大事不妙了，想到这里，哪还敢恋战，急忙掉转马头，高声道：“撤!”

田新球笑了笑，不屑地道：“不过如此!”旋又扭头转向蔡风，疑问道：“主人，要不要我去把元浩揪回来，逼他说出夫人的下落?”

“你去把那个多嘴的年轻人给我揪回来，要活的!”蔡风冷冷地望了一眼敌方坐骑上那个在元府门口最惹人讨厌的年轻人，森寒地道。

田新球立时明白蔡风的意思，一声长啸，跃离马背，横空而出，以比马速更快的速度，如影子般向元府的追兵中冲去。

元浩大惊，有这么一个可怕的高手出手，看来这次真是有些不妙了。

那年轻人也大惊，他似乎隐隐感觉到田新球的意图，而田新球散发出的森冷杀气早已罩定了他，那是一种无形的气机，也是一种精神的力量。

元浩也感觉到了田新球的意图，不由得大急，也大怒，吼道：“截住他!”同时自己冲到最前面，调转马头。

那些逃窜的骑兵一惊，慑于元浩的威严，慌忙一带马缰，有几人并不带马缰，欲自元浩身边蹿过，却被元浩横枪扫落马背，立时气绝。

“退者死！给我杀，取下那个受伤之人的首级者，赏银五万两!”元浩大喝道。

众官兵一听，这还了得？取下一个伤者的首级竟然能奖赏五万两银子，这可真是一个天文数字，普通人花几辈子也花不完，而且元浩说过，退者死，在死与金钱之间，这群人自然会选择去赌一把。

元浩故意不说出蔡风的名字，就是因为怕这群人听到蔡风的名字之后，产生畏惧之感，那只会影响士气，扰乱军心。

“嘭嘭……”几声爆响，一支旗花射向半空，连续数响，亮起一团烟雾，元浩既决心奋战到底，自然就会向城中告急求援。

蔡风似乎料不到田新球此举竟然激怒了元浩，但他却知道，在邯郸附近交战，很难讨到好处，邯郸城与重镇邺城相隔很近，为防止葛家军向南进攻邺城，邯郸兵士增至五万，这还不包括邯郸周边小镇的官兵，真正拼斗起来，吃亏的绝对是自己，甚至有可能全军覆灭。

“让兄弟们撤走，这里交给田新球好了！”蔡风向刘高峰吩咐道。

刘高峰立刻明白，一声令下，这群隶属飞龙寨和蔡风属下义军的兄弟，不再只是攻敌，而是夺马。

这群人的身手极为敏捷，而且曾经都是打劫越货的好手，这跃上马背还不是轻而易举之事。飞龙寨地接极北，与漠外马贼也有些联系，寨中兄弟，有许多人都曾是马贼，对付马匹的经验之丰富可不是这些官兵所能比拟的。

田新球所过之处，那些马背上的官兵如滚葫芦一般，翻落马背，他们根本连田新球一拂袖、一甩手的力量都无法抗拒。

蔡风知道田新球一定可以完成任务，也不再担心。

“蔡公子，请你不要伤害大人好吗?”元胜有些无可奈何地望了元浩一眼，有些乞怜地向蔡风求道。

蔡风有些感激地道：“不会的，我不想伤害元家任何人，否则，只怕连叶媚也不肯原谅我了。不要忘了，你们的大人是我未来的岳父，我怎敢伤害他?”

元胜这才松了一口气，也为自己刚才所做的事找到了一个很好的理由，至少，他这次的行为并不是背叛元家，而是为了元家的利益着想。

蔡风诚恳地拉住元胜的手，认真地道：“元兄就与我们一起去吧，将来你同样可重回元家，还有报春。”

元胜望了报春一眼，见报春面现喜色，又望了望元浩，无可奈何地叹了口气道：“只好这样了。”

叔孙怒雷没有与刘飞同行，但出洛阳城之时，孝庄帝元子攸及尔朱荣却亲自相送，这也是叔孙怒雷最怒之处。

叔孙怒雷对尔朱荣不屑至极，尔朱荣那种假惺惺的态度，让他感到呕心，他也知道，得罪了尔朱荣，对于整个叔孙家族来说绝对不会有任何好处，可是尔朱荣所做的事情的确让他寒心，就算与传说相符，太后乃魔门妖女，可两千朝臣又有何罪？那些无辜的亲属又有何罪？如此一番屠杀几乎残暴到了极点，而其结果只不过是消除所有反对他的力量以达到掌握朝政的目的，如此行为，真可谓司马昭之心，路人皆知。只可惜，此刻他已无兵权在手，否则一定不会就此放过尔朱荣。

离开洛阳，自坡头渡河，晋城已经遥遥在望。此行相随叔孙怒雷的人并不是很多，不过，叔孙怒雷却在京城召回了一部分叔孙家族的家眷，他不想再在京城留下多少与叔孙家族有关的人。

叔孙家族的家眷和随行之人，却心情不坏，虽然他们明白叔孙怒雷的心情，却没有几个人知道叔孙怒雷与尔朱荣之间的矛盾究竟有多深。所以，他们并没有感觉到什么太大的不快，反而因皇上亲自为他们送行，而大感荣幸。更何况皇上还设宴为他们饯行，这的确是莫大的荣耀，也许叔孙怒雷对这些司空见惯，但作为他们这种身份的人来说，却是很幸运的事，这也是他们兴奋的理由。

与坡头相对的码头，并不是很大，黄河之水，湍急异常，水色浑浊，此时的这种季节，正是潮水上涨之际，水流之急，连船上的艄公都憋得脸色发紫，根本不敢将船渡至河心。

过了横水，河面变宽，水势略显平静，若是在横水，那更不得了，大概只有黄河帮的人才能够横行黄河而无所顾忌，连北魏的水师，对三门峡附近的水域也是望而生畏。

河面上的风浪极大，叔孙怒雷立在甲板之上，清晰地感觉到脚下的大船在波动、震颤。

迎面拂来的风，十分清爽，这是夏天，六月。

浪涌之势极烈，似乎有一块块巨大的岩石在河床之中，阻碍着河水打着旋儿流过，一层薄薄白白的泡沫，显示着潮水正在上涨，抑或是上游正下着暴雨。

叔孙怒雷在思索着，所想的问题极多，其实，他刚开始时不怎么注意这宽阔河面上的境况，直到船身强烈震动了一下之时，才自思索中回过神来。

首先，叔孙怒雷意识到此刻是在河心，自己等人所乘之船的两边绑有四只小舟，而两岸的河堤都显得那么遥远，似乎笼罩在一层雾气之中。再次映入眼帘的，是一艘船，一艘大船，在河心晃悠着，那幅度并不是很剧烈，似乎不是抛锚，而是在他这艘船后遥遥地跟着。

“轰！”船身再震，这次更为剧烈和凶猛，叔孙怒雷听到了船舱中的惊叫和呼号，还有物什落到船板上的声音，一切都在突然之间发生。

划船、操舵、掌桨之人也横七竖八歪倒一地，叔孙怒雷也禁不住伸手扶了一下甲板上的栅栏。

“船身触到礁石了！”有人忍不住惊呼道。

“不好了，船底破了三个大洞……快！快来堵上！”船舱底部有人在大声惊叫道。

叔孙怒雷心头升起了一丝不祥的预感，目光禁不住再次扫了一下不远处的一艘大船，一艘没有任何旗帜的大船，帆升得很低，虽然速度并不快，但也没有升帆之意。

“这破洞太大，堵不了呀，怎么办……真是见鬼，河心怎会有礁石呢?”

“报告老祖宗，船舱漏水太大，根本没有办法堵截……”一名叔孙家族的弟子冲上甲板，身上湿淋淋的，显然漏洞之中的水是狂喷而进的。

“快，快扔压舱石……”船舱之中的人忙呼道。

叔孙怒雷望着那名弟子慌急的样子，忙问道：“小舟可载多少人?”

“小舟可能载得了三十人，还有五十多人，没办法载下去……”那人急道。

叔孙怒雷望了望周围那激涌的水流，这些人根本就无法游上岸，就算能上岸也会下淌数十里，而这些人哪有可能如此长时间泡在水中？一旦落水就难以幸存，除非水性特别好。

“先把不会水性的人送上小舟，立刻向别的船求救！”叔孙怒雷急急吩咐道。

那人似乎仍能够保持冷静，很快将船中不会水性的一些人召集起来，迅速分派到四只跟随大船的小舟上，这些小舟全都系在大船上，也是为了应急之需。

“老祖宗，你老也上船吧。”那人向叔孙怒雷道。

“不，先让不会水性的人上船，我还不要紧！”叔孙怒雷坚决地道。

那人一呆，急道：“老祖宗，你是我们叔孙家族的支柱，要是你老出事了，叔孙家族的损失可就大了。”

“是呀，老祖宗，你不上船，我们宁愿被水淹死也不走！”那些已上了小舟的人齐声道。

“谁说我会出事？听我的命令！”叔孙怒雷有些恼怒地叱道。

“嘿——那是哪路朋友的船，请过来帮帮忙，我们是叔孙家族的，船出了些问题，嘿——那是哪路朋友的船，请过来帮帮忙……”

“嗵嗵……”压舱石一块块扔入河中，可是全都无济于事，船身不仅在下沉，而且稍稍有些倾斜，船舱之下的人全都不再待在舱下，那里已经站不了人，所有的人全都来到甲板上，浑身湿透，神情极为焦灼。

那只遥遥跟着的大船上似乎并没有人听到这边焦灼的呼叫声，当然也就没有人出来回应，仍是那么不紧不慢地缓缓航行着。

叔孙怒雷心中涌起了一丝怒意，道：“你们准备一下，我去让他们过来！”

“老祖宗，小心些，情况似乎有些奇怪，附近竟只有一只船，与以往的情形不大一样。”一名浑身湿透的汉子提醒道。

叔孙怒雷闻听此言，转首眺望，果然如此，鼻间不由得一声冷哼，脚下一挑，一块甲板如一片秋叶般落在水面，而叔孙怒雷也成了这片秋叶的一部分。

浪涛似一只只手托着叔孙怒雷，如箭般向那艘大船飙射而去，身后拖起一串细碎的浪花。

就在叔孙怒雷离船十丈开外时，大船旁边的四条小舟也在同一时间爆出一声闷哼，小舟一晃，舟上之人几乎被甩入水中。

小舟之上的人正自惊魂未定之时，舟底竟涌出水来，显然是底部已经出现了裂缝。

“砰砰……”四只小舟再次发出闷响，裂缝扩展成大洞。

“水底有人!”终于有人明白这究竟是怎么回事了，但是却已经没有机会补救，小舟开始下沉，那三十余人慌忙再次爬上大船。

甲板之上立刻形成一片慌乱。

由于蔡风的体质特异，伤势恢复极快，那么强烈的震伤，他居然能在一天之中完全恢复，就连三子和刘高峰也感到难以置信。

其实三子那天也感觉到了那强烈的震动，但却没有想到是元浩在挂月楼埋上火药，趁蔡风到元府提亲时，一举炸死这个与朝廷为敌之人，三子更没想到元浩会这样绝情。

葛荣派来游四相助，他虽然极为相信蔡风的能力，但邯郸却不同于神池堡，邯郸乃是北魏的兵家重地，不仅据军众多，最不利的却是怕蔡风感情用事，毕竟元叶媚是元浩的女儿，蔡风根本不可能全心全力去对付他们，这便使得蔡风一开始就已经落入了下风，这也是葛荣担心蔡风的理由，他极为了解蔡风，一个讲情讲义的人。

蔡风很感激葛荣的关心，父亲远去海外，在北魏也便只有葛荣和一位兄长两个最亲的人，其余就只剩三子一个亲如手足的兄弟了，黄海犹如不见首尾的神龙，根本就无法知其下落，虽然确定他仍活在人世，甚至会在江湖中出现，但蔡风却并不知道黄海的行踪。

游四带来的消息，既让蔡风欣喜，也让蔡风心忧，欣喜的是葛荣竟已立国，在中原正式了自己的位置，可看出其治理天下的决心。另外就是葛明的出现，让蔡风暗惊的却是葛明竟是尔朱兆，这的确是一个可怕的意外。

尔朱兆成为葛明，这的确有些意外，也来得太过突然，突然得就连蔡风拥有如此强的适应能力也一时无法适应过来。

另外一个心忧的原因却是葛荣大封功臣，这是一个最不好去面对和处理的问题。一个不好，很容易激起一些本来很忠心的将领心中不平。人是有攀比之心的，更具荣誉感和自我看好的信心。如果本来两个平时没有多大差距的人，一个突然成了自己的上司，或者权力比自己大了一级，任谁都难以接受。所以，葛荣这种大封功臣之举，是很难应付全面周到的一件事情，哪怕是一点点细微的差别。当然，这也是具备其有利的一面，那就是能够激起士气，让兵将更能够发挥出各自的特长，目的和责任也更加明确，再也不若初始之时那般如一盘散沙而无法凝聚。

游四也有着同感，他对葛荣的忠心，那是不可置疑的，但游四更相信这一切利大于弊，而他自己却并不怎么在意官职的大小，无论是文还是武，他都是一流的，葛荣绝对相信这一点，在军中也没有人敢争议。葛荣封他为定国侯，留守冀州，负责与裴二统领冀州军和组立禁军，更有对各地大将军的监督作用，掌握着极大的生杀大权。同时也为葛荣处理各方军机，可以说，游四成了葛家军中有数的几个最重要人物之一。

此刻，由游四亲来协助蔡风，可见葛荣是如何看重蔡风。

游四还为蔡风带来了一个头衔，齐王，与国号相同。葛荣立国号为齐，却封蔡风为齐王，这几乎是将蔡风列为他之后的第一人物，连蔡风自己都有些吃惊，对于任何人来说，这都是最大的好事，但蔡风却没有半点高兴，对于名利，他根本没有兴趣，反而觉得这些只是累赘，是约束一个人的绳索。

游四和刘高峰诸人分别向蔡风道贺，蔡风只是一笑置之。

三子是最了解蔡风的人，明白蔡风所喜的只是一种自在逍遥的生活，根本就不在乎什么名利地位。

在葛家军中敢与蔡风争名的人几乎没有，蔡风虽真正地参与战斗只有短短三四个月的时间，可是他所立下的功劳绝对不在任何人之下，能够统一鲜于修礼的义军，几乎全都是蔡风的功劳，而蔡风的名气之大，武功和智慧更不用有丝毫的怀疑，但这个齐王的头衔却定会使有些人心有不服。

蔡风毕竟不是葛荣的亲子，虽然蔡风功高封王，众人没有任何异议，但齐王却有些不妥，不妥之处，就是让人以为齐王可能会是以后齐国的接班人，可能是葛家江山的未来主人。因为葛荣并没有立下太子，更没有指定接班人，而此刻如此封立蔡风，岂有不让人误会之理？这也自然会引起葛存远和葛悠义的不满，甚至连葛明都会有些反感。

游四心中也有些忧虑，这自不是空隙来风。

但蔡风此刻并没有想到这些，他只是想着元叶媚，为他怀上孩子的元叶媚，他无法说服元浩，他知道元浩所承受的压力不只是自己，还有整个家族，如果要元浩答应自己的要求，那就是要元浩彻底背叛整个家族，可那是不可能的，也是极度残忍的事情，所以他唯有牺牲女儿的幸福了。因此，蔡风根本不可能名正言顺地娶回元叶媚，那他只能偷偷地夺回元叶媚，并极力去调和与元浩之间的矛盾。

田新球的确有其过人之处，正如田新球当初所说，毒人的潜在能力只会得以激发，而改变的只是他的意识。

在元浩那一群骑兵之中将那个年轻人活捉，虽然身上受了三处枪伤，但并没有对他产生任何影响。

那三枪是元浩的杰作，元浩的武功的确不同凡响，虽然不若田新球和蔡风这般境界，可也不会相差太远，而田新球又不能向他施以杀招，竟被元浩的枪所伤。

元浩虽强，但他遇上的却是一个奇异的毒人，毒人的武功和功力之可怕只是其次，更可怕的是其躯体机能，那强大的生机，使得他修复伤口的能力是常人的百倍，无论多重的伤势，他都能以最快的速度恢复。这是任何正常人都想象不到的事情，所以，田新球能够轻易地活捉那年轻人并全身而退。

田新球逃出之时，正是邯郸城内大军迎出之际，而此刻刘高峰接应的兄弟皆已夺马而走，不过，由元浩下令全面反扑，使得刘高峰接应的人马也死了百余人，这似乎有点不值也不应该。

让蔡风感到意外的是，那年轻人竟是元融的儿子元孟。

这的确是个意外，但却绝对是件好事，元叶媚的下落便可自元孟口中得知。

元孟并不是一个经得起酷刑之人，这一点蔡风早就看出来了，所以才会让田新球擒来这个活口，他更明白这人的身份不低，否则如何敢当着元浩的面抢先答话？且元浩并不加以责怪。

出乎蔡风意料的却是，元叶媚并不在元府之内，这只是少数几个人知道的事情。元府之内所有人只当小姐被关在挂月楼中，其实元叶媚已被送到了博野，由元融亲自看管，最危险的地方，往往是最安全的。

这是元融的诡计，他似乎算准了蔡风会来邯郸元府，而元府之内有很多蔡风熟识的人，出现内奸的可能性极大，因此他对府内传出元叶媚被软禁在挂月楼的消息，同时在挂月楼又暗自装上必杀的机关，元浩也有损失挂月楼和几名兄弟的决心，只是他们算漏了仲吹烟，一个极为讲情义又与蔡风极为投缘的老人。

仲吹烟的突然出现的确扰乱了元浩的全盘计划，蔡风也因此逃得一命。

蔡风心中极怒，对这喜欢多管闲事的元融恨得咬牙切齿，他知道自己与元融之间，根本就没有任何好谈的。

再说元融也不可能会将元叶媚交给蔡风，因为蔡风是他除葛荣之外最大的敌人，也是对他最有威胁的人。因此，他乐得去看管元叶媚，去得罪蔡风。其实这其中还有另一个原因——元融乃元家几乎能够与叔孙怒雷武功并驾齐驱的元老级人物，虽然其武功仍没有达到孝文帝的境界，但已可比当年的任城王元澄。

蔡风知道叔孙怒雷的可怕，因此，也知道元融的厉害。在武功上，元融并不怕蔡风这样的高手潜入劫人；在兵力上，博野的军事力量也极为雄厚。所以，元叶媚在博野比在邯郸更安全，但无论是龙潭抑或虎穴，都不可能阻止得了蔡风救出元叶媚的决心，因此蔡风不再犹豫。

三子知道蔡风的心情和决定，那就是全力攻下博野，斩杀元融！

船上的叔孙家将全都大惊，但已经无计可施，有几人一咬牙纷纷跃入水中，他们绝不能让这些造事者逍遥自在，敢来对付叔孙家族的人，一定不是易与之辈。

可是，到底是谁派来的人呢？其水性之高，竟敢在黄河中心出手。

难道是黄河帮的人？可是叔孙家族与黄河帮似乎并无怨隙。

“啊，我……我怎会使不出一点力道来？”一个站在甲板上浑身湿透的汉子突然惊呼出声，身子也在同时如一摊软泥般歪倒在甲板上。

“啊……”并不只那一个汉子如此，甲板上所有浑身湿透的汉子都相继歪倒，似乎刹那之间皆没有了骨头般。

“怎么会这样？这是怎么回事？”那些不会水性的人反而没有什么反应。

“水，水中有毒……”这些瘫倒的人惊骇道。

“不可能，这是黄河之水，怎会有毒？要是有毒，怎不见那些鱼死？”有人立刻反驳道。

“可是……可是我们却中毒了，这是怎么回事？”那些人骇然道。

“怎会这样？我们没有什么感觉，我们不是处在一起的吗？”那些没有中毒的人大惑道。

“船快沉了，大家快想办法逃命呀！不要管我们！”那些中毒之人疾呼道。

“斩断桅杆，大家都选好大木头……”有一人吩咐道。

“看看，那是什么？”有人发现水面上似乎有些异样。

“是阿祥他们！”所有人的目光全都投向那点异样之处，那竟是几具浮起的尸体，正是刚才跃入水中寻敌的几人，可是此刻全都随着水流飘远，显然已经没有生存的希望。

河水之中并没有血迹，显然，他们身上应该不会有伤口，可为什么以他们的身手也会如此不济？难道是淹死的，抑或是别的什么原因致死？

“我们中了混毒，不能沾水，沾水就会毒发！”一个中年汉子似是意识到了什么，他也是这一船中，除叔孙怒雷外身份最高的人物，值得庆幸的是他并未沾水。

“混毒？”有人惑然问道。

“不错，我听凤小姐说过混毒，我相信大家都是中了混毒！”中年汉子有些愤然地道。

“那可怎么办呢？我们怎会中了混毒呢？此刻凤小姐也不在呀！”众人

全都急了，眼看船只就要沉没，可是叔孙怒雷那边什么时候才有结果呢？

叔孙怒雷如大鹰一般，向面前这只似乎无人的大船上掠去。

“呼！”涛涌于虚空，层层劲浪突然而生，直迎向叔孙怒雷。

对方似乎算准了叔孙怒雷所经的空间和路线，这一击根本避无可避。

叔孙怒雷吃了一惊，这艘船果然有问题，对于这些，他的心中早有准备，只是没想到对方的来势如此之猛，如此之烈，功力之强，也完全超出了他的估计。

“轰！轰！”两股强大的劲气在虚空中相撞，一阵毁灭性的气旋竟将船头的甲板栅栏击得一片狼藉。

碎木飞溅，河水之中似乎有一只狂龙在舞动，浪头被激散的气旋冲起三丈。

叔孙怒雷的身子自那冲击的浪头之中倒射而出，脚下的木板依然如一片秋叶般浮落于河面。

浪头低落，叔孙怒雷心中大怒，河水溅得他满头满脸都是，衣衫也全都淋湿了。

“哗……”那艘大船船头散落下一大片碎木，露出一个黑洞，显然是无法抗拒那强劲刚猛的无匹气劲而造成的。

船头出现了几个面色微显苍白的人，其中一人嘴角溢出缕缕血迹。

叔孙怒雷心中一阵冷笑，这才明白刚才那股强霸的气劲并不是一人所发，而是出自六人之手，以六人联手一击所产生的强大威力达到此种境界，也不足为奇。

事实证明，叔孙怒雷并没有吃亏，吃亏的只是那六人，因为他们至少受了些伤。只不过，叔孙怒雷竟不知这几人是躲于何处出手的，六人的出现似乎有些突然。

任何情况都不是没有可能的，但无论如何，叔孙怒雷还是决定先上得对方的船再说。

叔孙怒雷再次腾空，如升天的神龙，那六人脸色微变，再次联手，全力向叔孙怒雷出击。

叔孙怒雷一声长啸，并不与这几人硬接，而是在虚空之中连换了十八种身法，与那六人的劲气擦肩而过，稳当地落在甲板之上。

六人迅速转身，叔孙怒雷却如风般向他们袭来，双爪如钩，似乎要将这几人撕成粉碎。

“嗞……”一点破空之声拖起一点点幽冷的寒意，自叔孙怒雷之后的船舱内袭来。

“啪……”叔孙怒雷如鬼魅一般，竟然在错身之际抓住枪杆，那名枪手无可抗拒地自船舱中扯出。

“呀……”一声凄惨的悲嘶，叔孙怒雷头也不回地反踢一脚，分毫不差地印在那名枪手的胸膛上。

这一脚没有半点风声，没有丝毫征兆，突然而出，突然而至，根本不受空间的制约。

那枪手的身子撞穿了船舱外的挡板，“吧嗒”一声坠落在船舱之内，再无声息。

叔孙怒雷身子同时在退、在旋、在舞，如同梦中虚幻的影子，根本就不可能捉摸到其真实的所在。

六人的攻击再次落空，可是叔孙怒雷的脚却扫起那碎裂的甲板喷射而出，如蝶飞鸟舞，充斥着甲板上的所有空间。

“啪……”一连串碎响，那六人拂袖而挡，当他们扫清眼前的碎木时，叔孙怒雷已经不见了。

叔孙怒雷犹如幽灵鬼魅，出入无形、无影！大帆尽数升起，聚风、遮日。

船身一震，在加速，向叔孙家族那艘将沉的大船飞快驶去。

是叔孙怒雷升起的帆，此刻的叔孙怒雷已在巨桅之上，如一只栖身于树上的大鸟，那白须、那白发别有一种飘逸的潇洒。

“嗖……”不知自哪里飞来的一支劲箭，直逼向叔孙怒雷，不！应该说是射向那升起的船帆。

“嗞……”“呀……”叔孙怒雷飞扑而下，同时接住那支不怀好意的箭，并反射入躲在后舱中那名箭手的胸膛。

劲风，如同压顶的风暴，沉重得让人喘不过气来。

叔孙怒雷的一切动作都是那般利落和快捷，甚至有些神出鬼没。

那六人似乎并不为之所动，相反，神色之间倒露出一丝冷酷而异样的笑意，身形也在同时散开为一个椭圆形的小阵。

叔孙怒雷的气劲刚一接触，就发现地上似乎开了一朵美丽而凄艳的花朵。

灿烂如银，光彩夺目、夺神、夺心、夺魄，丝丝冷杀的气旋在虚空中飞旋、搅动。

虚空似乎因此而破碎、内陷。

叔孙怒雷忍不住发出一声低呼："乾坤无极、生死剑阵!"

"轰!"叔孙怒雷的身子再次弹起，就在那朵盛开的巨大剑花之顶，如立于枝头的雄鹰，蹿上天空，同时他似乎明白了这是怎么回事。

"乾坤无极、生死剑阵"乃天下独一无二的奇阵，除尔朱家族之外再无他人能够训练出组合此剑阵的人，即使尔朱家族之人，能够组成这剑阵的人数也极其有限。看来船上这一群人绝对是尔朱家族的杀手，那就是说，今日之局很可能就是尔朱荣一手策划的。

剑花越来越盛，竟在虚空中结成一团光球，而叔孙怒雷的整个身形始终不即不离随着光球的上升而上升。

三丈、四丈，叔孙怒雷的身子横移、侧滑，再现之时，手中多了一柄怪异的兵刃。

雷声乍响，若自九天之外缓送而至，又若自九幽之中突发而来。

雷声再响，却发自众人的耳内心中。

光彩如破碎的琉璃，如喷散的烟花，珠光点点，星光熠熠。

烈日下，长空中，如下了一阵灿烂奇丽的流星雨，惊心动魄之处非言语所能够形容。

叔孙怒雷的手中，是一把尺子，一把怪异更似乎带着魔力的尺子。

一尺自上而下，碎裂虚空，碎裂剑花，碎裂气网，碎裂这些人的自信，只是叔孙怒雷在最要命的时刻，右手禁不住颤抖了一下，一阵虚弱袭上了心头。

一种虚弱，一种疲软，一种无奈，一种空落。叔孙怒雷在这个时候，发现了远处一只扁舟如飞跃在水中的翠鸟，以快得不可思议之速自河岸方向驶向河心。叔孙怒雷看不清楚舟上之人是谁，也不再在意那是谁，他只是想在最短的时间内杀死眼前所有的对手。

那六人没有死，但很狼狈，叔孙怒雷的可怕大大超出了他们的意料。同时，也有人忍不住惊呼出声："雷神尺！"

他们能够呼出叔孙怒雷手中兵器的名字，就自然不是没有半点松气的机会。

叔孙怒雷的雷神尺的确碎裂了他们的剑阵，但却因为那一阵疲软和虚弱，竟无法继续那惊天动地的一记杀招。因此，那六人仍然活着。

活着，就不可能不出手，更不会心慈手软，他们与叔孙怒雷之间，只可能有一方能够活着，这是他们的使命，也是他们的宿命。是以，六柄剑再次同时出击，此刻他们心中更多了一份胜算，因为他们伏下的隐患终于起到了作用。

"叔孙怒雷，你就认命吧！"有人禁不住发出一阵冰冷而阴险的笑声，夹杂着一丝得意。

叔孙怒雷的心头发冷，他竟发觉自己的功力似乎在无形中减退，手足有些发软，他不明白为什么会出现这种情况。

"喳喳……"甲板之上留下了一排密密麻麻的剑孔，叔孙怒雷却倒翻跃到船舱之上，身法显然有些滞缓而生硬，但却仍躲过了对方六人要命的一击。

"呼！"船舱之顶也有人相候，等待着叔孙怒雷的，是猛烈一脚。

叔孙怒雷心急如火，但却又无可奈何。如今叔孙家族的那艘大船只剩下不多的一截仍留在水面上，而他却陷身在此地，更可能是九死一生。叔孙怒雷无论如何都没有想到会有今日这般局面，同时也明白，这一切全都是尔朱荣的计划，排除异己，独揽朝政，而他已经成了对方的眼中之钉。

这一切都怪他在金銮殿上表现得太过激烈，但事已至此，却无可挽回，不过，叔孙怒雷并不后悔自己的所作所为。

“砰！”雷神尺险险挡住了迎面而来的一脚，但叔孙怒雷的整个身子却被那股大力震得跌下船舱，他的功力消减了很多，一切的一切都是那般无奈。

叔孙怒雷落足甲板后马上倒翻，他想入舱，他知道自己一定是中了毒，否则怎么会出现这种情况？可是毒源来自何处？他无法猜测，也不想去猜测。那太可怕了，若说他中了毒，唯一下毒的可能性就是在孝庄帝设宴之时，那就是说，主谋是孝庄帝。

孝庄帝与尔朱荣几乎是一个鼻孔出气，孝庄帝下毒并不是没有可能，那样一来，很可能中毒之人并不只他一个，而是所有参与了酒宴的叔孙家族众人，这是如何骇人的结果，叔孙怒雷情愿什么也不想，什么也不知道。遗憾的是，他却知道了，他自问叔孙家族对朝廷忠心耿耿，更不知为朝廷立下过多少汗马功劳，可是却换来如此惨局，这不能不让人寒心。

“哧……”剑气划过，船舱的隔板根本无济于事，“哗哗”而碎，更糟糕的是，船舱之中竟然还守候着一群投机取巧之人。

欲杀死叔孙怒雷而后快的人，在这艘船上处处存在，甚至还有人自船舱之底冲了上来。

“哗……”破门而入的是那六名剑手，他们就是今日击杀叔孙怒雷的主力。这些人都曾是神池堡的精英，只是随尔朱荣来攻洛阳，否则神池堡只怕不会如此容易就被毁于一旦。

叔孙怒雷心中一阵长叹，知道自己今日难以幸免于难了。若在平时，这群人对他来说，并不在话下，但此刻却不同。

“慢！”叔孙怒雷倏然爆发出一声低喝。

那些人全都为之一愣，似乎没有想到在这种性命攸关之时，叔孙怒雷还有什么好说的。不过，这些人全都不由自主地停住了攻势。

在攻势一缓的当儿，叔孙怒雷冷冷地问道：“是尔朱荣让你们来杀我的？”

那些人相互望了一眼，有些怜悯地看向叔孙怒雷，其中一人并不否认地道：“只怪你不知洁身自好，强自出头！你似乎不知道‘箭射出头鸟’之说，其实今日你本来可以不死，但既然你不愿意好好享受清福……”

“轰！”一声暴烈的巨响过处，大船一阵震荡、摇晃，船舱犹如一个碎蛋壳般，裂成了无数碎末。

巨大无比的气劲夹着暴风骤雨般的木屑冲涌而进。

光线一明一暗，竟是一叶扁舟自河面飞射而上，如一块掷石甩出，冲入大船船舱之中。

众人眼下一暗之际，又有一股庞大无匹的旋风在船舱之中卷起。

“轰轰轰……”那种毁灭性如风暴般的力道，将船舱彻底摧毁。

那一叶扁舟在虚空中旋转成一个陀螺，那就是风暴的中心。

那些剑手都无可抗拒地被这股旋风卷出舱外，就连那六名剑手也不例外。

扁舟落在叔孙怒雷刚才立身之处，而此刻的叔孙怒雷却横躺在那叶扁舟上，扁舟中央更立着一个头戴鬼脸面具之人。

偌大的船舱此刻却成了一堆废木残渣。

甲板之上，似乎有风卷过，吃饱了风的帆鼓涨起来，大船快速地移向叔孙家族那艘已经只剩一尺仍露于水面的破船，浪头激上那艘沉船的甲板，只让人心急火燎。

叔孙怒雷再也无法使出半分力气，但他却可以感应到眼前这个神秘人物身上那种柔和而安详的气息，那却是一种杀气，异样的杀气。

第一百七十九章　刀霸剑正

刀者，霸杀，气烈，势若雷霆震怒。

剑者，纯正，温和，质似春雨绵绵。

剑气，如丝如雾，飘忽不定，弥漫于头戴鬼脸面具之人周围的每一寸空间。

那六名剑手禁不住扭头望了望黄河的滔滔流水，而河面与甲板足有一丈五尺高，可这人竟然驱扁舟而上，这是何种功力？这是何种气势？他是什么人？

“快划船！”神秘的鬼面人冷冷吩咐道，身上那袭淡黄色的披风轻拂成一种皱褶，像是一尊立于巨渊之面的神像。那种临风飘逸、不可攀比之感，清晰无比地映在场中每个人的心头。

“你是什么人？竟敢插手我们尔朱家族的事？”那六名剑手中一留有山羊须的老者有些骇异地冷问道。

“哼，若再问，我就先割下你范幽的脑袋，别以为剑宗有什么了不起，乾坤生死剑阵也不过如此！快划船！”神秘鬼脸人的声音冷杀如冬天的寒冰。

那留有山羊胡须的老者吃了一惊，骇然退了两步，有些惊疑不定地望着面前这个神秘鬼脸人，惊惧地问道：“你究竟是谁？”

“你太啰唆，我说过，你若再问，就只有死路一条！”神秘鬼脸人说话间，杀气大涨，气旋过处，他的身形已经在众人的眼中消失。

“喳……”一道亮光在那老者面前闪过，那老者的剑竟在刹那间断为两截。

神秘鬼脸人再次出现，仍在原来的位置，似乎根本就不曾移动过半步。

风吹过，淡淡的腥气泛起，在众人惊愕骇异之时，那被称作范幽的老者顺风仰倒，眉心间显出一串细碎而密集的血珠，如一条爬虫。

“快划船！”神秘鬼脸人向一旁的人喝道，似乎根本就没有在意范幽的死亡。

“老范，老范！”剩下的五名剑手之中有一人惊骇地呼了几声，但范幽却并没有作出任何回答，显然已经气绝。

没有人看到神秘鬼脸人是如何杀死范幽的，也没有人见到神秘鬼脸人以何物杀死范幽，抑或根本就不是神秘鬼脸人所杀，一切都只是一场梦，一场难以醒转的梦。

让人捕捉到的，只不过是一点点闪光，一点闪烁不定的光芒，据推断，这应该是一柄剑。

一柄剑，究竟是什么剑，却无从知晓了。

洛阳之役后，南朝也同时采取了一些措施，行动最大的却不是南朝的宫廷，这当然只是传说。

洛阳之事，使得北魏许多官商贾富都涌向南朝，这可是一个极大的商机，因此，行动最大的反而是凌通赌坊。

数月来，凌通的生意越做越熟，那滚滚不断的财源，的确让凌通赌坊这一系列的生意火红了一把。凌通那种新的经营方法，几乎很快就将建康同行业的生意全都垄断，那些同行业却又斗不过凌通，无论是财力还是势力，都无法与凌通相比，因为凌通的产业本身就是几大行业组合的整体，凌通只是起了一个中介调和的作用。

凌通做梦都没有想到赚钱会是这么一个赚法，也不知是哪里来的狗屎运，竟然转眼老母鸡变成了金凤凰。

凌通的产业，如雪球一般膨胀，虽然其他同行业也采取了相应的措施，比如联合，共同改革，但是完全不能达成一致的机构，运作方式更没有凌通的灵活，竞争力也就无法与之相抗衡了。而在建康，更有许多同行业和异行业的有志之士，极度欣赏凌通的运作方法和前景，纷纷要求加盟，这使得凌通手下的生意越做越大。

自北魏前来南朝做生意的人，全都不得不给凌通面子，在短短的几个月间，凌通的生意网络成了建康生意的中心，这不仅仅出乎凌通的意料，就连萧衍和萧正德也感到意外。虽然，这离不开他们在背后的支持，可凌通的功劳也是不可埋没的，若没有凌通借用葛荣的经验和善于用人，只怕也没有这么好的效果。

此刻，他们才真正明白，葛荣为什么在短短二十年之中，成为天下第一商人，葛荣的生意道的确是无人可及。很难想象，葛荣怎会拥有如此好的生意头脑，当然，这并不是每个人都能够善于利用的。

到今日为止，仍没有人能够统计出葛荣究竟有多少产业，也没有人知道葛荣究竟有多少流动的财富，只知道葛荣的财富似乎取之不尽。

在所有的义军之中，葛荣的装备最好，这是不可否认的，而且其兵势之强更似乎有胜过北魏朝廷之势，这的确让人难以想象。百万大军一天需要多少军费，这几乎是个天文数字，虽然葛荣并不是只靠做生意所挣的银子来维持百万大军的必需之用，但也足可见其财势之雄，没有哪个生意人和家族的力量可比，以“富可敌国”来形容一点也不过分。

凌通也想效仿葛荣做生意的模式，趁此机会，大肆扩张自己的生意网，将生意做出建康，向建康附近的重镇发展。

此际南朝正是经济复苏之期，刚好可以一展身手，又有着强有力的后盾，凌通发展生意网还不是轻而易举之事？

江湖中更有传闻，说萧衍派了五百高手，对自洛阳逃出来的一些昌义之余孽进行剿灭。更有人说，萧衍已派大批高手去对付魔门中人，而且还击杀了魔门中的很多高手，包括一些重要人物。

更有传闻说，萧衍派出的五百高手之中有两百人是来自凌通的手下，这也使凌通的身份变得更为神秘莫测。当然，这些都只是传说而已，到底事实是不是这样就没有人知道了。不过，无论传说是否真实，有一点是不可否认的事实，那就是凌通已经成为了南朝的一个传奇人物，也成为了南朝崛起最快、红火得最莫名其妙也最为年轻的人，就连丹阳世家子弟徐之才的名气也被凌通盖了下去。

不可否认，凌通已经步入了南朝权势旋涡的中心，对于这一切，凌通丝毫无惧，现在他只想去做一件事，那就是前往北魏见蔡风，以及大姐凌能丽。

那五名剑手虽然被神秘鬼脸人的威势所慑，但他们绝不会屈服，这是他们天生的职责，神秘鬼脸人虽然高深莫测，其武功更是古怪离奇，但他们根本就不怕死，也没想太多。因此，五个人联手，只出了五只手，而他们的另五只手紧紧地相握在一起。

“哼，雕虫小技，也敢拿来现丑，即使尔朱荣亲来，也难奈我何，单凭你们这些鸡零狗碎的东西也敢出来丢人现眼！”神秘鬼脸人冷哼着不屑地道。

“那你就试试看！”五人异口同声地道，如同连成一体般向神秘鬼脸人飞扑而至。

“真是不见棺材不掉泪，既然你们如此冥顽不化，那本人只好送你们一程了！”神秘鬼脸人说话间，左手食指和中指微扬。

一股森杀而无可抗拒的气机立时弥漫于每一寸空间，神秘鬼脸人与那一叶扁舟刹那间生出如深海巨渊般无可触摸的气势，又如连绵万里起伏不定的山岭。

扁舟突动，似一柄开天辟地的巨剑，无锋无刃，而此时的神秘鬼脸人似乎与天地合二为一，更成为那柄巨剑中的子剑，一柄无坚不摧、无孔不入、无处不在的绝世神锋！

巨剑乍显长空，天地俱暗，烈阳无光，河水也似乎突然停止流动，就因为横空的绝世神锋。

惊呼！其实也并没有什么声音，一切的声音全被这一剑绞碎、撕裂，化成飞灰，消失无影。

天地俱暗，万籁俱寂……这是一个魔魇，一个无法醒来的魔魇。

“快划船！”一声冷厉的呼喝，将所有人都惊醒了，天再亮，水再流，声再显，一切的一切，仍是处在同一个世界中。

扁舟依然落在原来的位置，似乎没有丝毫的变动，仿佛一切都未曾发生。只不过，地上的五具尸体告诉所有人，刚才并不是一场梦，而是一个残酷的事实。

神秘鬼脸人自出手到收手，没有人见到那究竟是怎样的一种场面，没有人可以想象那是怎样的一种境界。

叔孙怒雷的眼中闪过一丝异样的震骇，他身在扁舟之上，比任何人的感受都要强烈，但他却无法猜测，当今之世，有谁能够将剑道练到这种境界？这的确让他心中有些费解。

没有人再敢违抗神秘鬼脸人的命令，全都加速划船，而此刻叔孙家族中人所在的大船几乎与水面平齐，正在倾覆，不过与这艘急速驶来的大船已相隔不过八丈。

叔孙怒雷心中暗惊，惊的是自己居然中了毒，叔孙家族的船上也有人滚入水中，被浪冲走，但仍有大半人站在船舱顶棚作最后期盼，那根大桅杆已断，以作为救命之用，却无济于事，叔孙家族中的那些人望着神秘鬼脸人所在的那艘大船上惊心动魄的一幕，几乎全都忘了自身危机的存在，此刻见大船快速驶来，禁不住欢呼起来。

北魏之乱，天下皆惊，西部正准备组合联军之势。

西部以万俟丑奴与莫折念生为主要代表，又有蜀中的侯莫，东北部就是葛荣的大军，声势实比西部任何一组义军都强。

西部义军联盟，这的确是一件极大的事，但却也是一件很难协商的事，因为究竟以谁为首，这是一件无法决断的事，没有人愿意将权力让给别人，而受到别人的牵制。

更让北魏朝廷心忧的，却是关外吐谷浑与吐蕃竟也准备联军大举东进。

关外的铁骑装备更胜过任何一路义军，更有着极严的军纪，这使得这支联军可能是最具攻击力的一支。

当然，关外的联军与义军所不同的是，那群人无法得到百姓的拥戴，不得人心，他们顶多只能算是入侵者，但无论如何，那群人所造成的破坏，跟柔然对六镇的破坏没有什么两样。攻城略地，抢杀烧掠，所到之处，犹如蚁过蝗飞，千里赤地，焦土一片，就连各路义军也为之激愤，但却没有多少人能够阻止他们的入侵。

吐谷浑与吐蕃联军，由玉门关和星星峡，分两路直逼关内，边关守将几乎无力可阻。

吐谷浑与吐蕃联军达三十万，其兵力之雄、装备之精的确难以抗拒，这对于北魏朝廷来说，不能不算是雪上加霜。

叔孙怒雷几乎无法再提起半分力气，身中毒性之强，的确让人心惊。

叔孙家族的众家将，只有少数人未曾沾水，也只有这些人仍有行动之力，他们先前所乘的那艘大船已经沉没了，被河水卷走了三十多名失去了抵抗力量的人，这些人根本不可能抗拒得了那汹涌的河水，另外一些人几乎与死亡没有什么分别，除像叔孙怒雷这般功力深厚者。

没有人知道这是什么毒物，就连尔朱荣派来的这群攻击者也不知。也许，那六名剑手知道，但是他们全死了，死在神秘鬼脸人那惊天动地的一剑之下。

没有人知道神秘鬼脸人的身份和来历，他不想说，也不愿说，更没有人能够逼他说出来。

叔孙怒雷很想知道对方究竟是谁，他心里隐隐觉察到了一些什么，因此问道："你真的不想说出你的身份吗？"

神秘鬼脸人扭头向河，望着奔腾不息的黄河之水，并不看叔孙怒雷一眼，没有人知道他的表情，没有人可以捕捉到他的内心，只是听到他淡淡地说了一句："告诉你并没有什么好处！"

叔孙家族的幸存家将觉得神秘鬼脸人有些狂，不过，一个武功达到极顶之人，有他狂妄的本钱，那无可厚非。何况，这个神秘鬼脸人对他们还有救命之恩。

叔孙怒雷眸子之中露出一丝怆然之色，似乎在勉怀一种伤感，在哀悼失落的时光，抑或是错过的情怀。

"你是黄海？"叔孙怒雷在一名家将的轻扶之下，长长叹了一口气，淡漠地问道。

神秘鬼脸人并未作答，却也没有否认，只是有些冷然地道："我是谁并不重要，如果你认为我像谁，那我便是谁好了。我已经派人去通知你们叔孙家族的人前来接应了，只要他们一到，我的任务也就完成了！"

叔孙家族的众家将吃了一惊，叔孙怒雷竟猜出眼前之人是黄海，而黄海不是叔孙家族的敌人吗？又怎会相救他们呢？可除了黄海之外，天下又有谁的剑道达到了如此境界？天下间的高手，也许真的很多，但用剑的就只有那么几人，一系是尔朱家族，另一系却是天痴尊者的传人，但最著名的，却又以黄海和尔朱荣为首。这次阴谋既然是尔朱荣一手安排的，当然不会是尔朱荣出手相救，那就很有可能是黄海。

没有人知道，那张鬼脸面具之后究竟是怎样一种表情，不过，有些东西不一定要看到表情才能作出决断。

"你为什么要出手救我们？"叔孙怒雷不依不饶地问道。

"适逢其会！"神秘鬼脸人答话极为简便。

"你在撒谎！"叔孙怒雷语气有些激动地道。

"若不是适逢其会就是跟魔门过不去，我似乎没有特意救你们！"神秘鬼脸人冷冷地道，说话有些绝情。

叔孙怒雷知道很难再问出什么，不由得再次幽幽一叹，似乎数十年的沧桑以一声叹息而终结。

那神秘鬼脸人的身子似乎颤了一下，极为轻微，也许只是风吹的原因。河边的风很大，吹起来似乎极为舒爽，神秘鬼脸人的青衫极有动感，给人的感觉也极为阴沉。

叔孙怒雷没有再去看神秘鬼脸人，他似乎也并不想寻求出什么答案。

"我来助你恢复功力！"神秘鬼脸人突然转身，伸手抓住叔孙怒雷的脉门。

叔孙怒雷还没来得及反应，便觉一股滚热而浑厚无比的力量涌入体内，顿时只觉心神一松，任由那股浑厚的力道在体内冲撞着。

博野，位于河北的南部中段，虽然驿站并不多，可是水道却并不堵塞。

河北乃是平原之地，并无道路不通之虑，但却因为博野的水路畅通，其城也如定州一般，易守难攻。

葛荣始终无法进军任丘，向海边发展，也只限于沧州一线，这使战局基本上极僵，无法自真正意义上完全利用整个海域，这使得来自海上的资源不能够完全得到利用。

元融的势力完全控制了博野、饶阳及温仁以北的东北部，形成一个半弧形的安全宝地，使得葛荣的攻势很难起到效果，而元融本身就是一名极为厉害的战将，用兵之道并不逊于葛荣，唯一不利的，就是北魏的朝廷没有葛荣的义军得人心。

博野的形势似乎越来越紧张，葛荣竟调集了十万兵力前往定州，看来已经下了狠心一定要攻下博野，这对于葛荣控制整个河北有着极其重要的意义。

元融也是河北一支最强大的军系，与崔延伯、萧宝寅所领之兵并称北魏两支狼虎铁骑，只要消灭了元融这一军系，那统领河北，南攻洛阳则指日可待。

决战博野，分兵三路，中路以定州为主，主帅是蔡风，南路以葛悠义所领，北部则是以何礼生为主的望都军。这三路兵力，几乎是葛家军中最强的几支。

此时的葛家军，兵多将广，的确有着难以忽视的力量，这也是使博野的气氛变得空前紧张的原因。

让元融担心的，仍是蔡风这类高手，如蔡风这样的人，就已经不能再用千军万马来衡量了，那应该以江湖的尺度去衡量。

而江湖的尺度，是很难有准则的尺度，因此，元融心存隐忧，但值得庆幸的却是他手中有一张未出的王牌。

虽然，元融与蔡风的接触并不太多，但却能够把握住蔡风的某些弱点。作战之时，知己知彼方能料敌制胜，战场亦如江湖，无所不用其极。

的确，战场亦如江湖，无所不用其极，是以，元融也收到了一件礼物，是关于他儿子元孟的礼物。

元孟被蔡风所擒的消息，元融也是在同一天收到，因此他心已乱。事不关己，关己则乱，报应似乎来得太快了一些，他尚没有想到如何对蔡风造成心理打击的时候，蔡风却已先下手为强了。看来他的先机已失，而且蔡风所占的优势是绝对的，不管怎么说，元叶媚到底是他元家的人，他绝对不会有什么过分之举，而蔡风却无此顾忌，元孟就像是肉板上的肥肉，任宰任割，根本就不必有什么心理责任。

元融为之头大，却不知该不该以元叶媚去换回元孟，若这样一来，他所承担的却是强大的家族压力，那就意味着向蔡风屈服，无论对军心还是士气的影响是不可避免的……

元融不得不承认，蔡风的这一招的确让他难以招架。

元融的部将也不少，人才济济，但却没有几人能为之分忧解难。

侯景是知道内情的少数几人之一，但他并不想多说什么，他相信元融会作出最后的决定，主帅的事，他无权问津，更没有能力左右其思想。

元融自然知道自己的重要性，他的任何一个决定都会牵动全军。

送信的使者并没有走，就在元融的帅营中，无畏无惧，他似乎知道元融此刻在想问题，对周围的刀斧手及立在元融身边的几大将领根本就没有多望一眼，似乎这些人完全不值得他看一般。

“我们皇上说了，元大将军乃是他极为敬重的人物之一，如果元大将军愿意与我们皇上合作的话，将来元家依然是北魏天下的大家贵族，依然可奉公封王。”那信使的语气极为缓和，并没有丝毫的畏怯之意。

“乱臣贼子，也敢称皇！”侯景怒叱道。

那信使不屑地望了侯景一眼，淡然道：“成者为王，败者为寇，事实会证明一切的，古语有云：识时务者为俊杰。元大将军不像那些凡夫俗子，目光短浅，以元大将军的智慧，当知眼下形势。”

“你的话说完了没有？”元融冷冷地问道。

那信使呆了一呆，露出一丝淡然而深邃的笑容，并没有为元融的话所惊吓，只是停顿了一会儿又道：“如果是以前，我并没有必要说这些话，但时下的局势并不相同。眼下的北魏也不再全是你们元家的了，元子攸不过是尔朱荣的一个傀儡，虽说皇帝的龙袍依然穿在他身上，但那只不过是做一种样子给天下人看，生杀大权却完全掌握在尔朱荣手中，他要北魏的哪一个人死，谁就不得不死，这一点自他屠杀两千朝臣的事件就可以看出。而眼下形势，北魏就只有三支大军，一支由崔延伯、萧宝寅所领，一支由大将军所领，另一支则是尔朱荣的人马，其他的都只是散兵游勇难成气候，顶多只能起到镇守边关的作用。这个天下已经不再让大将军和元家无忧了，我劝大将军还是三思，不要让自己成了马前卒而使别人捡了便宜。”

“如果你不想死的话就给我闭嘴！”侯景极为愤怒，这信使倒像个说客。

信使卓然而立，虽然面无傲气，但也不卑不亢地回应道：“我知道候将军的大名，高欢将军曾经提到过候将军乃是不可多得的将才，还说候将军与他曾是故友，相信候将军一定是一个善于思考和有见地的人，对于北魏当前的形势也一定了若指掌，难道候将军认为在下说错了吗？”

“你究竟是什么人？”元融的目光如炬，冷冷地盯在信使的脸上。

信使淡然一笑，道：“我是信使，也可以算是说客，只不过是葛家军中的一员，并没有什么特殊身份，但只要大将军有什么事情要我转告，我一定会做到。”

“如果我要杀你呢？”元融冷杀地问道。

信使笑了笑，神情自若地道：“那我就只好死了！”

元融嘿嘿一声冷笑，道：“你知道就好。”

“但是大将军别忘了，我只不过是个传信之人，一个无关紧要的说客，死了一个还有千万个，但有些人却只有一个，死了就永远不可能再现！”信使不卑不亢地冷然回应道。

“你在威胁我？”元融怒叱道。

“我并没有这个意思，我只是在讲事实，两军交锋，不斩来使。当然，也有两军交锋要斩来使的，一切全凭元大将军一句话，此刻我身在你的营中，无刀无枪，还不是任将军宰割？即使有刀有枪，以将军之勇，杀我也只是捻死一只小蚂蚁，我根本就没有必要抱着活命的希望，要杀在下，将军就下令吧！”那信使淡然道，语气平静得如无波井水，一副视死如归之态让元融心中生怒。

候景的心中却在不断地盘算寻思，刚才这信使的话中之意，是故意想引起元融对他的疑心还是暗示其他的什么？但无论如何，这信使的话在元融的心头种上了阴影，那是肯定的。不过，信使所说并没有错，他与高欢乃是好友，这一点候景并不想否认，道不同，不相为谋，战场无父子，一旦真正交战，他定会以大义为先，各为其主。

元融冷冷地望着信使，不禁心中有着一丝不祥之感，他很少有这样的感觉，可对着这视死如归的人物，使他禁不住为自己的部下担心，如果对方每一个士卒都如这人一般，悍不畏死，那日后的博野只会有一种下场——失陷。

元融“锵”的一声拔出了身边的利剑，屹立而起。

众将领全都一惊，只道元融要杀这信使，但却都不敢出声。

那信使的目光只是望着元融，依然挺直着腰杆不作任何表示，脸上的表情也极其平静，似乎并不知道自己处在虎狼之间，随时都有可能人头落地。

“当!”元融的剑落在那信使的脚前，冷冷地道：“本帅这八名护卫，随你挑其中任何一个，你若赢了就走，输了留下尸体!”

那信使神色依然很平静，淡淡地笑了笑，问道：“要是我杀了他呢?”

元融的眸子之中闪过冷厉的寒芒，漠然道：“如果你杀了他，同样可以踏着尸身走出去!”

信使笑了笑，道：“我可不想缺脚缺手地走出这座城池，活着并不一定就是痛快，要是我失手杀了他们中的任何一位，你定会斩下我的手或脚，到时我也是无话可说的。”

“如果你胜了他们八人中的任何一人，我们大将军从来都是说一不二，谁会跟你耍这点小心计!”候景怒叱道。

元融不屑地一哼，道：“你没有谈条件的本钱，你战则罢，不战就是畏死!”

那信使摇头叹了叹，道：“既然如此，我也不想多说什么，好吧，你们八人当中哪位出战?”

候景和元融都微微一愕，这信使似乎极有信心，而且行事似乎也把握着先机，看来不会是一个简单的人物。

“让我来掂量掂量你的本事，竟敢在我们大将军面前如此狂！”一名长满络腮胡子的中年人冷然跨前一步，淡漠而充满杀机地道。

信使悠然一笑，问道：“你叫什么名字？可以说一说吗？”

那大胡子有些不屑地望了信使一眼，傲然道：“记清楚了，我叫元廖！”

信使低念了一遍，又问道：“你家里还有什么人没有？”

“你不觉得废话太多了吗？”元廖冷冷地问道，身上同时散发出一股强烈的杀意。

“如果你死了，我想知道还有多少人会为你伤心，这似乎并不是废话。”信使淡淡地道。

候景和元融再次暗自吃了一惊，眼前的这位信使的确不简单，也的确早已将生死置之度外，否则此时此刻绝对无法还能保持如此从容的状态。

信使从容得让所有人心中吃惊，他就像是在玩游戏，浑然忘记自己是身处虎穴，死亡随时都可能降临。

“这个并不用你担心，有没有人为我伤心那只是我自己的事。”元廖心中大怒，他本来根本就不把这信使放在眼里，心中暗忖道：“一个信使有什么了不起，只不过会耍些嘴皮子而已。”可此刻这信使似乎当他已经死定了一般，大大伤了他的自信。

“如此甚好，其实每个人都有父母兄妹，有的还有妻儿，如果因为这人的死而让一家人痛苦，那并不是一件好事，既然你不想说，我就不用负心理责任了。不知你善于用什么兵刃？”那信使的言语总是出人意表。

元廖心中一黯，这信使所说的并没有错，自己死只是一件小事，但家中的妻儿老小却会饱受失亲之痛，这的确是一件十分残忍的事。不过，他对自己很自信，至少，他相信自己不会输给这么一个小信使。

“我只擅长杀人，什么兵刃能杀人，我都会用。”元廖傲然道。

“哦，水你会不会用？”信使突然语出惊人地问道。

元廖禁不住一呆，没想到信使会说出这样一件东西，不由得嗫嚅道：“水哪是兵器？”

“你错了，水不仅是兵刃，而且还是最可怕的兵刃之一。在用兵作战中，水同样可以拿来作为杀人的工具。秦始皇统一六国，就有水淹梁都大梁之举，破梁不费一兵一卒，可见水是一件最为可怕的兵刃并不假。你不会用就不会用，何必搪塞?”信使侃侃而谈之间，就已将元廖逼落下风，在气势上立刻输了一截。

元廖不屑地冷哼一声，根本就无须作答。

信使笑了笑，又问道：“你究竟擅长什么兵刃呢?”

元廖双手后张，两肩一耸，自背上射出两杆短枪，却不答话，因为他已经开始进攻。

枪快如离弦之箭，两丈空间只在弹指之间。

“嗞嗞……”元廖的枪一下子刺空，跟着横扫之际却失去了信使的踪影。

“叮……”元廖双枪在手，不回身便反刺而出，却被一柄剑斩在枪杆上，元廖身子一旋一震之际，已经转身与信使面对，他没有半点停歇地出枪，同时也看到了一片雪亮的剑花，正在绽放扩张。

信使的剑法颇为高明，角度谨然、中规，身法也极为灵动，这使得其剑式的灵动性更强，威胁力更大。

元融和候景的眸子之中闪过一丝亮彩，帅营之中的各路将领和刀斧手全都睁大了眼睛，似要找出其中的精彩。

出招瞬间，俩人就交击了逾百招，俩人的功力似乎在伯仲之间，不过元廖微微有些心浮气躁，因为刚才他被信使激怒了。

北台顶。

凌能丽到这里已有五天了，她的心情也逐渐平复，连她也不明白为什么要再次离开蔡风。也许，她并不需要任何理由。

爱一个人，和被一个人爱，同样是一种痛苦，两情相悦并不一定就能够白头偕老。

生命总似乎是一场游戏，一种让自己迷失方向的游戏。

五台老人今天并没有来看她，她也没有去听了愿大师讲禅，那是因为了愿大师有来自天竺的客人——达摩。

凌能丽在看云，背对着那简陋的竹屋茅棚，在山顶、在树下、在崖边看云。

飘浮的云，如烟、如雾，在幽幽的谷中自有一种意境，稀薄如纱，使山下的林野若隐若现，那很美，只是阳光太烈。不过，山顶的风很大，吹起凌能丽散披于肩背的乌黑头发，那种飘逸之感很好，她偶尔不经意间伸手捋一下挡住眼睛的几缕发丝，举止优雅，神情恬静而自在。

凌能丽的心情不算太恬静，她无法摆脱一个挥之不去的影子。躲避，也许并不是办法，只不过，她想不到更好的解决办法。

这次，她决定上北台顶，蔡风没有挽留，她不明白蔡风为何不挽留，也许，蔡风有自己的理由，可是她发现自己与蔡风之间的距离似乎越拉越远，那是一种感觉。

这并不能怪蔡风，其中也有她自己的原因，在某些时候，她还刻意让自己远离蔡风。

蔡风不属于某一个人，蔡风的爱也无法全都放在一个人身上，那是蔡风的责任，也或许是蔡风的本性。

"痴儿……唉……"轻轻的一声叹息惊醒了凌能丽，她不回头也知道是谁到来了。

"还在想他?"五台老人的声音极为慈和。

凌能丽有些落寞地扭头望了望五台老人那张苍老的脸，她叫了一声："师父!"却并没有回答五台老人的话。

五台老人似乎比两年前更为苍老了，或许是思索的问题太多的缘故吧。他轻轻地移身到凌能丽旁边坐下，低吟道："问世间，情为何物?"

"师父也有过这段日子吗?"凌能丽有些讶异地问道。

五台老人含笑摇了摇头，道："这也许是我一生的失败之处。"

"也许，这是师父的幸运!"凌能丽没好气地道，神情有些低落，更多了一些懒洋洋之态，在阳光的映衬下，犹如自遥远的地方飞降的仙子。

"尝尽人间七情方为人，否则，又怎能享受到人生之趣呢？人活着是为了什么？从出生到死亡，就一定要去感受情义，不明白家的人才是可悲的。”五台老人悠然道。

凌能丽似乎被触动了心弦，有些黯然地问道：“师父说我究竟该怎么办才好呢?”

五台老人也有些黯然：“我也无法说出一个具体的办法，这就要看缘分了。”

“缘分？缘分是什么意思？有缘又能怎样？无缘又是怎样？我要的不是缘。难道我与阿风还没有缘分吗？可我无法接受一个把爱分成几份的人，这是我的自私吗?”凌能丽极其苦恼地问道。

五台老人望着她那眉头紧锁的样子，倒似云锁巫山，更有一种让人怜爱之感，他也为之心疼，凌能丽也许是他今生唯一的传人，可他却无法帮她什么忙。

“每个人都有选择自己的路的权利，每个人都有自己的活法，你没错，少主也没错，这也许就是缘!”五台老人吸了口气道。

“阿风为什么不留我呢？那个傻瓜，若要留我，我就不会走嘛，真是大笨蛋，大傻瓜……”凌能丽似乎一下子泄了气，一边使劲地折着手中一根草茎，一边低声怨骂道。一副小女儿之态，直让五台老人看了心头又有些好笑。

“你还是很爱他，对吗?”五台老人淡笑着问道，目光中又多了几分慈和。

凌能丽眼圈微红，有些泄气地道：“那又能怎样？他依然那么花心。”

五台老人大感好笑，道：“既然爱一个人，那就要去接受他的缺点，去包容他的缺点。”

“师父又没爱过人，怎么知道这些？再说我怎么去包容他？他那个花心大萝卜，见一个爱一个，要是只因为责任还可以原谅，可是……可是他很早就爱上了叶媚妹，又爱上了瑞平姐和定芳妹妹，还有什么哈凤公主之类，总之一大堆。还为那个什么哈凤公主连命都不要了，这个花心大萝卜，要是跟了他，不被气死才怪。”凌能丽抱怨道。

“所以你才会来北台顶看望师父?”五台老人笑着问道。

“当然不只是这些，我还想念师父嘛。”凌能丽不好意思地笑了笑道。

五台老人不在意地笑了笑，他这一辈子已经习惯了孤独，根本不在意这些。

“少主不留你，那是因为他尊重你的做法和想法。也许，他也知道自己不能专情对你，就没有权利留你，但他绝对也爱着你。”五台老人突然极为认真地道。

凌能丽一呆，似乎是第一次认识五台老人，讶异地望了五台老人一眼，有些不敢相信地问道：“师父怎么知道？”

“因为为师也曾经年轻过，也有过一颗年轻的心！”五台老人笑了笑道。

凌能丽神色为之黯然，似乎仍有些无法接受地道：“我还是不能接受，为什么女人一定要嫁人？难道就不可以自己过一辈子？男人可以三妻四妾，女人就一定要相夫教子，我不干！”

“又说孩子话了，男欢女爱乃天之常理，也许你说得对，男人不该三妻四妾，但却不能以此来拒绝寻求自己的那一份寄托。虽然你的想法十分特别，也很古怪，但既然你这么想了，就说明你不可能忘得了少主。”

凌能丽愣了半天，才幽幽地道：“师父就帮我想个办法忘掉他好吗？”

五台老人正愣神间，突闻一声佛号在不远处响起，一阵低沉而又轻柔的女声传入了凌能丽和五台老人的耳内。

“情之为物，不可方物；不可方物，大彻大悟。阿弥陀佛，物极必反，爱到深处尽是空，尘缘断，俗事了，青丝尽结。若姑娘想忘情，不如跟贫尼寄居于深山幽林中吧？”

凌能丽和五台老人同时扭头，却见一灰衣女尼遥遥而至，眉毛却是白色，宝相庄严。那微起皱纹的脸上泛起祥和而恬静的微笑，浑身上下散发出一种超然的气质，仿若不沾半点人间烟火。

五台老人的眸子微眯，似有所思，但却并未记起眼前之人究竟是谁。

凌能丽吃惊不小，那是因为眼前的老尼居然能够无声无息地潜近他们而不被觉察，更对这老尼打心底生出一种向往而崇慕的情感，那是种极为亲切的感觉。

第一百八十章　博野之战

元融目无表情，只是冷冷地望着地上的血迹，殷红殷红的血迹。

血，是元廖的，也有那信使的，但败的人却是元廖，一个痛苦的失败者。他没有死，但却断去了一只手臂，而他的枪也在信使的小腹上扎出了一个血洞，但他仍是败了，就因为他的对手之剑横于他的肩上。

信使的剑紧贴着元廖的脖子，只要轻轻一带，就会立刻有人头落地的危险。

元廖本就苍白的脸变成了死灰色，也许是因为血流得太多，导致缺少了一些血色。

血仍在流，自两个人身上往下流，那信使却伸出两指封住小腹伤口周围的穴道，动作有些吃力，但却仍很到位。

“你败了！”信使略含一丝傲意地笑了笑。

元廖没有作声，只是长长地吸了口气，脑袋蓦地一斜，向剑锋上抹去。

“砰！”元廖的速度快，但却似乎快不过信使的脚。

元廖的身子飞跌而出，他的小腹上挨了信使重重一脚，却未能奔赴死亡之路，信使并不想杀他。

信使向元融笑了笑，却重重咳出两声，咳出一些血丝，但那神情依然是那般自若和平静，包括他说话的语气。

“元大将军的护卫真勇敢，居然全都是不怕死之辈，让在下佩服。”

元融脸色有些阴沉，候景的脸色也有些阴沉，他们岂会听不出这信使口中的讥嘲之意？是以，他们的脸色显得更为阴沉。

元廖的面色犹如死灰，他也知道自己刚才又走错了一步。

“你又何必想求死呢？每个人都有父母兄妹，你若死了，伤心的人不是你，而是他们，好死不如歹活，这样一种死法不值！”信使的语气依然显得极为平静，但任何人都可以听得出其语气之中的不屑，对一个自己寻死的人同情和怜悯。

“把他扶出去！”元融冷冷地道。

立刻有两名侍卫行了进来，扶起羞愧难当的元廖，行了出去。

“你的剑术很好啊？”元融冷冷地道。

“承蒙大将军夸奖，在下只是略会一些普通招式而已，本是用来强身健体，却不想今日拿出格斗行凶，实在是惭愧至极！”信使不卑不亢地道。

“哼！”元融心中气不打一处出，却又无从发作，从信使的词锋之间很难找到攻击之处，但两军交锋不斩来使乃是兵家的惯例，除非两军要死战到底。

“不知大将军有什么话要在下带回呢？”信使淡淡地问道。

候景偷望了元融一眼，心中却在揣测大将军会有一个什么样的决定。

元融眸子之中闪过一丝冷厉的杀机，果断地道：“本大将军不会换人的，那孽子你们要杀要剐，悉听尊便！”

候景和信使及众将领全都一呆，心中都禁不住生出一股敬意。

“大将军果然与众不同，大义舍亲，令在下好生敬服，大将军的话我一定转告到。”那信使极为诚恳地道。

“送客！”元融不想再多说什么，冷冷地道。

那信使淡然一笑，并不向元融行礼，转身就向外行去。

“敢问师太如何称呼？”凌能丽有些好奇地问道。

“老尼忘尘！”老尼姑宣了声佛号道。

“忘尘？”凌能丽有些讶然地反问道。

“正是！”老尼姑微微点了点头，应道。

五台老人似乎想起了什么，讶然道：“你是琼飞!”

凌能丽一呆，有些惊奇地望了望五台老人，奇问道：“师父认识这位师太?”

五台老人并没有回答凌能丽的话，只是冷冷地盯着老尼。

“琼飞已死在红尘之中，老尼忘尘，吴施主又何必提起当年之事?”那老尼淡然道，神情极为平静。

五台老人突然笑了，道：“你还记得我的姓，如此看来你也并未忘尘。”

忘尘师太也笑了笑，回应道：“死的只是红尘中的琼飞，而不是名动江湖的幽灵蝙蝠，我又怎会不记得吴施主的大名?”

五台老人又笑了起来，心中却有些吃惊，暗忖道：“难怪如此眼熟，她果然就是当年不拜天座下四大杀手中的琼飞，如果此尼真是琼飞，那拥有如此身法也是极为正常了。”

当年，五台老人本是烦难的书童，烦难与冥宗之战，他自然极为清楚，对冥宗的人物了解最多的就是四大杀手。而他还曾与琼飞交过手，以后琼飞改邪归正，更成了江湖中的一件大事，他自然认识琼飞。

“不知师太前来北台顶所为何事?”五台老人站起身来，拂袖掸去身上的尘土，淡然道。

“闻说了愿大师正在为圣舍利的秘密而烦，老尼参研各种典籍，终找出了一种化开圣舍利的方法，才来此处欲助了愿大师一臂之力。”忘尘师太淡然道。

五台老人和凌能丽的脸色全都为之大变，目光如电般射向忘尘师太的身上。五台老人冷冷地问道：“师太自何处得到这个消息?”

忘尘师太悠然一笑，道：“天痴尊者赶赴北台顶之前，曾至恒山一行，告诉老尼圣舍利之事。老尼对奇门之道，以及五行之术和医道颇有研究，因此，尊者才让我去悟出化开圣舍利之法。”

“化开圣舍利?”五台老人听说是天痴尊者的遗命，也就不再有什么问题，只是他不明白忘尘师太所说的“化开圣舍利”是什么意思。

“不错，尊者曾说，圣舍利并非全为佛门之物，此舍利非一般舍利，而是聚结了数颗舍利而成形之神物，其中更有葛洪仙长当年所留下的一颗凤丹，后又经道安、法显、慧远三位祖师以体内佛法炼化，终于将凤丹融于他们所留存的舍利之中。也就是说，这颗巨大的圣舍利乃是三颗小舍利和一颗凤丹结合而成，唯有化开舍利，方能悟解其秘。”忘尘师太并不隐瞒，她相信五台老人与眼前的女娃。

五台老人和凌能丽禁不住都为之瞪大了眼睛，似乎没想到圣舍利之中竟仍隐藏着这些秘密，如此一来，对忘尘师太的话却是深信不疑，若不是天痴尊者所说，天下间又有几人知道圣舍利的真正含义呢?

天痴尊者乃道教一脉相承，乃是葛洪的再传徒孙，知道这个秘密并不稀奇。其实知晓此秘的，应该还有烦难大师，但烦难大师已经荣登天道，深明天地万物皆顺其自然为好，并不说出秘密，以担心因圣舍利而引起天下大乱。也许，烦难大师早已悟透天地之间的奥妙，也已算到今日所发生的一切，这才是他不说出圣舍利秘密的原因。而此刻，忘尘师太却说出了圣舍利的秘密，那肯定是两者之中的其一相告。

“不知了愿大师在哪里呢?”忘尘师太淡然问道。

“请师太随我来!”五台老人淡淡地望了忘尘师太一眼，平静地道。

博野，城门开一小角，以放葛家军的信使出门。因为近日来战事极紧，葛家军数战数胜，使得人心大动。

葛家军极擅以奇兵制胜，使敌还未能做好防备之时就已经杀至，这也是博野军极为害怕与葛家军在野外作战的原因。

对于袭营、截粮，这几乎是葛家军的拿手好戏。这也许跟葛家军的组成有关系，因为葛家军中很大一部分全都来自绿林，多为各寨头的强盗、匪寇。虽然这些人被葛荣编制、结合，但其拿手本领并没有失去，相反，更有了发挥的空间。这些人袭营、截粮，那可是防不胜防的，很令元融头痛。是以，博野的城门不敢完全打开，如果完全打开的话，如果对方以快速骑兵攻城，城门定难及时关闭。

元融行事十分小心，博野几乎是前沿阵地，自然不能够松懈。每天，只有一个城门可以通行，而且天未黑就已关了城门，这就是战争所带来的后果。

与信使一起前来博野的只有三人，有俩人根本就不可能入得了元融所在的帅营，是以，只能在外面等候着。毕竟他们只是信使，两军交锋不斩来使，这些士卒们也明白，因为他们也可能在某一天成为信使而入敌营。是以，这些士卒不仅没有欺辱信使，还敬重他们的胆量。

送三人出城的只是几个小兵，这三人还不够资格劳动将军大驾，顶多是由偏将领路，没有人会惧怕这三人，因为他们身上不可能藏有任何兵刃，这就让敌人很容易忽视这些信使潜在的威胁。

为首的信使受了伤，衣衫上染满了鲜血，样子极为凄惨，另外两个信使的神色十分愤慨，愤慨元融竟然伤人，好在受伤的信使并未说出在帅营中所遇之事，也许是没有时间吧。

城门的那一个小角打开了一条缝隙，不宽，才三尺，但足以让人通过，吊桥也放了下来。

“你们可以走了！”那自帅营中将三名信使送出来的侍卫冷声道。

城门口驻军极多，防卫也十分森严，几有数百人全副武装地立在城门口。城墙上每隔三步就有一官兵把守，五十步一哨台。来敌若想攻城，的确十分困难。

受伤信使向那侍卫和守在城门口的官兵得意地笑了笑，道：“想不到你们竟然紧张成这个样子，真有意思，干吗要开城门？要是害怕还不如用只吊篮将我们吊下来，那岂不更安全？”

那些官兵心中微恼，但也觉得那信使所说有理，若说他们对葛家军无动于衷，那是骗人的。

“你们走不走？”那侍卫有些不耐烦地道，虽然他心中有些怒，但也只能装聋作哑。

“我们走，当然走！”受伤首信使笑着道。

那侍卫眸子中闪过一丝怒意和杀机，而与此同时，他发现一只手如铁钳般钳住了他的咽喉。

那是一个稍矮的信使，出手动作之快、之准、之狠，让那侍卫根本不能作出半点反应。

“咔嚓……”脖子碎裂的声音响过之时，一阵弦响，箭雨破空而至。

三名信使已分别钳住了一人的脖子，这些人也就成了人盾，挡住飞射而至的箭雨。

“嘭嘭……”一连串的爆响，三名信使同时飞身踢向两扇巨大的城门。

城门在巨大响声中向两边而开。

“你去死吧！”那名受伤的信使冷哼一声，反手夺下死者手中的兵刃。

的确，这些人并不该忽视敌军信使的杀伤力，没有兵刃的人，也许才是真正危险的人。

城门口的官兵又惊，纷纷飞扑而上，三名信使将手中的尸体飞甩而出，身子同时贴地一滚，手中夺来的兵刃横竖飞扫，那几名正忙着关闭城门的官兵根本没有丝毫抵抗力就被斩杀。

“嘭嘭……”两声巨响，三名信使分别撞到一旁的两扇门上。

城门大开，城楼顶上之人大呼：“起吊桥！”

“哗哗……”护城河之中突地有人破水而出，如水下的异兽，更飞跃而上。那些人出水的同时，更飞速甩出几颗黑物。

三名信使不约而同地贴地向城门外滚去。

“轰轰……”一连串惊天动地的爆响过处，泥土、碎石、残肢、断腿，四处乱飞。

惨叫声、呼喊声，惊怒的骂声、号角声……使得城头大乱。

“嗖嗖……”城门口护城河对岸几丈之处的地面突然陷落，一排弩箭自陷落的地面射向城头。

“呀呀……”那些准备提起吊桥的官兵尽数中箭，哨口上的官兵也逃不过弩箭穿喉的命运。

“杀呀……”那陷落的地面之下竟是一条长长的地道，数十人自地道之中飞跃而出，动作利落至极，看来全都是好手。

这些人正是葛家庄之中极其著名的土鼠队队员，每人都是挖崛地道的高手，曾经在与杜洛周交战时出过大力，生擒刀疤三时，也是功不可没。

“杀呀……”护城河不过几丈宽，这些人的动作之快，在城楼之上的众官兵还没完全反应过来，就已冲上吊桥，也有几人被城头的乱箭射死。

“嗖……”那地道中仍有人向城头放箭，对那些极具威胁的哨口施以无情的攻击。

“呜呜呜!”三声急促而又洪亮的号角声响过之后，又是“呜”的一声长啸，这正是有大军大举来犯的信号。

“杀呀!”那三名信使精神大振，自水中跃出的几十名杀手，全身尽湿，但那几颗用油纸包好的火器却威猛无伦，只炸得众官兵血肉横飞，慌乱之中，哪还有人想到关上城门?

火器正是陶弘景所制的轰天雷，只是数量有限，但仅凭这些轰天雷就足够让敌人胆寒心裂。

水中的人乃是由飞鹰队队长苍鹰所率，这些人全都是身经百战的杀手，虽然会合起来，也只不过百余人，但却足以抵抗十倍以上的敌人，更何况他们的任务只是控制城门。

马蹄之声震响，显然是元融和候景诸将闻声飞马赶来。

“啊……啊……”远处的杀喊之声如潮水般淹至，城楼上更见到有三骑领先如疾电一般冲向城门口。

最快的却是一匹乌黑如炭的健马，马背之人身披软银甲，手持长长的斩马刀，如舞于云端的神将。

乌马之左为一匹洁白如雪的白马，也是马速如风，马背之人同样手持一柄长长的斩马刀，另一匹健马却是枣红色的，马背之人乃是一个老者，手持一根槟铁大棍，转眼间就进入了众官兵的射程之内。

“嗖……”万箭齐发，欲将来敌三人三骑尽数射杀。

“杀呀……”远处的喊杀之声依然如潮水般涌来，如海啸般惊心动魄，成千上万的马蹄声只震得山摇地动。

三匹健马竟在箭雨之中穿行自如，根本就不畏箭矢之利。

箭雨一近三人之身，犹如被一只无形的大手所挡，纷纷坠落。

苍鹰所领的飞鹰队与土鼠队纵横于城门口，使那些拥挤的官兵手忙脚乱，更没有人敢乱放箭矢，因为他们所射中的多半是自己人。

那三名信使和土鼠队的兄弟死守城门，任何靠近城门的官兵全都斩杀，他们绝对不能离开这里，如果被官兵关上城门，那他们唯有作困兽之斗了。

“起吊桥！”城头之人骇然疾呼，他们终于认出了来者是什么人。

那匹最先奔到的黑马背上之人乃是葛家军中的齐王蔡风，只要认出了蔡风，其他人不用看也知道，今日之敌是如何凶猛。因此，官兵们无论付出多大的代价，也要升起吊桥。

地道之中众神箭手所持之箭不断射出，但却无法阻住官兵提升吊桥。

土鼠队的兄弟们大急，若想攻上城头，那是不可能的，他们虽然可守住城门，但却没有能力冲上城楼。

吊桥缓缓升起，那三名信使飞身冲上吊桥，挥刀奋力斩击铁链。

“当当……”一切都无济于事，刀身全都断裂。

“呀……”那名本已受伤的信使一个未注意，竟被一支利箭贯穿头顶，身子顺着已成斜坡的吊桥滚入城门之中。

“十二！”剩下的两名信使心下一痛，杀机狂升，手中的碎刀如满天花雨般直飞上楼，但却根本没有起到任何作用。

“呀！”一声官兵被箭贯喉而过，翻落吊桥如滚地葫芦般滚入城门内。

苍鹰也大惊，吊桥一起，他们就成了困兽之斗，与外援隔离，到时唯有死路一条。他们不怕死，但如此死亡，似乎有些不值得。

“兄弟们，杀上去！”苍鹰一声令下，当先向城楼之上冲杀，一切都顾不了，他不能让吊桥升起，哪怕是自己身死，只要能放下吊桥，也算是值得了。

“轰！”又是一颗轰天雷炸响，巨大的冲击力，只让那些官兵惨叫不迭，死伤无数，由于官兵太过密集，这一炸之下，那可就极为可怕了。

人阵稍松，这颗轰天雷使官兵的攻势一松，露出一道缺口。

“上呀！”苍鹰当先翻身向墙头上跃去，更有十余名飞鹰队兄弟紧跟而上，这些人全都已经豁出去了。

“嗖!”苍鹰只感风声一紧，虽然在喧闹和惊呼声中，他依然捕捉到了来箭的声音，他以最快的速度挥刀后斩，却斩空了。

“呀!”一声惨叫来自他身前的一名飞鹰队兄弟，在此同时，他感到腰一痛一凉，身子禁不住翻落墙头。

那支劲箭竟比声音更快，快得连痛感都没有这一箭来得快。

这一箭自苍鹰后腰射入，穿过小腹又刺入他前面一名飞鹰队兄弟的胸膛。

这是什么箭？这是怎样的力道？苍鹰心中仍然想着。

“队长!”一名飞鹰队兄弟接住了苍鹰落下的身躯，但在同时，他挨了两刀。

这些攻来的兵刃根本没有任何规律，更无程序可讲，一不留神，就有可能死上一百次。

苍鹰感觉到自己的身子再坠，因为抱住他的那名兄弟已经先他而去。不过，此时他却记起怀中仍有颗轰天雷，这样撞下去，也不知是否会连自己的兄弟一起炸死……

“轰!”苍鹰最后的念头仍没有想完，身子便一阵巨震，怀中的轰天雷已炸了开来，血肉四射之下，化成了残骸。

“队长!”“苍鹰……”一阵悲呼之中，元融的战马已横空而至，刚才那一箭正是他的杰作。天下之间，能够射出那样一箭的人绝对不多。

“杀啊……”主帅一到，官兵的士气大震。

“希聿聿……”一声长厉的马嘶过去，一道乌黑的光影横过虚空。

“哗……”蔡风的战马已经出现在那升起了一丈五尺高的吊桥之上，那几乎与河面成七十五度角的吊桥沉了一下。

“哐咣，哐咣……”几声清脆的金铁交鸣之声响起。

蔡风与健马已经如风如云般飘入城门之中。

“哗……”“呀……”吊桥发生一声惊天动地的巨响，重重落回河对岸，几根儿臂粗的铁链在蔡风的刀下犹如朽木般断裂。那绞盘在失重的情况下，由于强大的惯性和反作用力，使绞盘上的两根巨大横木成了凶器，所有绞动吊桥的官兵全都被横木砸得血肉模糊。

“哗，哗……”跟着蔡风而来的是白马、红马，坐骑上的人是三子与陈楚风。

城门口立时杀声再次大起，如钱江之潮一浪高于一浪。

城外如潮水般的葛家军峰拥而至，战马的铁蹄震得地动山摇。

“杀呀，啊……”陈楚风的槟铁大棍见官兵就杀，飞鹰队的兄弟已有近二十人死于元融之手，蔡风一上场就已与元融对上了号。

土鼠队的兄弟与三子共同把守城门，也是一气乱杀。

陈楚风领着飞鹰队的兄弟，一路只杀得官兵人仰马翻，根本没有人能够挡其一棍。有时候一棍扫去，其气劲可毙敌十人，只杀得众官兵胆寒心惊。

城门内的建筑比较疏松，而胡同巷子极多，官道也并不宽，因此以陈楚风一人之力，便阻住了大批从城内赶来的官兵。

蔡风所使的这招先礼后兵的确出乎元融的意料之外，以至奇兵突至，被人杀个措手不及。

元融心头十分恼恨，但却无可奈何，蔡风作战方法根本就不依常规，连使者这一招也加以利用，的确超出了他的意料之外。元融后悔刚才没有杀了那几名信使，如果杀了信使就不会出现这种结果了。

其实不用猜他也知道这是怎么回事，除了那三名信使之外，其余的人都不可能接近城门。

“杀啊……”穿过箭雨，第一批骑兵冲入了城中，有人迅速爬上城头，斩杀箭手，葛家军如潮水般向城中涌入。骑兵、步兵，一拨接着一拨，城内的官兵也全都向这一方拥来，候景跃马横枪，如疯虎一般，但在千军万马之中，无论他如何悍勇，也不可能起到多大的作用。

三子和土鼠队的兄弟紧守着城门，直到所有的义军全都攻入了城中之后，才上马纵横杀敌，土鼠和飞鹰两队却在此时收兵，损失极其惨重，连葛荣的四大臂助之一——苍鹰也战死于城门口。

这一场仗中，最为显眼的却是元融和蔡风，这两个似乎注定成为宿敌的人物终于碰到了一起，俩人所代表的都是各自一方的极峰，一个是葛家军中的第二号人物，一个是朝廷的一个军系之主，可算是元家的头号人物。俩人也是这一场战争的主要角色。

高平，胡琛聚兵之地。

胡琛本为敕勒首长，在高平极有身份，此际，葛荣自称天子，莫折念生也自称天子，但他对这“天道之子”的称呼却没有多大的兴趣。

赫连恩与万俟丑奴乃是胡琛最好的兄弟，他的理念只是保住敕勒川的平静，更将崆峒山以北至贺兰山纳入自己的旗下就足够了。

赫连恩的性格直率，在战场之上是个万夫莫敌的勇者，却并不是一个富有心计的智者，而万俟丑奴却是文武全才，乃是胡琛最看好最欣赏的兄弟。赫连恩也极为佩服万俟丑奴，不仅仅因为万俟丑奴的武功，更因为其治军的手段，这在高平军中是无人能及的，胡琛也不例外。

高平，此刻来了客人。

出乎胡琛意料之外的客人，是叶虚。胡琛自然认识对方，他与吐谷浑打的交道并不少，对叶虚这个年轻人也知道极多，因为叶虚太低调却又太神秘。对于这样一个人，胡琛不会在乎花大量的人力去调查，这是万俟丑奴的定理，一个神秘而低调的人，一定是个可怕的人。不是可怕的人，想装神秘都不可能，能够表现得极为神秘，那这人一定不简单。而这个人如果既表现得极为低调，又表现得十分神秘，那么这个人你就应该值得别人注意了，这样的人往往不动则已，一动就如霹雳风行，比山沟里的蛇更可怕。

叶虚当然不是阴沟里的蛇，他是吐谷浑的王子，西域联军的重要人物之一，这就使胡琛不能不重视这么一个年轻人。

叶虚并不是空手而至，两张极品雪豹之皮和三匹大宛名驹随同他一起踏入胡琛的营地。

胡琛并未拒收，西域联军声势极强，他并不想得罪联军，那对他没有半点好处。

客厅，胡琛奉叶虚至上座，极为客气。

“不知王子此次大驾光临有何贵干?”胡琛年约五旬，五短身材，十分精悍，却让人清晰地感受到一种不怒而威的压力。

叶虚客气地笑了笑，道：“本王今日前来有事求教贵三当家的。”

“噢，三弟，他此刻并不在高平!”胡琛眉头微微一皱，有些意外地道。

叶虚愣了一下，道：“哦，万俟大将军此刻又在何处？首长可否告之?”

胡琛笑了笑，道：“此刻战事繁忙，三弟当然是在战场前线，只要王子留意一下，根本就不用问我。”

叶虚干笑一声，道：“我到过泾源，但是万俟大将军并不在，连偏将也不知道万俟大将军的下落，我就只好上高平来找了。”

胡琛神色微微一变，奇问道：“我三弟不在泾源?”

“不在!”叶虚肯定地道。

“这就奇了，对了，不知王子找我三弟有何事，如果我能帮忙的，当尽力而为。”胡琛客气地道。

叶虚想了想，道：“我只是想向万俟大将军借点东西而已，传说这件东西在万俟大将军的手中。”

胡琛愣了愣，有些意外地问道：“什么东西如此重要，却要劳动王子亲至?”

叶虚似乎有些回避地道：“这个只能在见到大将军之后才能讲明，不知首长能否告之万俟大将军的去处呢?”

胡琛心头产生了一些疑惑，不由得讪笑道：“王子所得知的消息并没有错，三弟是由我派去泾源应对萧宝寅，若是他不在泾源的话，我也无从得知其下落，实在很抱歉。”

叶虚似乎没有想到竟得如此一个答复，不由得心中微怒，但依然笑意未减，道：“我们就不谈这些了，首长对当前局势的看法如何?”

胡琛打了个“哈哈”，也就依了叶虚，转换话题，淡淡地道：“当今局势变化多端，似乎很难描述清楚，让我这般交谈，也说不出个所以然来，有些事情只要去做就行，若细细分析，或想得太多，反而会给自己造成太大的压力，影响作战的情绪。”

叶虚似乎听出了胡琛并不想坦诚自己的想法，知道是自己刚才不肯说出要借什么，反而在胡琛心中造成隔膜，不再视他为可以交谈的对象，不由得干笑了两声。

千军万马中，无人可挡蔡风之锋芒。

千军万马中，无人可挡元融之霸烈。

杀意激昂，战意奔腾，庞大无匹的气势纠聚在博野城的上空。

云聚、风涌，在奔腾的战意下，杀机如暴风骤雨，无形无影，但却使每个人的心都在发冷。

马嘶、人叫、惨号，如潮四涌，电闪、雷鸣，在夏日的天气中，这并不新鲜。

一刀、一枪，在虚空里，乌云下，骄阳失色，就只余一刀一枪在苍茫的虚空之中变幻出无与伦比的玄妙。

天地、自然、正气、生命，尽在一刀一枪中演绎。

千军万马，战于地，一刀一枪，战于天！

接引天地之气，以无穷化有限，以有限变杀机。

不知是杀气动天地，还是苍天应人意。

没有给千军万马更多的考虑，狂风大作之下，暴雨倾泻而下，天在变，人不变，杀戮依然在进行。

血，聚成了河；尸，卧满了地。杀红了眼的义军与官兵，已经陷入了疯狂，也许是被那狂而野的杀气所摧。

蔡风攻出了七十八刀，而元融也同样接下了七十八招，更还击了四十九招。

刀，长长的斩马刀，此刻已经有了十多个缺口，蔡风以这柄刀斩断那粗若儿臂的铁链都未曾让大刀卷口，但他与元融交手却使这柄刀添了十多处伤口。

元融的双枪头以玄铁铸造，时而合二为一，时而化一为二，变化无常，锋锐无敌。

刀枪之变，其实已经不再重要，重要的只是那种境界，重要的是那无与伦比的气势，没有人可以否认那气势的重要性。

刀断之时，蔡风已出了一百四十六招。

刀断，元融的脸变，天色也变得极暗极暗，如同黑夜早早降临。天地之间，只有杀喊声、滴血声、马嘶声。看见元融的脸色变了，那是一道乍亮的闪电，如舞过的银蛇，如晃过的地火，突然暴亮，映现出天与地，也映现出一只手。

蔡风的手，洁白、修长，蒙上了一层莹润而淡薄的光彩，在蒙上光润的一瞬间，那已经不再是一只手，却成为一柄刀！

一柄刀，一柄可开天辟地的刀。

天升地降、云裂雾散、风停雨止，只因那断刀划过了虚空。

阳光乍露，透过云隙，斑驳于满地流淌的血水之上，有些阴森，有些凄惨。此刻，有人才真正地看清了元融的脸。

一张有些苍白的脸，不是一种很真实的动感，而这，只因为蔡风的刀断。

蔡风呢？

蔡风似乎被阳光烤化，化为气体消失无踪，不过，虚空之中多了一柄刀，不！不是刀，而是莲花。

一朵灿烂、美丽、圣洁，透着无限祥和的莲花。

刀化圣莲，人隐虚空。

叔孙家族的人大为震怒，但却并没有任何证据说出这件事情是谁主使的，那一船杀手全都是六名已死的剑手所雇。

叔孙猛十分震怒，他打破了四张檀木桌，尔朱荣所做也的确太过分了，竟然对叔孙家族也敢下如此辣手。

叔孙家族中人一致认为是此气不可不出，群情激愤之下，叔孙家族几乎倾族闹回洛阳。

叔孙怒雷阻止了他们，叔孙怒雷所中的是一种混毒，此刻仍然无法恢复功力。虽然叔孙凤也是用混毒的行家，但混毒不同于一般毒，即使有解药，也并不是一时所能够解除多种毒物的。

叔孙怒雷阻止这些人去洛阳闹事，那是因为听了叔孙凤的话。虽然叔孙家族的人若前去洛阳闹事，洛阳方面也不敢明目张胆将之如何，但那毕竟不是解决问题的办法。当然，更重要的是叔孙怒雷认为叔孙凤说得有理。

叔孙凤的分析结果是，这次的事件并不是尔朱荣所为，也非尔朱家族的主意。

叔孙猛静静听着叔孙怒雷的复述。

“尔朱荣这样做并没有半点好处，反而只有坏处。如果我死了，又是自洛阳回来途中，那么朝中所有的人全都成了怀疑对象，而且很明显矛头会指向尔朱荣。虽然他并不在乎别人怎么说，可他却不能不考虑我叔孙家族的三百高手、五千子弟和数百个生意点的作用，这是尔朱荣不可能这样做的第一个原因。”叔孙怒雷道。

叔孙猛和众叔孙家族的主要人物同时颔首。

第一百八十一章　圣莲化刀

叔孙怒雷扫了众人一眼，又道："皇上也还不至于如此昏庸，如果除去我叔孙家族，他就永远只有掌握那么一点点权力和虚名，因此皇上也不想失去我叔孙家族这股可以牵制尔朱荣的力量，试问他又怎么可能对叔孙家族的人施下毒手？这是第二个原因。"

叔孙猛再次颔首，才发觉事情的确不是这么简单，还可能更复杂。

"如果我遇害了，最先有反应的一定是刘家，刘老太爷绝对不会放过尔朱家族。那时，尔朱荣将会激怒我们两大家族，就连几位王爷也不可能再敢与他合作。别忘了，北魏仍有两支可以与尔朱家族相抗衡的兵力，尔朱荣也不会傻到将自己逼到里外不是人的地步，这是第三个原因。第四个原因，如果我叔孙家族出事了，第一个受害的就是尔朱家族，尔朱家族的生意网有很多都与我叔孙家族挂钩，尔朱荣是个聪明人，若要害我，也不会选择我自洛阳回来之时。因为若是在平日，一可减少嫌疑，二则大可不必花费人力和物力对付我从洛阳带回之人。"叔孙怒雷紧接着道。

所有人都不再出声，都在暗自揣测，究竟是谁有这样的财力和武力，动用尔朱家族的镇族剑阵对付叔孙家族，嫁祸尔朱荣？

"那究竟是什么人对付我们呢？"叔孙策忍不住问道。

"这人不仅要对付我叔孙家族，更要对付尔朱家族，甚至是整个北魏，只是这人使了个一石数鸟之计。不过，此人的计划却逃不过我的乖孙女的眼睛。"叔孙怒雷想到叔孙凤，心中便多了几分慈爱。

众人这才明白，刚才的分析全都是他们家族中这个神秘的小公主想出来的，不由得全都为之汗颜。

叔孙长虹为自己突然有了一个美如天仙而又聪慧绝顶的胞妹心中乐了一阵子，对于这个妹妹也似乎特别喜爱，不由得抢着问道："那凤妹可想到凶手是谁?"

叔孙凤望了众人一眼，吸了口气道："我只是猜测，这件事情很可能是叶虚所为。因为天下间能下这种混毒的人为数并不多，除我师父之外，我知道的就只有我师姐。而她却投靠了叶虚，因此叶虚的嫌疑最大。再说叶虚要对付我们北魏四大家族并不是一天两天的事，此刻这一石数鸟之计正合他入侵中原前的想法，此刻他在西域结成联军，自然盼望中原越乱越好了。"

叔孙长虹一听到叶虚这个名字，心中杀机直涌，他恨不得扒了叶虚的皮，以雪那日羞辱之仇。本来，他原先最恨的人是蔡风，此刻却由叶虚代替。

叔孙怒雷也微感意外，不过他很相信宝贝孙女的话，他曾上过叶虚的当，当时若非乖孙女突然出现，只怕早已死于叶虚之手了。是以，他对叔孙凤的分析完全赞同。

"那救爷爷的神秘人会不会就是叶虚呢?他故意这么做，好引起我们叔孙家族与尔朱家族火拼。"叔孙长虹突发奇想地道。

"是呀，长虹说得有理，否则他怎不敢以真面目示人?"叔孙猛赞同道。

叔孙怒雷与叔孙凤相视望了一眼，叔孙怒雷出言道："如果指使行凶之人是叶虚的话，那他根本就没有必要救我，无论其结果如何，叔孙家族都可能与尔朱家族为敌，他不杀我，反而使叔孙家族与尔朱家族的仇恨减轻，甚至可能为他们多留下一个强敌。更何况救我之人所用的是剑，剑道之精又岂是叶虚所能企及的?叶虚那小子的武功也许极为厉害，但老夫相信仍达不到此人的那种境界。"

叔孙凤似乎若有所思，叔孙长虹诸人却陷入了狐疑之中，不明救了老祖宗的神秘人究竟是谁。当然，如果是友非敌，那自然最好。

叔孙怒雷却在心中叹了口气，一种莫可言状的滋味使永不言累的他有种累的感觉，不由道：“我累了，凤儿扶我回房吧！”

人隐虚空，无际无踪。这才是可怕之处，以元融的眼力，他竟然无法找到蔡风的真身所在。

阳光，透过乌云裂开的缝隙，轻洒在那圣洁的莲花之上，与暗淡的天色相衬，有些诡异。

异象只那么眨眼之间的事，乌云再合，阳光再灭，却有电光如狂舞之银蛇，接通天地，擦亮虚空。

“霹……雳……”碎裂的雷声喑哑地滚过天际，又一道闪电划过。

刀仍是刀，开天辟地的一刀，似乎是因为雷声，抑或是因为电火，圣莲化成了一柄刀。

肃杀之气在这一刹那，弥漫了博野城的每一寸空间，无论是天上还是地下。

元融退，如一颗闪过的流星，在虚空中疾退。

“锵！”响声比雷声清脆得多，也惊心动魄得多，似乎是自每一个人的心底响起。

自心中传至耳鼓，再传出耳外，汇入虚空，直冲云霄。

没有人能够形容这一声脆响的魔力，战马在这一刻全都停住嘶叫，搏杀的众人也全都停止了呼喝，似乎在这一瞬间制造出了一个声音的空缺，也可算是时间的停顿。

元融始终未能快过这柄以开天辟地之势劈下的刀，他也不可能避得开！不过，他的枪却挡住了这惊天地、泣鬼神的一刀。

玄铁枪，未折，但却弯曲成弓，而蔡风也在此时出现了。

刀，不是刀，是蔡风！

蔡风就是刀，不分彼此，绝对默契合一的刀，正因为蔡风自身就是一柄刀，所以在断刀之后的蔡风，比之使刀时的蔡风更为可怕。

斩弯玄铁枪的，是蔡风的手，蔡风的攻势受阻后，就立刻显出原形，身子在虚空之中倒翻而退，似是为玄铁枪上的反击之力所逼。

元融的身子骤降，如一颗陨石般向地面飞落，同时，口中喷出一口鲜血。

元融落足之地，数十件兵刃全都向他刺到，更有数百义军拥至，似乎每一个人都想给元融一刀，将之分尸。

也的确，如果谁能在元融身上刺一刀，那定是大功一件，身为军人，谁不想立功?

天空之中的战斗并不是没有人注意，时时刻刻都有人在注意着两位主帅的动态。

元融的脚掌踏在一杆刺上来的长枪上，如单脚独立的白鹤。

“呀……”那杆枪并没有刺穿元融的脚掌，反而是枪柄反刺入那名枪手的胸膛。

箭雨乱飞之中，元融再如冲天之鹤飞起，弯曲的玄铁枪在虚空之中划过一道美丽的弧线。

箭雨方向尽改，全部射入义军的队伍之中。

惨叫之声、惊呼之声、怒喝之声中，元融已踏足一处屋脊。

蔡风却落在与他相对十丈的另一处屋脊上，踏碎了十八块厚瓦之后才稳住身形，嘴角亦渗出了血丝。

目光，在虚空之中再次相交，擦起一道电光，那是自乌云之中射下的电光，刚好击在俩人目光的交汇之处。

电火缠绕不去，形成一种极其怪异的场面。

在目光交汇处下方的地面上，两匹战马与两名正在交手的骑兵顿时被烧为焦炭。

天火之怒，岂是人力所能抗衡的?

云涌、云聚、风再起！天雷滚过，蔡风扬手斜指，划向元融。

刀风破空，气劲翻涌，虚空之中，似乎多了一层莹润的光彩——是刀，一柄以暴雨的水珠所凝成的刀，在那缠绕的电火之中，显出一层莹润的光彩。

暴雨依然狂，依然烈，血腥之味极浓极浓，元融单臂一振，弯曲如弓的枪杆断裂，却成两柄短枪，其中一柄弯曲，却有一柄标直。

元融自然不会丢掉这弯曲的枪，而是插回背上，单枪斜指，杀气自枪尖涌出。

十丈的空间，已经不算是空间，杀气相触，电火再起。

无数道银蛇裂开云层疯舞在杀气最浓之处，在天雷滚过的当儿，蔡风踢出两片厚瓦。

不，蔡风也随着两片厚瓦飞射而出，他踏足之处正是两片瓦上。

元融卓立不动，只是枪尖开始轻颤，这不是害怕，而是在酝酿封锁无尽的杀机。

箭雨斜织，如网如丝，但却并不能影响卓立于屋脊的元融。

奔腾的杀意再一次激起电火，虚空之中，蔡风那似有形，却无心的气刀溃散，暴雨所残留的水珠，化成了千万柄小刀，有形有实，晶莹剔透，在电火的映照之下，如一群玉蜂狂舞。

元融的身形旋起，如一道黝黑暗淡的风暴。

不见身影，元融所在的地方，化出一个突破虚空的黑洞。

吞噬万物的黑洞，瓦片、碎木、残兵，还有那些有形有质的水刀，全都被吞噬。地面上的人似乎也受到了同样的牵引，在元融下方的众人全都惊呼，慌乱成一片。

蔡风加速，再加速，终于化成一柄巨刀，追随于千万水刀之后，疯狂地投入了那黑洞之中，抑或被黑洞所吞噬。

天地再一暗，刹那间似乎万籁俱寂，一切都不再真实，雷电也显得喑哑无力了。

“轰!”一声惊天动地的炸响，比十万个雷声加起来更让人惊心动魄，一道电光擦亮虚空，照亮黑暗中的每一个角落。

那无边的黑洞蓦地裂开，是一柄刀自中间穿透，那电光也是这柄刀的杰作。

天空乍开，云散雨止，乌云似是被一只无形的手撕成了两半，露出一道让阳光纵情挥洒的沟壑。

云仍在散，如千万匹黑马向两个不同的方向狂奔而去，又如退潮时的海水向下倾泻不止。

阳光太亮，亮得有些刺眼，使得众人一时之间几乎无所适从。所有人也在刹那之间全都忘记了厮杀，忘记了呼喊，忘记了这是战场，忘记这是人世间最残酷的地方。

刀在碎，那穿过黑洞的巨刀不再闪亮，只是在千万双眼睛下开始碎裂，犹如那黑洞所制造的黑暗在乍显的阳光下原形毕露一般。

刀，片片碎裂，如散飘在虚空的鹅毛，碎片之中，人们看到了蔡风。

脸色苍白得如那片片飞落的鹅毛，刀，是蔡风的外壳，碎裂的是蔡风的外壳，刀之主神依然活着。

飘落在泥泞之中的，那是蔡风身上所穿的银白色的战甲和长衫，尚沾着点点血迹。

蔡风也飘落，冉冉飘落，上身赤裸地立在一棵苍翠的大树上，那些射向他的箭尽数落空。

天空中有一抹残虹，那是自蔡风口中喷洒而出的鲜血。

元融的身子晃了晃，在屋脊之上，以那支玄铁枪艰难地撑住身子，以防滑下屋顶，但他却在大口大口地呕着鲜血，他的身上早被鲜血染红，这是他有生以来，遇到的最为艰辛的一战。

陈楚风也如一阵风，槟铁大棍之下，杀开一条长长的血路，向那苍翠的大树下赶至。

大树之下，已经杀得如火如荼，义军舍死不让官兵靠近那棵大树，那完全是一种不要命的打法。

蔡风，已是义军的“神”，一个不可以倒下和侵犯的神，为神献身，这是无上的光荣。

官兵如潮水般向大树下涌至，蔡风同时也是官兵心中的“魔”，一个不可以存在于世的魔，为除去这个魔，他们不惜付出一切代价，包括生命。

三子知道有陈楚风在，蔡风就不会有危险，所以他所做的事就是完成蔡风没有做完的事——杀元融！

兵力在会聚，向两个点会聚，一处是大树下，一处是元融所在的屋下。双方之人所围绕的就是干掉对方的主帅和保护自己的主帅这个前题。

箭，狂射，元融是一个很好的靶子，这是一个不可否认的事实。

屋脊本就无所凭借，元融也没有抵挡这些箭矢的能力。不过，元融并不挡。

“哗……”屋脊断裂。

屋内的惊呼和小孩的啼哭之声全被屋脊断裂之声所淹没，元融如一颗陨石般坠入了屋内，那些箭雨自然落空了。

三子挥动着手中的斩马长刀，所过之处，血流成河，他身后跟着的是近五百名义军，呈一个三角形的阵势纵横冲杀。

向这里拥来的义军并不止三子这一支，只要是义军，谁都想干掉元融，干掉了元融，攻打肃宁和高阳就会省去许多力气，没有元融主阵，元家这支军系就会失去应有的机动性和灵活度，各城之间的协调也不可能达到如此完美。蔡风安排这一天，已经用了很多时间，宇文肱和宇文泰父子俩人更是在此事上作了诸多安排和花了不少心血，终于等到了这一天，自然不会错过。

正当三子杀得来劲之时，自侧面房子之中破壁而出一队官兵，这些人不想绕路，干脆推倒土墙冲杀出来，拦腰截杀三子这一路人马。

箭雨总是那么混乱，有时候连敌我都分不清楚，就乱射一气。

迎向三子的，是一个年轻人，手持一杆长枪，白蜡杆之上沾满了血水，可见此人的确杀人不少。

这人一身黄金软甲，金盔黑马，杀意奔腾，本来是两手各持一件兵刃，但是迎上三子之时，却将左手的剑反插回腰间。

两马错身而过，三子才知道眼前的年轻人功力之高，不在他之下，甚至有过之而无不及，他记起了一个人——元彪！元融的大儿子，封为永安将军的元彪，一个与尔朱兆齐名的年轻战将。只是元彪比尔朱兆低调多了，也如其父一般，在沙场上征战奔劳，对江湖之事插手并不多。

三子之所以知道元彪这号人，还是自宇文肱口中得知。宇文肱便与元彪交过手，那一仗他败回定州城内，所以对于元彪他了解的比别人更深。

三子不再拘限于马背，双足立在马鞍上，双手挥刀反切。

元彪控马之术几达超凡入圣之境，刚错身而过，他的战马便人立而起，两只前蹄猛地踢倒两名义军，而他的枪斜划而出之时，更挑破八人咽喉，三子立身于马背之时，元彪已与三子相对，同样是双手持枪。

"叮……""叮叮……"一连三十六击，快得令人眼花缭乱。

马再错身，寒芒闪过，元彪背上的剑一跃而出，幻出一道弧光切向三子的下身。

三子回刀已是不及，但他也同样有剑，可惜三子立身太高，回身下挡只会浪费时间，他根本无法以命换命的打法去应付，因为这是错马，对方只是顺切，当他拔剑斩削对方之时，对方早错马而过。因此，三子唯有飞身跃起。

三子跃起，却成了箭靶，四面八方的箭似乎终于找到了可以攻击的目标。

这些箭，对于三子来说，仍够不成威胁，让他大怒的却是元彪在他飞身而起之时，回枪刺入白马的马耳。

白马一声惨嘶，随即元彪的回马枪已向上而刺，白马颓然而倒，鲜血激洒而出。

这一招三子终还是输了先机。

"叮……"三子一刀挡住斜划而来的长枪，身子倒翻而出。

"呜……呜……"一阵急促的号角声响起，元彪脸色一变，反手挑死三名义军，拍马向元融所在的破屋中冲去，他身后的官兵将义军冲得七零八落，这才且战且退地跟在元彪身后飞速向那破屋移去。

"哗……"候景的健马一下子撞破了那扇破旧的门，自屋中冲出，他是自另一道门冲入屋中的。

元彪一惊，急问道："父帅怎样了？"

“大帅受了重伤，你快带大帅撤离，这里交给我与花将军。”候景一见元彪安然无恙，心头甚喜道。

此时元融的七大护卫与一队亲兵也自各个方向拼力杀至。

元彪见声势大振，与候景错马而过时，轻拍了拍他的肩膀，感激地道：“那就有劳候将军与花将军了。”说完，大喝一声，“跟我冲啊——”

叔孙凤有些害怕叔孙怒雷的目光。

“师父说不想有人去打扰他的清修。”叔孙凤有些为难地道。

叔孙怒雷吸了一口气道：“我只是想问一问，她的儿子究竟是谁?”

叔孙凤知道叔孙怒雷并不是开玩笑，不由道：“爷爷认为这次出手相救的人是叔父?”

叔孙怒雷叹了口气，目光有些空洞，黯然道：“我怀疑他就是你叔父，据蔡风所讲，黄海很可能就是你叔父，因为在天痴尊者的几位徒儿之中以黄海最为年长，最有可能是你叔父。而那位出手救我之人的剑术之高绝对不在尔朱荣之下，很有可能就是黄海，只是他不愿意以真面目与我相见而已。这些也只是我的猜测，却不敢肯定。”

“依孙女看，那人是叔父的可能性不是很大，叔父又怎会知道爷爷会在河心遇险呢？哪会这么巧便出现在那里?”叔孙凤怀疑道。

“那凤儿认为那人应该是谁呢?”叔孙怒雷反问道。

叔孙凤一时也说不上来，有些不敢肯定地道：“那人会不会是尔朱荣自己？他暗中跟来，刚好遇到河心变故?”

叔孙怒雷不由笑了笑，道：“你想到哪里去了，这是不可能的，如果是尔朱荣，他岂会害怕与我见面？就算有什么图谋，又怎能比澄清尔朱家族的清白更重要呢?”

“那照爷爷这么说，就只有‘哑剑’黄海的可能性最大了?”叔孙凤有些不服气地反问道。

“天下间剑术能够达到那种境界的人不多，除尔朱荣外，就只有黄海。也许蔡风与万俟丑奴及尔朱天光也达到了那种境界，但尔朱天光与尔朱荣完全可以排除，而那人绝不是蔡风，蔡风又怎会害怕与我见面？而且在气势和身材上也有些差异，因此那人除黄海之外就只有万俟丑奴，而万俟丑奴却为战事缠身，又岂会千里迢迢独赴洛阳呢？这不合情理。因此，救我之人的最大可能性就是黄海。如果你叔父就是黄海的话，这个推测就可以成立了。因此，我必须要去见琼飞！”叔孙怒雷分析道。

叔孙凤有些为难，但却并不想让爷爷伤心，毅然道：“好吧，我带你去恒山！”

“琼飞在恒山？”叔孙怒雷喜问道。

“师父已经遁入空门，法名忘尘，你见到师父可不许叫她的俗名噢。”叔孙凤似乎在跟叔孙怒雷约法三章，一副天真之态。

叔孙怒雷疼爱地望了叔孙凤一眼，点了点头，心中却有些忐忑不安。

陈楚风也不知道自己到底杀了多少人，他已经二十余年没有开过杀戒。自从与游四相见后，这才开了杀戒，但如今日这般杀法却是从未经历过。不过，想到高祖当年纵横沙场之上的豪情，禁不住豪意大涨，不可否认，他陈家遗传的血液，流动着一股野性，对于战场有着一种真实的向往。

鲜血已使陈楚风的衣衫尽染，那枣红的战马纵跃之间仍矫健无伦。

陈楚风的身后，几乎聚有近千义军，跟在陈楚风的身后冲杀，的确痛快至极。

这次，蔡风将义军分为十小队，三大营，一主力。每小队为八百人，以应付博野城内各街巷内的官兵，这样每小队歼敌的机会增多，灵活性极强；三大营主要是袭击官兵的侧翼，同时负责控制城头和攻入帅府；一主力，则迎向官兵的主力，与官后真刀真枪硬碰硬地对干。

陈楚风和三子这些人虽然都是武林高手，但却并不适合指挥大规模的军队。因此，每人所领的都是小队，另外仍有无名三十六将中的兄弟负责领队。那三名信使就是无名十二、无名九与无名八，死去的人正是无名十二。

三大营分别由宇文肱、宇文泰、尉景三人领队，每人领兵五千，主力部队却是由何礼生所领。

此次进攻博野，蔡风共调用了四万兵马，可见对元融的重视。

博野城本就据有三万精兵，乃是元融管地的大门要塞。所以，元融调来三万大军死守博野，只是没有算到蔡风会以奇招制胜，出乎意料地攻入他的防垒。平时，元融与宇文肱战于城外，总是互有胜负。这次蔡风赶回定州，元融才亲自赶至博野，他也怕候景和儿子元彪不是蔡风的对手，遗憾的是，他遇到的是一个全然不依战场原则的对手，这才酿成今日这个难以收拾的局面。

官兵在人数上根本就占不了半分优势，在声势上，似乎也逊色了一些，再加上主帅与蔡风决斗，根本就不能发挥全场的主导作用。因此，在分头作战之下，自不如蔡风这早就安排好的战局。

蔡风的安排的巧妙之处是，他知道自己的责任和目标，也知道两军交锋后所形成的形式，因此将指挥权并不握在自己手中，反而交给副手何礼生。这样他即使与元融交手战死，这一仗也不会群龙无首。而那十队三营又有自己的自主权，虽然是在极力配合蔡风与何礼生的战势，其实都有着极其自由的行动范围。

三营的每一营兵力，都可单独成军，即使是一支配备齐全的轻甲战旅，在撤退之时，每一营都可以作为断后之兵，有足够的能力与敌人周旋。十小分队的兵力似乎可称为特别行动小队，其中六队有很明确的指挥首领。那六队每两队配合一营的行动，都有明确的分配，剩下的四小队则是直接配合蔡风，自由组合，这使得攻城之兵如一张巨大的网，但却不会漏掉小鱼，其灵活度和自由组合能力是官兵根本无法与之相比的。

官兵仍在负隅顽抗，但有些人已经开始投降，元彪已带着重伤的元融自北门撤走，候景和花颜烈边战边撤，却是狼狈不堪。

何礼生也是身经百战的一流战将，一举之下，便将候景的后卫军截成两半，在候景与花颜烈自北门逃出之时，只有一两千骑步兵相杂地逃出城外，与元彪一起撤走的大概有三千多官兵，再加上几百亲兵，出逃兵力约在四千，其余的全都关在博野城中。

何礼生知道剩下的战务全都可放心地交给三营的兄弟，他的主要任务则是清理城内各处战点。

三营的兄弟自然明白自己的职责，追击敌人，就必须由他们这几支机动性极强的兵马出动，对于候景这样一两千残军，根本就不在话下，但重要的却是要擒回元融和元彪，这俩人不能让他们逃回高阳或是肃宁。

博野距蠡城极近，元彪很有可能领着溃军逃向蠡城，在蠡城，元融仍有一支近万人的守兵，如果坚守蠡城，那若想强行攻城，所付出的代价只怕会难以想象，再加上高阳诸城的兵力相援，则势成骑虎！而在东面，可虑的仍有河间王元琛。元琛驻守河间，高阳王元雍驻守高阳，他们全都靠元融为之挡住了葛家军，俩人的财富加起来，多得无法想象，他们自然会不遗余力助元融攻敌。

其实，高阳王和河间王虽然富可敌国，同时也参与洛阳事件，可他们的思想仍不敢脱开元融，虽然元融并未封王，但其声望却是在家族中少有的，除已死的老长乐王外，就属元融成了元家的说话人，所以，连邯郸元府都不敢有违元融的意愿，因为元融掌握着强大的兵权，更是元家的第一高手，他的意思也就成了整个家族的意思。

蔡风自然考虑到高阳王和河间王这两条北魏的“蛀虫”，是以，他立意要将元融杀死在博野，不过，蔡风此刻受伤颇重。

元融的功力的确高绝，蔡风伤了他，同时也不可避免地被他所伤。俩人几乎是两败俱伤之势，蔡风并没有占到什么便宜。

那棵大树之下，尸体相互卧枕，其中有义军的，当然更多的是官兵的尸体，死状各异。

陈楚风杀到树下之时，在树下已经有了近两百具尸体，屋顶之上也不例外。

义军主力自四面向中间围杀，投降的官兵近万，也有些负隅顽抗，却是自寻死路。当然，不想死的人仍占多数，在树下苦战的官兵见大势已去，也全都弃械投降，现场很快就被清理。

蔡风被陈楚风自树上背下，却再次呕出一口鲜血。

“禀报齐王，帅府起火，并没有见到夫人!”无名五领着他所率的一队兵马迅速赶来禀道。

蔡风神色微变，推开扶住他的陈楚风，急声问道：“每一个地方都找过了吗?”

“都找过了，就连膳房和柴房也不例外。”无名五再次重复道。

“那其他的地方可曾找过?”蔡风情急之下再次呕出一口鲜血，问道。

众将大惊，陈楚风忙将功力传入蔡风体内，急劝道：“齐王不可心急，夫人和她腹中的孩子一定不会有事的。”

“是啊，阿风，叶媚姐毕竟是元融的亲侄女，他一定不会伤害她的。”三子也在一旁安慰道。

“何将军正在命兄弟们四处搜找，夫人应该不会有什么事的。”无名五也急忙安慰道。

蔡风得陈楚风功力之助，勉强舒过一口气，知道急也不是个办法，这样反而会使伤势越来越重，并不会起到什么作用。

强吸了口气，蔡风压住心中的急虑，吩咐道：“迅速清理战场，让何将军来见我。”

无名五心中稍安，他自然明白蔡风的伤势极重，实不能再受什么刺激，关心地道：“齐王安心休息，我这就去通知何将军。”说完转身跃马而去。

蔡风坐在临时整理好的帅营中，陈楚风和三子分左右而立，营外却是数百义军环守着。

蔡风受的伤极重，比在邯郸之时所受的伤更重。元融的枪法的确可以称得上世间一绝，绝不下于尔朱荣的剑与蔡伤的刀．蔡风没有亲身体验之时也许还难以相信，但这一刻与之交手后才清楚元融比他想象之中的更为可怕。如果不是泰山之役后功力大增，只怕今日死的人绝对是自己，对于这一点蔡风的确暗叫侥幸。

何礼生大步行入之时，蔡风已经将体内翻涌的气血平复下来，上身也披了一件缎袍，胸口被元融的玄铁枪划出的一道创口也已经上了药。

何礼生一身铁甲，依然是杜洛周军中的打扮，他并不想改变自己的装扮。

“何五见过齐王！”何礼生行了半个礼，他身上的铁甲让他无法行全礼。

“何将军请坐！”蔡风摆了摆手，指了指左边的坐席道。

“谢齐王！”何礼生谢了一声道。

“这次攻城，兄弟们的损伤情况如何？”蔡风问道。

何礼生清了清嗓子，道：“无名十二牺牲、无名九也为元彪所创，飞鹰和土鼠两队共损失五十余人，至于其他的士卒大概有七千余人身亡，伤者达万人，其中有两名偏将牺牲！”

蔡风似乎在边听边寻思，又问道：“敌人的情况如何？”

“降者一万一千四百人，歼敌一万余人，各种器械正在清点之中。”何礼生禀道。

“我们还有多少可用之兵？”蔡风问道。

何礼生想了想：“可用之兵应在一万八千左右，这不包括三营的兄弟。”

蔡风缓缓舒了口气，神色间露出了一丝高深莫测的笑意，道：“速调三千快骑，赶上宇文泰和尉景，传我命令，让他们两营将士全由尉景调度，包括这三千快骑！”蔡风说着，自怀中掏出一只锦囊和一块金令，又道，“将这锦囊和令牌交给尉景，让他按照锦囊内的计划行事，不得有半刻延误！”

何礼生脸上显出狐疑之色，却不知蔡风卖的是什么关子，但蔡风乃是葛家军中的第二号人物，他不能不听蔡风的话，更且，他对蔡风的武功与智慧也极其佩服，其行军打仗更是诡诈百出，根本就不依常规行事，倒像是一个猎人在山上设置陷阱抓捕野兽一般，东布一支人马，西设一路埋伏，更是奇兵迭出，战术之灵活根本令敌无从捉摸，这就成了蔡风战无不胜的神话。

蔡风便如葛荣一般，工于心计，在作战之前，他会将敌人所有可能发生的变化事先想好，对于敌方每一点实力的存在摸清、摸透，然后逐一设下陷阱让敌人跳下去。但蔡风绝对不会盲目地自以为是，将所有的兵力用来布置陷阱，他更会留下一支机动性、攻击性都极为可怕的人马，以应付他算漏的任何变化。而这支兵马往往占总兵力的四成，这是蔡风作战从来都没有出过乱子的根本原因，至少到目前为止仍未出过乱子。

何礼生接过锦囊和令牌，迅速离去，他根本不用细想。

无名五也在此时行了进来，禀道："回禀齐王，博野城中都找遍了，并未发现夫人的踪迹，元融的帅府中那群下人也审问过，都说未见到夫人。"

蔡风的心头在发凉，暗暗升起一丝不祥的预感，向无名五冷声吩咐道："去把元孟给我带来！"

"是！"无名五再次转身行了出去。

元彪所领的全都是轻骑，也只有这样才能不受牵累，逃起来也就顺利多了。

何礼生估计的没错，元彪选择的方向正是蠡城，只要他赶到蠡城，固守坚城，与肃宁、高阳、河间便几乎成了三个犄角，便可随时互援，至少可以稳住一段时间让元融恢复伤势。

元融伤得极重，两杆玄铁短枪，每杆长六尺，却有一根被蔡风击弯，如果不是玄铁宝枪，而是其他以精钢铸成的兵刃，只怕无法抗拒蔡风的锋锐，早已断裂。那一击，这杆宝枪阻住了蔡风的攻势，只不过，元融仍免不了受伤，后来伤势更重。

蔡风的可怕的确超出了元融的意料之外，他以前总以为，蔡风的厉害只不过是江湖中人喜欢夸大其词而已。一个如此年轻之人，再怎么厉害也有限，虽然他也耳闻蔡风的武功并不逊于尔朱荣，但在他的内心深处并没有将尔朱荣与蔡风并列起来。他认为那种在江湖中争夺虚名之人，都只是一些俗人所做的事，元融对自己的武功极为自信，根本就不用别人去吹捧与赞美。这也是他为什么只在军中有名，而在江湖之中却默默无闻的主要原因，因为他打心眼里就看不起江湖人物，认为那些人只是下贱的人，而他出身高贵，岂是江湖人所能与之比拟的？

此刻，元融要彻底地改变看法，江湖之中的确是藏龙卧虎，只一个蔡风就如此可怕，若再加上一个蔡伤，加上一个葛荣，那还了得？不过，他仍有些不明白，蔡风怎会有如此高的功力？那惊天地、泣鬼神的刀法，让他第一次感受到了死亡是如此临近。

元融的身子在几匹健马之间的软榻上，由四名护卫抬着，以这四人的身手，抬着软榻根本就不费力，何况借着马背相托，他们只要控制软榻不受颠簸就行了。

元彪领头而行，元融被数千人马护在中间，算是极为安全，但元融心中有些苦涩，他不明白自己所做的是对还是错。

蔡风这样的年轻人的确可算是天下独一无二，如蔡风这样的人才，天下间也找不出几个来，而他却硬要阻止元叶媚与蔡风的亲事，这对元叶媚来说算不算是一件残酷的事呢？抑或，这本身就是一个错误的抉择。

如果单论选婿一途，蔡风的确不是叔孙长虹这类世家子弟所能够相比的，只可惜蔡风却是元家与朝廷的敌人，这是个遗憾。

“希聿聿……”元彪的战马突然发出一声惊嘶，前蹄一软。

元彪大惊，但却并不跃离马背，反而一提马缰，双腿一夹马腹，将战马硬生生控制住，手中的长枪一划而过。

战马冲出数步，这才稳住身子，元彪长枪挑过之处，竟是一根绊马索，只不过已经断为两截。

“希聿聿……”冲在前面的战马全都人立而起，停住马势，所有的人都变得极为紧张，长长的马队立刻停止下来。

元彪耳朵轻微地动了动，似乎听到了一丝什么声音。

“杀呀……杀……杀……”正当元彪准备发号施令之时，路边不远处的小丘顶已出现了攒挤的人头，和奔腾向前的战马。

尘土四扬。

“杀……杀……”声音是自道路两侧传来。

元融神色大变，元彪也是一样，一挥手中的长枪，吼道："给我冲！"说着领头一马当先向山道上冲去，他偏离大路，斜侧而冲。

元融心中稍感欣慰，儿子已经长大，对于战术战略的安排也已经入道，再非初登战场时的小毛孩。

元彪身后的数千劲骑跟在其后狂杀而去。

铁骑的速度极快，很快就与伏兵正式短兵相接，羽箭在林间乱飞。

马嘶声、惨叫声、喊杀声惊得林间飞鸟四散而去。

元彪左手剑，右手枪，如斩瓜切菜一般杀开一条血路，这里仍有一路义军的伏兵，的确有些出乎他的意料之外。

官兵在他的身后倒下，义军在他的身前倒下，义军的箭势极猛，人马皆射，似乎到处都是义军的人。

元彪的身后仍紧跟着那一支骑队，不过，此时他看到了不远处的小丘之顶有一面帅旗在飘扬，那是一面不大的旗帜，但可清楚地看到上面绣着一个黄色的大字——高！

那是高欢的帅旗，这路伏兵也正是高欢属下的兵将。这一切，完全都在蔡风的算计之中，高欢没有白等一场，元彪和元融的残余力量终还是出现了。

高欢知道是该自己出场的时候了，跨上坐骑率先领队向元彪的劲旅迎头赶到，义军杀意高昂，漫山遍野呼喝着掩杀而至。

尉景和宇文泰两营将士顺着侯景所行足迹狂追。

侯景所剩的两千残兵，乃是步骑交杂，行动根本就不灵活，逃逸起来，自然无法保持一致，一路上，零零散散地丢下一些伤者和跑不动的官兵，有些向四周的林子里逃窜，有的则干脆等在那里做个降兵。一路上如山羊拉屎一般，疏疏落落，更无阵容可言。

尉景和宇文泰的义军也同样是步骑交杂，只有宇文肱那一营的骑兵占了大半，追袭的速度最快。

何礼生的三千骑兵很快追上尉景和宇文泰这两营兵马。

“传齐王急令，尉景和宇文泰接令！”三千骑兵的领队偏将急行至两营兵马之前，挡住宇文泰和尉景高呼道。

尉景和宇文泰立刻一带马缰，传令两营兄弟立刻停止前行，同时全都自马背上跃下，半跪行礼。

那名偏将掏出蔡风的金令，双手高举于顶，大声道：“传齐王急令，让尉景将军与宇文将军两营兄弟合一，并会同三千铁骑，皆由尉景将军指挥，宇文将军相辅，并赐锦囊一个，让尉景将军依照锦囊之计行事，不得有误！”

尉景和宇文泰都为之愕然，宇文泰的脸色微变，向尉景望了一眼，却并无表情，尉景却并没有看宇文泰，只是高呼道：“尉景听令！”

那名偏将迅速将金令和锦囊交给尉景。

宇文泰和尉景同时立身而起，这才相互对视。

“宇文将军，速速召集所有兄弟！”尉景立刻下令道。

“是！”宇文泰心中极不是滋味，但尉景却有蔡风的金令在手，所说之话就等于蔡风亲自开口，他不能有半点违拗。

“传尉景将军之令，所有兄弟马上集合！”宇文泰向身边的偏将道。

尉景迅速拆开锦囊，自里面掏出一页短笺和一张草图，不由得微微一愕，草图上以红色箭头标出了几条路线，箭头所指，赫然正是肃宁，上面还有一些蝇头小字。

元彪根本就无法闯过层层叠叠的人潮，虽然他的武功无人能抗，但毕竟一人之力有限。

高欢也非元彪之敌，元彪的武功得其父亲传，几达元融六成功力，有此功力也足够纵横沙场。但高欢根本没有必要与其单打独斗，只凭那数以万计的义军就可活活累死元彪。

元融的身子被绑缚在一名护卫的背上，这样只是为了少一些危险，也便于冲杀，但元融所受的伤势极重，守护他的亲兵很快都一一倒下，三四千人马与义军相比，力量的确显得太过单薄。

高欢所设的，不仅是伏兵，更挖有陷阱、绊马索，这对于歼灭元融的骑兵极为有效。

宇文肱的大军也很快赶了过来，他一路上歼杀侯景的残余部众，唯侯景带着数名亲兵逃逸。

当宇文肱率领大军赶到之时，战局几乎已定，唯有元彪诸人与百余名亲兵仍在负隅顽抗，但声势明显已近尾声。

博野和肃宁在一天之间全部被破，战局是那般的突然和难以让人接受。

在所有的人脑海之中，总以为博野和肃宁是那般难攻，又有元融这样的大将坚守，要想攻破这两座城池，实在是难度太大，但是博野城破了，肃宁城也被攻破了，而且是在一日之间，这是多么不可思议的事啊。

制造这个神话的人，正是蔡风，一个掷地有声的名字。

一日之间连破两城，连葛荣都感到有些不可思议，更何况对方还是他的老对手元融亲自主阵，可是事实胜于任何雄辩，元融已经成了阶下之囚。

元彪战死，他毕竟还是个人，在高欢与宇文肱所领军队联手强攻之下，元彪终于重伤，最终死在乱箭之下，元融被擒。

战争的确是残酷的，生生死死更不是由自己掌握，连蔡风都受了重伤，其他人自然更甚。

葛家军的声势更甚，就连洛阳的尔朱荣与孝庄帝也开始坐不住了，若依眼下的形势发展下去，那还了得？可是朝中似乎没有几人是蔡风的对手。

这次博野之战，与蔡风一起的众将领全都大受嘉奖，更将蔡风在葛家军中的威望推向了极端。

第一百八十二章　逼王自降

洛阳方面，尔朱荣积极筹备军事，他要再一次亲自出战蔡风，上次出手顺利剿灭破六韩拔陵所领的义军，但这次他的对手却是一个被公认为天下最年轻也最具威胁性的年轻第一高手，他是否还能够如上次一般，幸运地取得胜利呢？

蔡风伤势初好，便已兵临高阳。十万大军进逼高阳，并切断了蠡城所有与外联系的通道。

蠡城几乎成了一座孤城，破城之举指日可待。不过，蔡风并不想大举攻城，他只想让驻守蠡城的官兵在最终抵挡不住饥饿之时，冲出城来，这样就会事半功倍，最好是这些人主动投降。

兵困高阳，高阳王元雍急得直跺脚，坐立不安。这些年来，他享惯了安逸，更在花天酒地的糜烂生活中磨消了所有锐气，哪里还敢想象领兵作战的沙场生活？可是此刻被蔡风围于城中，他根本无法与外界取得任何联系，即使他还能上阵出战，但他自忖能与元融相比肩吗？连元融都败于蔡风的手中，还有谁能与蔡风争锋呢？

高阳城中，情况极糟，人心惶惶不可终日，生意冷清，也不知道究竟会发生怎样的变故，将会是一种怎样的命运等待着高阳人。

这是高阳城被困的第五天，有数次小规模的交战，但却没有一次是官兵占了优势，义军之中的良将极多，可以说是兵多将广，而官兵早就慑于蔡风的威势，在士气上本就输了一大截，自然是交战屡屡失利。

高阳城众人几乎已经失去了任何希望，只盼能够得到尔朱荣的援军之助，但是尔朱荣北上高阳，就必须闯过葛荣那一关。因此，根本就不可能对高阳起到什么作用。

蔡风极有耐心，他可以等，每日只是在帅府中品茶、下棋，根本就未将攻城记挂在心头，他知道，有些人并非都有他那么好的耐心。对付敌人，就像是狩猎一般，必须具有极强的耐心，否则只会处于被动。

蔡风是个高手，更是个极为优秀的猎人，深明狩猎之道，因此，此战他选择了等待。

正如他所想，元雍等不及了，出乎蔡风意料之外的是就连河间王元琛也同样承受不了那种心理压力，毕竟他已经数十年来享惯了安乐。

河间王与高阳王联书表降，并答应送还元叶媚，但条件是不可以没收和动用他们的家产。

蔡风心中又喜又惊，惊的是元叶媚竟在他们手中，喜的是河间王与高阳王竟愿送还元叶媚，同时愿意投降，这一点的确让蔡风也失去了内心的平静。他一直心挂的元叶媚竟然突地再现芳踪，这是何等的欢悦？至于是否没收元雍和元琛的家产，那已经无关紧要，只要控制了高阳城和河间城就足矣。

七月初六，蔡风的大军正式入驻高阳，接受高阳城中的降军，城中的原有将领并没有降级，只是分配到不同的组别，这使得降军极其安分，也极为配合葛家军的安排。

蔡风更让人宣读葛荣的封赐，高阳王依然是高阳王，只是属于大齐的高阳王，所掌握的兵马也有所限制，但却享受着大齐的俸禄，这使元雍感激不已。

葛荣和蔡风知道这些人只是一群贪生怕死之辈，只要你能让他活得逍遥快活，他们就不会心生叛逆。

高阳城内驻军大开城门，因为无可战之将，更没有人敢迎蔡风之锋锐，斗志尽失的情况下，自然会注定失败。

高阳城的百姓夹道欢迎葛家军入城，他们自然最期望这种结局。只有这种和平解决的形式才会让百姓少受战乱之苦。

这一刻，就连平时被百姓暗中骂得稀巴烂的元雍也一起受到百姓的掌声，这是元雍从来都未想到过的。往日百姓指着他的背后大骂昏庸无能，今日他来迎接葛家军，一路上竟受到百姓的拥戴和掌声，这使他投降所留下的阴影霎时飘散，此刻他竟感到真正的开心。

高阳城顺利收编后的第四天，也就是七月初十，蔡风又再次接收了河间城。

今日，蔡风并没有半点欢颜，他见到了元叶媚。

一个憔悴不堪的元叶媚，苍白的面容，眼圈深陷，似是大病未愈。

蔡风并没有看到他想象中元叶媚大腹便便的那种情况。

躺在床上的元叶媚似是一个快要断气的病人，盖在她身上的薄被平平，并未见到隆起的小腹，蔡风倒嗅到一些浓浓的药味，他几乎不敢相信，眼前的元叶媚就是七个月前那个秀美绝伦的玉人。

忙碌的大夫望着蔡风，只吓得瑟瑟发抖，不仅仅是因为蔡风的威名，也因为元叶媚的病情。他们不敢想象，眼前这个被誉为神话般的年轻人究竟会怎样对待他们，会不会抱怨他们的医术不精而迁怒于他们呢？

河间王的脸色极为难看，也极为惶恐。元叶媚变成这副模样，与他也脱不了干系，毕竟元叶媚是住在他的府上。

蔡风的突至，似乎使元叶媚的精神稍有振作，望着蔡风的那双深陷的眸子中闪烁着两点晶莹，她颤抖地移动着手，动了动嘴唇，似乎想说些什么。

蔡风的心如刀在割，双手缓缓伸过去紧紧握住元叶媚那双有些冰凉的手，虎目中也同样闪动着两点晶莹，声音有些发酸地道：“让你受苦了。”

元叶媚那苍白的脸上泛出一丝红润，也多了一丝欣慰的笑意，虚弱地道：“我……以为……再也……见……见不到你了。见到你……我……好……好高兴……”

“别说了，你不会有事的，有我在你就不会有事的，一定不会有事的！”蔡风用一只手紧抓住元叶媚的手，另一只手却插入枕头之下揽住对方的上身，让其紧贴在自己的怀里，心痛而肯定地道。同时将自己的功力输入元叶媚那虚弱的体内。

元叶媚本来想咳嗽，但在蔡风那浩然真气一激之下，急促起伏的胸口渐渐平复下来，也缓过了一口气。

元叶媚似乎极端地享受这片刻的温馨，紧紧抓住蔡风的手，似乎生怕蔡风再次突然消失一般。

“这是梦吗?”元叶媚经蔡风传功入体，语气也流畅多了，但仍显得十分虚弱。

“不，这是真的，现在谁也无法让你离开我!”蔡风将元叶媚搂得更紧，身子也坐在床沿上。

“我好冷!”元叶媚突然又道。

蔡风心中一惊，拉过那床薄被给元叶媚盖上，他清楚地感到元叶媚的脉象虚弱至极，难怪在这爽朗的初秋仍然感到寒冷。

“好些了吗?”蔡风关心地问道。

“嗯，好些了。他们好狠心，把我们的孩子也给毒死了，你要为我们的孩子报仇呀！我要他们还我的孩子……”元叶媚说着竟泪水滑了出来，声音似在梦中呓语，但却可感受到她那悲恸和哀婉的苦涩，更多的却是恨意。

蔡风的目光如电般扫向那群大夫和河间王元琛，这些人只感到似有一柄锋利无比的刀扎入他们的心中。

“不，不，不关小人的事，真的……”那群大夫骇得连忙摇手，冷汗直流。

“你放心，我会让他们给我们的孩儿赔命的!”蔡风的心中涌起了无限的杀机，他从来都未曾如此强烈地想杀人。更对元叶媚生出无限的怜惜之意。

“我就知道……你……会来，我一直……一直在等待这么……一天……”

“你先别说话，好好休息。”蔡风关爱地望了元叶媚一眼，柔声道，但看到元叶媚那张苍白的脸时，心便止不住在抽搐。

“这不关我的事，元姑娘是元融送到我这里来的，送来之时已经就是这样，我只是让大夫给元姑娘调养了一下身体而已。”河间王元琛慌忙解释道。

蔡风冷冷地望了他一眼，心中一阵烦躁，又向元叶媚柔声问道：“叶媚，他说的是真话吗？”

元叶媚轻轻地点了点头，又流出两行清泪。

蔡风杀机再涌，向一旁有些不忍目睹的三子冷杀地吩咐道：“去给我将元融凌迟处死！”

所有人全都为之一震，惊骇地望了蔡风一眼，哪想到蔡风竟对元融施以如此酷刑。

“阿风！”三子似乎有些不忍地道。

蔡风的心头十分烦躁，有些不耐烦，杀气冲天地道：“要我重复第二遍吗？”

三子轻叹了一口气，转身行了出去，河间王身子有些发冷，且不停地颤抖着，那群大夫更是噤若寒蝉，大气也不敢喘。

“王爷，你可以先请了。”蔡风淡淡地道，连看都不看元琛一眼，又对那几个大夫冷杀地道，“你们几个给我留下！”

“齐王饶命，齐王饶命呀，这……这……不……不关……”

“再啰唆全部都斩了，让你们留下就留下，啰唆什么！”蔡风怒叱道。

“下官先行告退了！”河间王巴不得早点离开这是非之地，忙退了出去。

“你们谁对她用的药？”蔡风冷冷地问道。

“我……我们都用了药！”那几个大夫惊骇不已，想到蔡风很可能要他们赔命，那可就真的完了，说不定也来个千刀万剐的凌迟处死，他们几乎不敢想象那将会是怎样一种滋味。

“你们这群庸医，这么多人都不能够调理好她的身体，本该将你们全都处死，但念在本王今日有用得着你们的分上，就免你们一死。现在本王开个药方给你们，你们迅速去给本王找来这些药，否则本王绝不轻饶！”蔡风语气之间深含杀机地道。

“是，是，小的一定会凑齐药物，请大王开方吧！”那几名大夫大喜地轻颤道，至少他们还有一丝活命的希望，自然是满口答应，只要能够不死，就还有希望。

“你们给我记好!”蔡风冷杀地道。

“是，是……”那几名大夫有些手忙脚乱地抓起笔杆，应道。

“生蒲、红花、枳壳、赤芍、肉桂、白芷、龙胆、虎骨、雪参……灵芝、老山人参、熊胆、豹胎……另外，再去给我弄四十条活水蛭来。”蔡风报了一大堆药名，只让这几名大夫惊得目瞪口呆，只有那持笔之人写得满头大汗，生怕写错半个字，那样他将会脑袋不保，这可不是闹着玩的。

“大王，还有别的吗?”那名写得满头大汗的大夫询问道。

“没有了，记住，后面的几味药，必须是最好的。”蔡风冷声道。

“是，是，小的明白，一定会拿最好的药来。”那持笔的大夫紧张兮兮地道，在一旁听着的几个大夫额头上都渗出汗来了。那灵芝和老山人参他们还可以找到，但是熊胆和豹胎可到哪里去找呢？而且他们更大惑不解的是，蔡风怎会连水蛭这玩意儿也要？而且一要就是四十条，这玩意儿可是有些吓人的。

“一个时辰之内，你们给我备齐，不管你们怎样去弄，抢也好，偷也罢，一个时辰没有将药备妥，就提着脑袋来见本王!”蔡风毫无感情地道。

“是，是，小的一定找到，一定找到……”那几名大夫保证道。

“你们可以跟元琛说说，这是本王要的药方，没有的药就向他索取!水蛭让他派人去抓即可，快滚!”蔡风也并不想太过为难这群大夫，条件放松了一些道。

“谢谢齐王，谢谢齐王!”几名大夫大喜，试想，能够到河间王的药房中去选药，什么样的药物会没有？那的确省事很多。

元叶媚竟躺在蔡风的怀中睡着了，或许是她的确太过疲惫，在身心的煎熬下，她几乎没有真正休息过。此刻在蔡风那浩然博大的真气相护之下，竟安然睡去。

蔡风心头一阵发酸，暗自长叹一声，并不撤回自己的功力，反而也抬脚上床，将自己的功力自左手送入元叶媚的体内，缓缓催入对方的每一条经脉，在她全身游走数周天后，再自右手转回自身，竟将元叶媚当作自己的一部分，练起功来。

屋外的守卫森严，蔡风此刻的身份非同寻常，即使他的武功盖世，同样还会有一队亲卫相护，这群人全都是蔡风亲选之人，绝对忠心耿耿。

北魏出了两件大事。

一件是高阳王、河间王联袂依附葛家军，还有元融身死；另一件事却是莫折念生之死。

莫折念生死了，死得有些莫名其妙。

有人说，莫折念性是被神秘人物杀死的；有人却说莫折念生是被内奸暗害的。但无论怎么说，莫折念生终究是死了。

莫折念生的死亡，是义军的一大损失，却让官兵欢欣莫名。莫折念生的确是个了不起的战将，其军事才能比之其父莫折大提有过之而无不及。他也是一代枭雄，仅次于蔡风之后，是年轻人中最出风头、也最有前途的人物。以他如此年华就能够统帅数十万大军，直逼涧关，这份豪情，这种勇武，的确不能不让人佩服，其义军的声势之盛，仅逊于葛家军。攻城略地近千里，自秦州、新秦州、歧州、凉州、黑水、泾州、东秦州、北华州，东下潼关，其势之强，就连崔延伯、萧宝寅都无法压制他们的势头，被杀得大败，可见莫折念生是如何的强悍。

莫折念生死了，萧宝寅、崔延伯重整军容，再迎头猛攻。

莫折念生才死不过几天，其生前所领大军就被迫西退，无法阻抗萧宝寅的强攻，主要原因仍是内部混乱，指挥不再灵活有效。

万俟丑奴出现在莫折念生的军中，是莫折念生死后的第三天，也许更早，但却没有几个人知道。因为有人怀疑莫折念生的死与万俟丑奴有关，但那只是猜测，并不真切。

万俟丑奴的出现，使得莫折念生的大军迅速决裂，这是不争的事实。

莫折念生的大军很快便分化为四部分，有些人逃走，不想再过着打仗

身体已经完全恢复，甚至体质比往昔更好。是以，她的心神雀跃，也想出海看看。

葛荣自不想让蔡风现在出海，苦劝蔡风，蔡风终还是未去成。

葛荣知道蔡风心里所想，也就立刻传令海盐帮，此刻的海盐帮正在为葛荣组建水师，百忙之中，葛荣仍让他们抽出四艘大船去海外为蔡风传信，并将元定芳和颜贵琴诸人接回大陆，顺便也去向蔡伤问声好。

此事由游四亲自办理，葛荣不想海外的事情让太多的人知道，更不想有人去打扰蔡伤的清修。

"姑奶奶，你怎么不走了？"哈不图奇问道。

凌能丽一脸惊疑地扫了四周一眼，目光变得敏锐起来。

"怎么了？姑奶奶。"哈不图有些疑惑地问道，同时双眼随着凌能丽的目光四处望了一遍，却并没有发现什么异样。

凌能丽神情越来越凝重，她隐隐感觉到一丝不妥，这两年行走江湖，的确让她成长了不少。

"你有没有听到石子击树的声音？"凌能丽小声地低问道。

哈不图脸上微微显得有些迷茫地摇了摇头，正要说话间，突闻"砰……"的一声轻响，忙道："听到了！"

凌能丽的手却搭在了剑柄上，冷喝道："是什么人？装神弄鬼，给本姑娘出来！否则，别怪本姑娘不客气了！"

哈不图望了望满山渐黄的秋景，双目四顾，想到自己学到的一身本领，今天也许可以派上用场，不由显得有些激动起来。他心中暗中忖道："老子打不过姑奶奶，难道欺负欺负你们这些狗崽子也不行吗？他妈的，但愿你们比老子更差劲，别像姑奶奶一样，那可就惨了。"

林间空寂，并无人回应。

"是哪路朋友？鬼鬼祟祟的装神弄鬼，给本姑娘出来！"凌能丽再次高呼道。

哈不图突然心头毫无来由地一阵猛跳，在刹那之间，他感觉到了一股从未感觉过的压力，几乎让他喘不过气来。

林间风起，叶飞枝摇，凌能丽的脸色也微微变了，她清楚地捕捉到，那股浓烈的气机来自一棵古树，气机甚至已经将她与哈不图紧紧笼罩。

哈不图大惊，他也清楚地感觉到情况不对，忙呼道：“快走！”

凌能丽没有动，她知道不可能走脱了，所以她不想浪费力气，只是将腰间的剑柄握得更紧。

哈不图见凌能丽没有动，他心中虽急，但却又不能独自逃走，只好硬着头皮留下，心中却在暗自祈祷：“但愿来人是友非敌，那就好了。”但他的手还是忍不住抽出了背上的长剑，只是剑身有些发抖。

“究竟是什么人？何不出来？藏头露尾，算什么英雄好汉？”凌能丽娇叱道，心神却绷得极紧，他不敢有丝毫的松懈之意。

“嗞……”一根断枝掠起一道弧光，直射向凌能丽，快捷无伦。

哈不图大惊之下挥剑，但是斩空了，那截断枝比他出剑的速度不知快了多少倍，他挥剑之时，树枝早就已经穿过了他的剑下，直射向凌能丽。

“哧……”断枝分为两半自凌能丽的身侧两边飙射而出，凌能丽的身子也在同时被震得倒退四步，方才立稳身形。

断枝的两半，就像两支利箭一般，带着余劲刺入两棵树干之内。

哈不图的脸色变得极为难看，但凌能丽的脸色显得更为难看，她清晰地感觉到树枝攻来的强大劲力。她竟连对方隔空射来的一截树枝都难以抗拒，这的确让凌能丽震骇莫名。

“好剑法，好快的剑，蔡风的女人果然有两手……啪啪……”一阵掌声过处，自那古树之上冉冉落下一人。

一身儒衫，长脸短须，看上去极为清秀和威武，更重要的，却是来者的那一身浓烈气势。

立身于林间，如秋风相染，自然清落，几乎与树林相融，又似独具一格的崇山峻岭。

“你是什么人？”哈不图声色俱厉地问道，他虽然功力不如凌能丽，但仍感觉到来者不善，是以挡在凌能丽身前呼喝道。

那人缓步向凌能丽行至，似乎极其缓慢，但实则快极，他并不回答哈不图的话，跟哈不图这种人说话，对于他来说，似乎辱没了身份。

凌能丽知道这人是为她而来，因为对方一开始就道出了蔡风的名字，显然是为了蔡风而找上她的。

“你先走，去通知师父!”凌能丽极为小声地对哈不图说道，她并不希望哈不图作无谓的牺牲。

哈不图岂有不知？是以，他不走。

“你不必担心，我不会杀他的，杀了他，谁为我去报信？只要你乖乖地跟我走，我可以让他分毫无损地回去。”那人竟听到了凌能丽小声的话语，功力之高实无法揣测。

“你究竟是什么人?”凌能丽的声音依然极为平静。

那人笑了笑，道：“是蔡风的夙敌!”

“我跟你拼了!”哈不图额角渗出了汗水，不顾一切地向那人飞扑而去，身法居然有模有样，剑式也极为犀利和美妙。

“哼，你还不够格!”那人似乎遇到了世间最好笑的事情，对哈不图的做法只是嗤之以鼻，同时翘了翘左手的小拇指。

凌能丽发现一道淡淡有色有形的剑气，大惊之下，忙飞身挡了上去。

“你别急!”那人右手一挥，身形已在刹那之间逼至凌能丽的身前，那几丈的距离似乎只是跨步之间。

“砰!”哈不图一声闷哼，身子飞跌而出，他还没能靠近那人之身就已被击出。

第一百八十三章　战道王者

凌能丽侧目一看，哈不图落在四丈开外，不能动弹，但并没有死，显然是制住了穴道，再回首，跟前唯有一只巨大的手，似乎是自地狱中窜出的地网一般，没头没脑地向她盖到。

出剑，飞退！

剑如云雀展翅，爆出一团金色的光芒，丝丝剑气，如珠网一般撞出，但凌能丽仍然在退。

“好！好剑法，如此年纪，就身具这等剑法，应该值得骄傲——”话音未落，巨手顿破，在那浑天黑地的气幕之中露出一点天光。

朦胧如冬日之雾气，更似皓色的皎洁之光，就只有淡淡的一点。

那是一根手指，若具体形容，那应该是一柄剑，一柄仿佛无坚不摧的剑。

杀意如秋风，凉凉的，不烈、不躁、不急、不缓，但却无处不在，包括凌能丽的心中。

凌能丽总觉得自己的脚步太慢，虽然她费尽了九牛二虎之力才化解对方的第一击，但是她发现自己的行动已经被对方所牵制，甚至在对方制造的气场中无法挣脱。她，已成了一只被关在笼子中的金丝鸟。挣扎，是她唯一可以做的事情。

“当！”凌能丽只觉手中的长剑一热、一震，挑起的剑花抖落成片片浮雪。

剑，脱手而飞，飞向远方。而凌能丽在惊呼中倒退，她很少会感觉到如此脆弱和无奈，但今日，她却是那般不堪一击。

“噗噗……”接连八缕凉瑟瑟的气劲全都击在凌能丽身上，她落地的声音很响，也跌得很痛，而她的心中更多的却是惊恐，她不知道对方究竟是什么身份，她更不知道对方有何意图，要是……她根本就不敢胡思乱想。

那人似乎想对凌能丽多欣赏几眼，这很正常，任何男人都不会不想多看她几眼。

“蔡风那小子可真有福气，女人们一个比一个漂亮，倒真让人羡慕。”那人说着竟叹了口气，伸手便向凌能丽抓到。

“你想干什么……”凌能丽和哈不图同时惊呼出来，他们的穴道全都被制，根本就无反抗之力，见那人动手动脚，禁不住骇异若死。

“只是想用你去换点东西……”那人说话的声音突然打住，抓向凌能丽的手也飞速缩回。

凌能丽一怔之时，却发现万点金星散满了虚空，更有一股淡淡的清香。

那儒衫人骇然倒退，同时双手在虚空之中一阵狂拂。

一掠五丈，快似离弦之箭，金芒如粉尘一般飘落，在此同时，一条淡灰色的人影在凌能丽眼前掠过，拖起一抹云彩，挥袖收下那粉尘一般的金芒。

“战龙！”凌能丽忍不住欢喜地呼了出来，现身之人正是田新球。

那儒衫人惊骇地低念了一遍凌能丽呼出的名字，冷声问道：“你和金蛊神魔田新球是什么关系？”

“我就是田新球！”战龙冷望了那人一眼，沉声道，同时拂袖欲给凌能丽解开穴道，但劲道所触，竟无法解开凌能丽被封的穴道，不由得神色微变。

凌能丽对战龙是田新球并不感到稀奇，蔡风自然不会不告诉她战龙的身份。

哈不图却骇异莫名，他在乌审召之时，就知道田新球乃域外十魔中的厉害人物，却没想到自己今日竟又与域外十魔的金蛊神魔相见，不过幸好凌能丽与他相识。

“你不是发过毒誓再不用金蚕蛊吗？怎么今日却破誓？”那人似乎对田

新球的事知之极多，有些恼怒地质问道。

凌能丽心中一惊，要知道，金蚕蛊乃是天下最毒之物，而田新球也是因此而成名。看来，刚才那一片金芒就是金蚕蛊了，但由于田新球收蛊太快，她根本就没来得及看清楚金蚕蛊究竟是什么形态。

“凡是可以杀人的东西，没有什么是不可以用的，我为什么不用？如果你不想死的话，就给我立刻离开这里！”田新球冷冷地道。

“哈哈，你也够狂的，你不知道跟我作对的人都不会有好下场吗？”那儒衫人似乎听到了很可笑的笑话。

“那我不管，我只知道主人说过，任何想要与凌姑娘过不去的人，都得死！已经有三十六颗脑袋被我捏爆，我见你能够躲过金蚕飞芒，应该是个人物，因此才不想你成为第三十七个！”田新球漠然道。

凌能丽心中一阵讶然，见田新球不像是说谎的样子，心中暗忖道：“怎么有三十六人死在他的手上呢？难道这些人全都是想来暗中对付我的吗？可我怎么一点都没有感觉出来？”

“哦，什么时候你又多了一个主人呢？真是丢我魔门的脸，还亏你是一代宗主！”那人竟显出鄙夷之色，不屑地道。

田新球冷然以对，似乎并不为对方的言语所激，只是冷冷地道：“既然你想死，那我就成全你好了！”说话之间，杀气骤浓，周遭情景仿若刹那间已经步入了深冬。

凌能丽感觉到有些冷，哈不图同样如此，这股冷意是自田新球身上传来的。

儒衫人的神情也在刹那间变得肃然，他清晰地感觉到来自田新球身上的压力，那股无形但却有实的压力。

田新球抬掌，掌心隐透红芒，整个身子似乎燃上了一层魔焰，熊熊的魔焰，让人心冒寒气。

儒衫人缓缓举起右掌，曲拇指、无名指与小指，食指与中指斜挑，单指田新球，剑意森然，突然，儒衫人眉梢一动，似乎觉察到了什么，不由得淡笑道：“原来你已有伤在身，难怪如此好心要放我一马，哈哈哈……田新球，今日你就认命吧！居然出尔反尔去助石中天那浑球！”

田新球神色一变，气势顿弱，他还是低估了对手，对方竟看出了他身上的伤势。

"你真的受伤了？"凌能丽骇然惊问道，她知道，田新球此时的武功实已登峰造极，与蔡风也不会相差多少，但田新球竟受了伤，这的确让她有些吃惊，那伤他的人又是谁呢？难道正如田新球所说，是那些想对自己不利的三十六名高手吗？

田新球没有否认，但在突然之间不战而退，同时伸手抱起凌能丽向北台顶掠去。

田新球不战而逃，这有些出乎儒衫人的意料之外，哈不图却暗中叫好，心中为田新球祈祷，只愿他跑快点。

"哼，想走？没那么容易！"儒衫人冷哼着如一道魅影般跟上。

田新球想走，的确没那么容易，至少在速度上，他无法胜过儒衫人，不仅仅是因为他带着一个人，更因为他受了伤。

凌能丽可以感受到田新球的内息流转，田新球所受的伤是来自内腑，正因为内腑受了伤，才会使他的内息流转不畅，也就影响了他奔走的速度。

"嗤嗤……"田新球虽然内息不调，但其身法和耐力却让人吃惊，在短短的刹那间，他带着凌能丽闪过了自身后袭来的十九道剑气。

田新球有自知之明，一般高手都有这份自知之明，因为他们对气机和精神的了解太熟悉。田新球知道身后追击的儒衫人至少比他厉害，在他受伤之后，他绝对不是对方的对手，所以，他选择了逃逸。他的任务是保护凌能丽，即使战死也在所不惜，但是他不能让凌能丽受到伤害，因此在暗中跟随凌能丽的几个月中，他已经杀了三十六名高手，他不必问对方是什么身份，也不管男女老少，只要想对凌能丽不利的人，就得死！这是蔡风的命令。

蔡风无法挽留凌能丽，也不想挽留，那对她绝对不公平。可他知道，天下间想要对付他的人太多，但却没有谁能够对付得了他，凌能丽却不同，虽然她的武功有所成就，可江湖中比她更厉害的人比比皆是，所以蔡风不得不让田新球暗中保护凌能丽。

那些无法找蔡风晦气的人，一定会拿蔡风的亲人或朋友出气。凌能丽更是主要对象，蔡风为她怒杀鲜于修礼被传得神乎其神，谁都知道，只要擒住凌能丽做人质，至少可向蔡风交换两座城池，甚至更多。所以，找寻凌能丽的人一定很多。

“轰!”田新球终于不得不回掌挡开身后儒衫人的一指。

俩人身子同时一震，凌能丽的身躯被甩了出去。

金芒一闪即逝，儒衫人双手一搓，竟化出一团云雾般的气旋，那散射的金芒全都向气旋之中飞射而入，似乎那里是一个巨大的涵洞吸引了那些物质。

“砰!”田新球的一脚也被儒衫人挡过，只是儒衫人的功力大部分放在手上，因此被震得倒退两步。

“轰!”那些金芒幻化成一团，蓦地炸成飞烟，似乎在刹那之间承受了百万度的高温。

田新球仰天一声长啸，啸声凄厉悠长，如一柄插入云霄巨剑，裂云、破日，传出很远很远。

凌能丽的身子落地时，如坐在一团云絮之上，轻软而无半点损伤，她知道是田新球以功力相护，此刻听到田新球的长啸声，心中更冷，她明白田新球的长啸是什么意思，这声长啸旨在惊动山顶之人，那就是说，田新球对自己半点信心也没有。

那金色的烟雾所过之处，树枯枝残，就连泥土也冒出淡淡的轻烟，化为焦黑。

当儒衫人再次抬头时，田新球的掌离他已不过半尺而已，因此他唯有退!

耸肩，退！同时之间一股雄浑无伦的剑气反弹而出。

田新球的手掌微热，一股森冷锋锐的掌劲自他的腹底射出。

田新球嘴角泛起一丝异样的冷笑，极其阴森，似乎是一个巨大的恶魔在他的嘴角边产生，进而影响全局一般。

“噗……”田新球的身子一震，他没有避开对手那一道剑指，其实他根本就没有避开的意思。

“嘭!”田新球的那一掌却被对手卸了开去，卸去他一掌的是对方的肩头。

田新球的身子“蹬蹬……”倒退五大步，血水自腹腔中喷出，但他却没有皱一下眉头，嘴角依然挂着那丝阴狠的笑容。

儒衫人也退了三步，左肩一片焦黑，如被火烙。虽然他以无上的气劲卸开田新球这一掌的大部分气劲，但仍然无法避免受伤，毕竟田新球的实力也强悍至极。

田新球左手连点腹部几处血脉，阻止伤处喷血，右手却再一掌推出，完全是不要命的打法。

儒衫人脸色微沉，恼叱道：“难道你不要命了吗？”

“哼，我的命只属于我的主人，任何想伤害凌姑娘的人，都必须自我的尸体上踏过去！”田新球的话斩钉截铁，没有讨价还价的余地，他已经完全是一副豁出去的表情。

“既然这样，那就让你见识一下我的真正实力！到时可别怪我不念同宗之情了！”说话之间，儒衫人肩头焦黑之印立刻转淡，化为一片火红，同时身子更如一团燃烧的火焰，十指在虚空之中做出毫无规律的扭动。

空气似乎一下子被抽干了，天地之间全都是一片死寂，甚至比死更孤寂。

凌能丽倏觉呼吸困难，如泰山般的重压自四面八方朝中间挤压。

田新球嘿嘿一声狂嘶，发结突散，头发根根倒竖如针，衣衫更炸裂如片片枯蝶乱舞。

“万毒圣体！”儒衫人“咦”的一声惊呼。

“噗噗……”无数声闷响过处，田新球依然屹立如山，但儒衫人已然暴退四丈，轻咳着，咳出的是血丝，他不知道击了田新球多少招，但他也结结实实挨了田新球八拳四掌。值得庆幸的是，田新球早有重伤在身，否则他只有一条路可走，那就是——死！这是毫无疑问的。

田新球依然站着，头发散披于肩头，那本来涌动着无尽活力的肌肉似乎全都失去了光泽。

有风吹过，掠起田新球的长发，拂起散飞的败叶，有两片飞到了凌能丽的脸上。

有一股药味，凌能丽的鼻子还管事，药味是来自那两片叶子上。

“滴答……滴答……”血水一滴一滴轻轻地滑落在一块石头上，发出极轻极轻的响声，但足够让凌能丽听到，因为这片林子太静了。

有一声叹息，再加上一声深深的呼吸，是来自那咳着血丝的儒衫人口中，他似乎很快自刚才残酷的肉搏中解脱出来，战局没有想象中的那么轰轰烈烈，也没有惊天地、泣鬼神的场面，但一切的一切，全都以一种野性的、原始的、疯狂的，也是最为残酷的形式展现了出来。

田新球终于倒下了，他身上的骨骼似乎已经完全不存在，如一根软软的面条般滑倒在地上，嘴角之间涌出一股黑黑的血浆，自耳根落至地面。

凌能丽的心在发凉、下沉，想必田新球已经死了，儒衫人竟然能够杀死田新球，的确不能不让她心惊，那此人又是谁呢？

“天下间有几个人具备这般实力？不仅破除了田新球的绝毒金蚕蛊，更……”凌能丽的脑海中有些混乱，她的心中说不出是伤感，还是痛快，抑或什么也不是，只是一种对生命的感叹。

“你杀了他？”凌能丽发现自己的语气依然是那么平静。

凌能丽的语气的确平静，平静得连儒衫人也感到有些讶异，但他仍然十分淡然地回答道：“不错，他不可能还活着！”

凌能丽没有悲哀，田新球本身也不是一个好人，也许这是他应有的结局，抑或凌能丽并不是不悲哀，只是她觉得悲哀是弱者所做的事。

“你是谁？能够杀死他的人，应该不是无名之辈！”凌能丽冷冷地问道。

“你很了不起，此刻还能如此冷静，我不得不再一次惊羡蔡风那小子。不过，你越优秀就越能换个好价钱！”儒衫人嘿嘿笑道，再凝视了凌能丽半晌，方淡淡地道，“你不必知道我是谁，只要蔡风知道就行！”

“哈哈哈……”一阵低沉的笑声蓦地在凌能丽耳边响起，却非儒衫人发出。

儒衫人一惊，伸手向凌能丽疾抓，只可惜，他的反应仍然迟了一些——因为他抓空了。

凌能丽的身子已然被提在另一个人手中，正是那发笑之人。

“真是难得，堂堂大司马不在洛阳却千里迢迢跑到北台顶来寻一个小娃娃的晦气，真是让人笑掉了大牙！”来人淡笑道。

“尔朱荣！”凌能丽脑海中突然一阵明朗，立刻明白儒衫人究竟是什么身份，忍不住惊呼出来，她并没有猜错。

“你是什么人？”尔朱荣有些惊异地问道，同时目光仔细地在来人身上扫视了一遍。

一张狰狞可怖的鬼脸面具，如被血所染，一袭蓝衫在秋风之中泛起秋叶之色，修长的身材如枪杆一般立于林间，有一种说不出的韵味，仿若仙风道骨，又犹如玉树临风，更似孤崖苍松。尔朱荣记不起眼前之人是谁，凌能丽也从未见过此人，但她却感到一股勃勃生机在体内滋生，也激活了她的每一道血脉，被尔朱荣所封的穴道不解自开。

当然，这股力量来自神秘怪客之手。

“大司马真是健忘，你不记得我，也应该记得我这张面具呀！”神秘来客有些意外地反问道。

尔朱荣一愣，他搜肠刮肚也无法记起眼前之人究竟是谁，不由得冷笑道：“你别再给我装神弄鬼，报上名来，是友便不要管我的事，是敌就少啰唆！”

“哈哈哈……”神秘来客一阵哈哈大笑，似乎有些怒意，半晌笑声才竭，道，“好个尔朱荣，演戏的水平倒不错，那日咱们比剑未分高下，今日我倒想再来会会你尔朱家族的拿手绝技，你出招吧！”说话之间，神秘来客将凌能丽送了出去。

凌能丽只觉一阵轻风托着她，毫不费力地被送到五丈开外，她安然着地，穴道已经解开，浑身有一种说不出的舒畅。不过，她心中却惊骇莫名，眼前的神秘人物竟说他曾与尔朱荣比剑之下未分胜负，那就是说眼前神秘来客的武功至少与尔朱荣在伯仲之间了。可天下间除了义父之外，又有谁能够与尔朱荣平起平坐呢？

“难道这人是义父？”凌能丽心中思忖着，同时心中大畅，暗道：“若是义父回来了该多好。”

“你是黄海？”尔朱荣突然有所悟，神色微变，惊问道。

“哦，你记起了吗？看来大司马日理万机，已经记忆力衰退，回去得好好补补脑子了！”黄海冷冷地讽刺道，他认为尔朱荣故意装作不认识他，只是在鄙视他。

来人正是黄海，他本想去北台顶看看老朋友达摩，他知道达摩到了北台顶，但却在半途中听到田新球的长啸，这才刚好赶到了这里救下凌能丽。黄海一眼就认出了尔朱荣，他本与尔朱荣誓不两立，尔朱荣的事他当然要破坏，而且他还认识凌能丽，破魔门的眼线极多，江湖中发生的诸般事情，没有多少可以瞒过黄海的耳目，所以他早明白凌能丽的身份，只是凌能丽不认识他而已。

凌能丽倒吃了一惊，同时也大为欢喜，如果眼前之人是黄海的话，那就可以理解了。想到眼前的神秘怪客就是将蔡风自小带到大的黄海，凌能丽不知自己心中是怎样一种滋味。黄海也就是义父平生唯一的知己和兄弟，心里不自然地升起一股崇慕之情，那是一种尊敬，是一种爱戴，但她没有说什么，只是在静静地观望着眼前的一切。只不过，有一点小意外让她稍微分了分神。

凌能丽似乎看到田新球动了一下，只那么一下，是在黄海叫出“尔朱荣”名字的那一刹间，但后来凌能丽仔细看时，田新球又没有了动静，她就当自己的眼睛看花了，不再注意。

尔朱荣伸手抹去嘴角的血丝，他也受了伤，不可否认，田新球的那十二击也的确够重够狠，尽管田新球事先受了重伤。

黄海并没有因为尔朱荣的受伤而减去半分杀意，他必须将尔朱荣除去，这是一个不能存留于世的凶魔。那次他本以为“道心种魔大法”纯属虚幻，这才没在意，可是后来听达摩再次述说后，才知“道心种魔大法”确有其事，黄海无论如何也不能让尔朱荣练成那可怕的魔功。因此，他击杀尔朱荣绝不会因为对手受伤而手软，就像对方并没因为凌能丽是弱质女流而不伤害一般。

黄海已经不用出剑，剑对于他来说，完全是多余的，就像蔡伤已经没有用过刀一般。

剑，毕竟是身外之物，将之称为剑早已落入了俗流，真正的剑手反而手中没有剑，无剑在手，剑却无处不在。

指，就是剑；人，也是剑。剑随心生，由物演化，但黄海已将剑演化成了物，这是剑道的另一个境界。

尔朱荣诧然相问，黄海说出了一个名字，这是由他自己命名的境界——无物剑道！

尔朱荣的脸色变了，就因为这四个字，他似乎看到了黄海内心的另一个层次——视万物为无物。在虚无中搜取飘缈的灵意，看不见，摸不着，却无所不在，这也能够成为剑？

当然，现在已经不是问话之时，而是展现的时候，尔朱荣必须面对这一切的一切，包括他的夙敌黄海。

两个并存于世的剑道宗师，所展开的是前所未有的剑道霸主之争，抑或是代表道魔两宗最高境界的接触。

尔朱荣首先出剑了，一道乳白色的光润之中，有点空灵的青影，淡而实在。

凌能丽睁大了那双美丽的大眼睛，她居然看出了尔朱荣的手中无剑。

以气化气，贯空而出！

黄海一声轻啸，身形化为一道虚影，几片枯黄的败叶在他的立身之处打了几个旋儿，然后化为虚无。

黄海出现在尔朱荣的左侧，那是一柄巨剑，无锋无刃，淡黄而优雅的巨剑。

无锋无刃，更具皇者霸气，杀意也更甚更强，如滔天浪潮，只让人心血浮涌。

叶飞、枝折、鸟惊。

数道剑气自凌能丽的身边射过，穿透树干，没入远处，森寒的杀意让五丈开外的凌能丽犹如站在一个冰窖之中。

“哧……”兔起鹘落之际，俩人已经交换了数击，劲气卷起一阵狂野的旋风，如风暴一般以俩人为中心向外扩展。

败叶，在田新球的尸体四周打着旋儿，凌能丽已经看不清黄海与尔朱荣的身影，二人纵横腾掠之间，尽是剑气风声。

当凌能丽看清俩人的身形之时，已是俩人跃离分开之际。

“你不是尔朱荣!”黄海低喝了一声，目光透过那面具间的两孔，变得无比锋利。

尔朱荣退开身子，又是一阵轻咳，有些讶然地问道：“何以见得?”

黄海有些疑惑，此际，他脸上的面具竟自中间裂开，化为两半。

凌能丽一呆，她看到了黄海的一个侧面，一张极其俊秀的脸，她更似乎可以捕捉到那眼神之间的沧桑。

黄海没有在意面具的变化，只是仔细地审视着尔朱荣的一举一动，可是他却看不出半点不妥。那只是一种感觉，他觉得眼前的尔朱荣极为陌生，并没有上次交手时的熟悉感觉，也许，这只是一个错觉，眼前尔朱荣的武功，似乎比上次更为深厚了，剑道也进入了另一个境界，虽然受了伤，但黄海却没有占到半丝便宜。

“你刚才用的就是‘道心种魔大法’的心法吗?”黄海神色凝重，有些惑然地问道，尔朱荣刚才的最后杀招的确邪异莫名，若非他的速度快，只怕此刻也已如脸上的那张面具一般变成了两半了。自这一点上，黄海也感受到尔朱荣的狡诈，那突然的杀招的确够狠够辣。

尔朱荣脸色也变了变，表情古怪地笑了笑，道：“你还真识货，既然你能说出它的名字，那我就让你见识一下吧!”

黄海突然笑了，笑得有些得意，更多了分几洒脱，半晌才道：“尔朱荣，你的眼睛出卖了你，就凭你，也想练成‘道心种魔大法’？虽然你刚才那一剑有些名堂，但就凭你这个样子想让我见识一下，大概还办不到!”

尔朱荣正被黄海说中了心事，心血浮涌之下，再也压制不了体内的伤势，“哇……”的一声，吐出一大堆鲜艳的血，他伤得的确太重，刚才最后使出的那一记杀招居然没有伤着黄海，这的确大大超出尔朱荣的意料之外，他自己反因未及时疗伤，又强催功力使得加上加伤，几乎没有再战之力，但这一切却没能逃过黄海的眼睛。

“尔朱荣，你只好认命了!”黄海有些可惜地道，失去一个真正的对手，会使人多一分孤独，尤其是已达到黄海这种境界之人，是以，他分外珍惜每一个对手，但是对于尔朱荣，他绝对不会手软。

尔朱荣再次接连呕出两大口鲜血，脸色变得有些苍白，目光之中有些落寞之意地问道："你真的一定要杀我？"

黄海感觉尔朱荣的话有些好笑，于是认真地点了点头，道："你必须死，这是命运！"

尔朱荣惨然一笑，抹去嘴角的血迹，阴狠地道："你会为你的这个决定而后悔的！"

黄海有些异样，似乎隐隐感觉到了一些什么，讶异地望了尔朱荣一眼，淡然自若地道："我黄海做事从不会后悔，即使错了也会让它继续错下去！"

尔朱荣不再说话，只是仰天吸了口气，喃喃自语道："那你就试试吧！"

黄海有些惊异，他在刹那之间似乎发现尔朱荣变成了另外一个人，一个无法揣度和看透的人。

"难道他还有什么绝招不成？"黄海心中忖道，凌能丽的手心却渗出了汗水。

剑，尔朱荣的剑，青幽而窄短。

尔朱荣竟用了剑，在刚才交手之时，尔朱荣根本就未曾用过它，此刻却自袖中滑出。

一剑在手，尔朱荣顿如崇山峻岭一般散发出一种凛冽的气势，只不过，这完全是一种死亡的气机。

天与地、人与自然似乎全都要在这股死亡的气势中毁灭。

凌能丽的心在发颤，她从来都没有这一刻如此深切地品味到死亡，那是一种实在而遥远的感觉，可是她清楚地感受到死亡脚步的逼近，这一切，只来自尔朱荣的剑——死亡之剑！

死亡的气息，浓如酒，黄海深深触动了一下鼻息，似乎是在嗅这浓浓的死亡之气，不香、不臭，这是一种不能用语言来阐述的气息，只是一种精神上的感觉。

从精神上死去，最先死的人，是尔朱荣。此刻的尔朱荣已经没有一丝生气，因为他已将自己的精神灵魂全都毁灭，只有以自身的死亡为代价，才能够驱动这死亡之剑而发出毁灭一切的力量。

传说中，天魔门有两大镇门之宝，一是《天魔册》，另外一件却是得自魔界的死亡之剑。数百年来，那几乎是人们淡忘的一个传说，因为从来都没有人见过死亡之剑，所有见过死亡之剑的人都已死去，而用过此剑的人也没有一个活着。这是一个传说，神秘的传说，但黄海曾听说过。不过，此刻的他并不在意对方的剑，而是在意尔朱荣的那种意境，死亡的意境。

“你手中的就是死亡之剑?”黄海有些惑然地问道。

尔朱荣没有任何表情，语调也变得生硬而怪异：“它将会同我在今日一起毁灭!”

黄海和凌能丽禁不住同时心头发凉，他们已听出了尔朱荣口中必死的决心。

“你想要与我同归于尽?”黄海冷然不屑地问道。

“看来你并不傻。我忘了告诉你天魔门中的三大神功是什么，在你死亡之前，我不妨告诉你一些。天魔门的三大神功，第一就是本门的无上宝典《天魔册》中的‘道心种魔大法’，第二就是古往今来只有三人练成的‘不归剑道’，第三就是‘天魔神舞’……”

“你所练的就是‘不归剑道’?”凌能丽骇然问道。

尔朱荣露出一个比哭还难看的笑容，似乎有些得意，漠然道：“我就是那三个练成‘不归剑道’的人之一，这是幸运，也是不幸。不过，从今以后，这个世间就再也不可能有人能使出‘不归剑道’了。而你们也是最后几个见识过‘不归剑道’的人，你们是不是感到荣幸?”

黄海的眸子中闪过一丝异芒，深深地吸了口气，有些冷然地道：“你太看得起自己了!”

尔朱荣丝毫不介意地笑了，但这种笑容，让人感到毛骨悚然，心中泛寒。

死亡之气越来越浓，而尔朱荣不再言语，脸上泛起一丝死灰色，同时短剑微扬。

短剑微扬，一抹淡淡的青灰之色在剑身泛起、流转，那透过树隙洒下的阳光似乎在刹那之间变得阴沉而森冷。

无风，飘飞的树叶也在瞬息间静止。整个林子，唯有一片死寂，了无生机的气息之中，黄海轻轻地吸了口气，目光之中竟多了几许怜悯之色，他终于明白了尔朱荣这一剑的含义。

短剑未出，但黄海的的确确明白了对方这一剑的含义——万念俱灭、万物皆亡的一剑，也就是所谓的“不归剑道”。

黄海没有丝毫惊异，他并没有惊异的必要，真正的高手，只有在最危险的时候才能准确地区别出来。因为，这些人修炼的不仅仅是招，更是修心。习武修心，天塌不惊，这才是高手的心，高手的定力。

凌能丽心头禁不住抽动起来，手心更渗出冷冷的汗液，她想退，可是双脚完全不听使唤，似乎被那股强大的压力给吸住了。

尔朱荣的剑缓缓抬起，平指黄海的眉头，也在此时，黄海的手中也多了一柄剑。其实，那并不能算是一柄剑，那只能算是一柄匕首，八寸长的匕首。

匕首呈银灰色，不知是何种铁质，但凌能丽感觉到一股博大而浩然的气息在这被死亡气息笼罩的林间滋生，犹如破土而出的新芽以极快的速度生长着。

凌能丽感觉到身上的压力大减，整个人也顿时轻松起来，此时不走，更待何时？她知道这两大高手的疯狂一击是难以想象的，蔡伤与石中天那一次交手，使得方圆二十丈毁于一旦，此刻，她只不过距黄海俩人数丈而已。如果双方真的交起手来，她可能会是池中之鱼受其殃及，所以，她飞退！足足退了三十丈，仍能够清晰地看到黄海与尔朱荣的情况，也能够听到那里的声音。

黄海轻笑了一声，悠然道：“我们将要完成的，是道宗与魔宗未完的剑道之决，也好在今日做一个了结。只可惜，今后将失去一个最好的对手，我又要增添几分寂寞了。”

尔朱荣冷哼道：“不会，你在今日之后，不可能还能感受到寂寞，因为我们一定会共赴黄泉，但天魔门的剑宗与道宗的恩怨并不会因此而终结。”

黄海笑了笑，有些讶然，舒了口气问道：“难道剑宗还有传人？”

尔朱荣露出一个神秘莫测的笑容，道："这是一个秘密，一个外人无法知道的秘密。不过，我可以告诉你——我，并不是你说的那个尔朱荣，而是他的孪生哥哥。但我也叫尔朱荣，因为我是他的影子，一个一模一样的影子。你所说的尔朱荣此刻仍在洛阳，所以，剑宗和道宗的恩怨并未完结。"

黄海这次真的有些意外，的的确确感到意外，尔朱荣就像是在说故事一般，同时他心中也立刻明白，刚才那并不是错觉，而是真实的。这也的确是一个秘密，黄海从来没有听说过尔朱荣会有一个影子兄长，在天下人的眼中，尔朱荣就是尔朱荣，可事实上尔朱荣是两个人。

黄海愣了半晌，才问道："但是'不归剑道'却只有你才会！"

"这是事实，任何想练成'不归剑道'之人，都不能够分心太多，所以处理国事的人不是我。而在剑宗有史以来，也只不过三人练成了'不归剑道'，除始祖外，就是当年与葛洪交手的高祖师。"尔朱荣不无得意地道。

黄海表情再次舒缓，他听说过当年葛洪祖师与魔尊交战的典故，只不过，他比外人知道得更清楚一些而已。因为他自己本是道宗的传人，属于葛洪一脉，葛洪与魔尊之战也被后人载入典籍之中。因此，黄海想起了葛洪当年的确提到过这样一种可怕的剑道，处于一种自毁的边缘。将所有的生命和精力凝于一点，暴射成超乎自然的毁灭力量，而这就是天魔门镇门二宝之一的"死亡之剑"里的秘密。

当年魔尊手中并无死亡之剑，是以，并未能将生命的精华和灵神凝于一点，而是散成暴雨，也正因为如此，葛洪在那一战之中活了下来。

葛洪也直言这一招可以将他化为飞灰，只要对方手握"死亡之剑"，这是无法抵挡的一剑。但这"死亡之剑"却只能用一次，它将在一切都被毁灭之时，自身也化为碎片飞灰，那是一种超脱自然、超越生命的魔功。因此才叫"不归剑道"。一旦使出就再无回头之路，也只有当练成"不归剑道"之人逼临绝境时，才会动用这剑出不归的杀招。

尔朱荣却选择了"不归剑道"，这也是他觉得让黄海应该后悔的筹码。

黄海这一刻变得十分轻松，轻松得让尔朱荣有些讶异和不解。"难道黄海真的一点也不在意自己的生死?”尔朱荣心中这么想着。

尔朱荣的“死亡之剑”开始嗡鸣，似乎是死亡的钟声已经敲响，但他发现那柄匕首已经到了黄海的右手。

匕首到了黄海的右手，左手出指，形如窄长而锋锐的利剑，带着如火舌般的芒尾，向尔朱荣逼至。

没有人分得清这究竟是剑抑或还是指，但有一点可以肯定，那就是黄海的这一击绝对可以要任何对手的命，包括尔朱荣。

尔朱荣不是一个坐以待毙之人。不过，尔朱荣却没有想到活，是以他出剑了。

剑出，天地暗!

阳光依旧，秋叶枯黄。无风、无意，一切都显得那般矛盾，有太阳却无光，有秋叶却无景，一切都是那般空洞。

这是死亡，一种另类的死亡，时间的死亡，空间的死亡，精神的死亡，灵魂的死亡，所死的全都是一些抽象不可理喻的东西。但这个宇宙、这个空间本就是一种抽象的组合，正因为如此，这一剑的死亡才会显得那般可怕和难以理解，但它又真真切切地存在着。

黄海的动作突然显得十分笨拙，十分迟缓，他击出的左手也似乎在这一刻中慢慢死亡，包括那窄长锋锐的“剑”，这是一种无可抗拒的突变，首先是来自精神上的。

尔朱荣的身形也跟着这一剑的击出而变形、扭曲，他正在将自己所有的生机和精神灵魂向这柄“死亡之剑”聚集、传送，当他化为飞灰之时，也就是“死亡之剑”毁灭一切的时候。

黄海的动作变缓，这是一种不由自主的过程，他并不想这样，但他无法摆脱那股传自“死亡之剑”上的魔力对他精神的束缚，可他仍然尽力推动着左手，这是黄门左手剑最厉害的杀招——暗云吞日!只不过此刻已经失去了那种震慑性的霸杀之气，但黄海脸上的表情依旧那般自信，那般自在，因为他仍有未动的银灰色短匕。

那是右手，一只从未真正出击过的右手，在他的左手不再前行之时，右手出!

江湖中人都知道“哑剑”黄海的左手剑已达到了极峰，更成为江湖排在第二位的绝世剑客。有人说，“黄门左手剑”是黄海师门所创，也有人说“黄门左手剑”是黄海自创，其理由是：黄海的师父并不姓黄，而天痴尊者似乎也没有传闻说他会“黄门左手剑”。因此，“黄门左手剑”是黄海所创是最为实在的说法，天下间能够将左手发挥到黄海这般境界的人，仍没有！

江湖中人并没有讨论过黄海的右手，因为黄海的右手绝对没有左手的名气大，人们说到黄海，就想到他的左手，想到剑，却没有一个人赞美黄海的右手剑法厉害。

的确，黄海的右手剑法的确不如左手，江湖中知道的人极多，但人们似乎忽略了一件事，一件极为重要的事。一个能够将左手剑法练得出神入化的人，他又岂会练不好右手？

黄海的右手出，并非是剑，而是匕首！没有任何力量可阻住他的右手出击，这是他的秘密，关于右手的秘密。只不过，此刻已经不用再以任何语言去渲染，不用再以任何感叹词去表示惊讶的程度，一切都是自自然然的。

尔朱荣那双已经有些扭曲的眼睛展现出一丝异样的惊骇——黄海的右手完全不受他剑中魔气所束，还击开了他布下的死亡之网。

远处的凌能丽也清楚地感应到这一切细微末节的变化，因为她发现自己并未能脱离那张无形的精神之网，此刻她的心情由忧转为喜。不过此刻，凌能丽更发现了一件让她惊喜莫名的事。

第一百八十四章　邪王之死

田新球居然在突然之间再次跃起，如一头凶猛巨大的老虎，那动作之猛之快连凌能丽也吃了一惊。

“轰!”田新球的双掌重重印在尔朱荣的命门穴上。

事出突然，而田新球的来势太快，尔朱荣根本就不及回救，也无从防备和相抗。

尔朱荣身子狂震，“死亡之剑”更发出巨大的嗡鸣之声，那死灰色的剑芒暴射。霎时，天光尽暗，犹如回到了黄昏。

黄海顿时只觉压力大增，右手的攻速也慢了下来，不由得大骇，心中暗叫不好，田新球的一击之力，反而被“死亡之剑”吸收，更增凶性，这下弄巧成拙。

尔朱荣露出一个狰狞无比的笑容。

“嘭……”田新球又再补数掌，那剑芒再盛，死亡之气更烈，远处的凌能丽似乎每一根神经都被封死，黄海也觉得自己的经脉在逐渐死去，他再也无法阻抗那超乎天地自然的魔气，“呀……”的一声狂号起来。

凌能丽骇异若死，也立刻明白究竟是怎么回事，眼前黄海与尔朱荣的距离近在咫尺，但却已经无法逾越，此刻黄海的狂号之声更是惊心动魄，但也使这林间那股奇异力量波动了一下，凌能丽终于可以发出声来。

“战龙，快抱住他!”凌能丽歇斯底里地大呼，自己几乎已近虚脱。

田新球一震，立时如一头野兽般张臂死命抱住尔朱荣的双臂，并张口向尔朱荣的“新识”穴上狂咬而下。

原来，田新球刚才并没有被击死，他的毒人之躯生命力之强完全不是以普通人的思维可以想象的，虽然他的五内几乎尽碎，但其韧性和超强的生命力却支持着他一时未死，体内的肌理也在迅速修复，他完全不会感觉到痛。在他听到眼前之人就是尔朱荣时，那生命里有个潜在的声音在呼喊道："这人就是你一生中最大的两个仇人之一，这人就是你一生中最大的两个仇人之一，你要杀了他，你要杀了他……"仇恨更激活了田新球疯狂的意志，他竟在短短的时间之中凝聚了强大的功力，此刻他的心里，只有一个目的，那就是杀死尔朱荣！但他却没有想到因为他的突袭，反而导致弄巧成拙的后果，这时经凌能丽提醒，立刻明白过来。毕竟，他仍然有着自己的思维，这就是毒人最具特色之处，所以，他不仅抱住了尔朱荣，更张嘴啃咬尔朱荣的新识穴。

新识乃经脉外部奇穴之一，在第三颈椎脊突下一寸半处，它可以控制人的后脑、项部、肩背。若非田新球乃是药道高手，深通医理，别人绝难找准这个穴位。一般情况下，所有的高手对位于经脉上的穴道都会有所了解，但对于经脉外部的奇穴却是并无所知了。

尔朱荣再一震，剑气一弱，顿如鬼魅一般凄号起来，身子一阵抽搐。

黄海岂会再错过机会？右手的匕首带起一溜电火，直逼向尔朱荣的心脏。

"叮……轰……"尔朱荣拼尽全力，将"死亡之剑"一移，正好斩在黄海的匕首上，奇事突然发生了。

天空之中倏然降下一团大若斗笠的雷火，似乎自异度空间中蹿出的鬼王，突然得让所有人都无法接受。

黄海飞退，以他最快的速度飞退，但是他最终还是没有快过那团雷火。

凌能丽只感到一阵炽热的热浪扑面，然后是一股无法抗拒的气流，只觉天在转、地在摇，她无可抗拒地被抛出十丈开外。

当凌能丽醒来之时，眼前的景象让她呆住了，她几乎不敢相信这就是她刚才立身之处。

没有淡黄的秋叶，没有半青半黄的小草，有的只是一截截焦炭般的木头在静立着，一根根焦枯的树枝，就像剥去衣衫赤身裸体露在风中的干枯老头。草木皆无，那雷火击下之处有一个坑，以那个坑为中心，方圆三十丈全都是一片焦土，没有一棵树木仍有半分生机，没有一根草茎仍有活力。

凌能丽发现了黄海，那淡黄色的衣衫也碎裂成块块破布，与她相隔不远，正在那焦土的边缘枯坐着，似乎是一堆腐朽的木头，凌能丽感到心下骇然。

“黄叔叔！”凌能丽唤了一声，试着撑起身子，却感觉到有些乏力，那雷火毁灭性的力量似乎也将她的五脏六腑全都损伤了。她有些不明白，那是自哪里喷下的雷火？此时的天空依然是那么明朗，刚才并没有乌云笼罩，虽然她知道那些绝世高手交手之时，总会有天人交感的现象出现，就如蔡伤与石中天交手，那晚突然电火交加，巨大的冰雹狂下，可是这雷火却来得有些莫名其妙。

世上的许多事情都不是以常理可以推断的，有些事情注定只会成为谜。正因为世上有太多人类所无法明了的谜，才使人类变得更有意义，不是枯躁乏味的，活着变得更有意义。

黄海没有应凌能丽的呼喊，仍是坐着一动也不动，直如一堆朽木。

凌能丽的心中升起一团阴影，一团无法解释的阴影，所幸她仍能够爬起来行走。

她没有看到田新球，也没有见到尔朱荣，但却看到了那约有四丈见方的大坑，坑中之土焦黑一片，无法想象那是被一股什么力量摧毁，但那的确非人力所能为的。

凌能丽两步只能做三步走，那焦土之外的树木全都已枯萎，树叶落得满地都是，她踩在树叶上极为小心地向黄海行去。

黄海的脸色有些焦黄，但却并不像那些树皮和地面一般。

“黄叔叔！”凌能丽轻轻地唤了一声，她想自己应该叫黄海为叔叔，因为蔡伤是她的义父。

黄海的眉梢轻轻动了一下，但却并没有睁开眼睛，也未曾开口说话。

凌能丽大喜，黄海并没有死，她自然大为欢喜，忙问道："黄叔叔，你没事吧？"

黄海深深吸了口气，低声道："没事，快扶我上山！"

凌能丽这才放下一颗心来，又问道："你的伤势要不要紧？"

黄海蓦地睁开眼来，凌能丽倒吓了一跳，她竟发现黄海的眼珠子是幽蓝色的，更射出森冷邪恶的光彩。

凌能丽骇然惊退数步，惊问道："黄叔叔，你的眼睛……"

黄海叹了口气道："我的精神已被邪魔所侵，我怕自己压制不了这种魔意，所以必须尽快上北台顶，让了愿大师和达摩相助我逼出魔灵！"

凌能丽大惊失色，喃喃自语道："怎么会这样呢？怎么会这样？"但她不敢再有丝毫的犹豫，本来准备去给哈不图解开穴道，可现在黄海的事不能有丝毫耽搁了。

黄海的身子冰凉，更在不停地颤抖，显然是他正在与入侵的魔灵相抗。

凌能丽也不知道事情怎会变成这样，以黄海的功力，居然被邪魔入侵……

北台顶之上，情况似乎有些不太对劲，凌能丽很敏感地感觉到，虽然此刻背上的黄海颤抖得越来越厉害，她的心思也越来越乱，但她仍感觉到北台顶那种不同寻常的气氛，并且，她还看到了几具尸体，这是她并不熟识之人的尸体，那就是说，北台顶之上，已经历了一场拼杀。

"究竟是什么人竟敢找上北台顶呢？那师父呢？这些人是不是师父所杀？"凌能丽的心中这样猜测着，不过，她的步子变得小心起来。

了愿大师和达摩诸人在忘情崖，这也是天痴尊者、烦难和佛陀联袂升天之处。

登上忘情崖的路并不好走，这也成了忘情崖的一大特色，忘情崖在叶斗峰北面。五台山由五座高峰组成，东台望海峰，南台锦绣峰，北台叶斗峰，西台挂月峰，中台翠岩峰。其中以北台顶叶斗峰为最高，峰顶最阔。

凌能丽在离忘情崖二十余丈之时，就已听到了兵刃交击之声，极为清晰，不由得放缓了步子。

“老贼魔，今日本公子定要为七老报仇！不宰了你，本公子不姓凌……叮叮……”在兵刃交击声、吆喝声中，凌能丽听到了这样一句话，这使她的心中涌起了一股无比的欢欣。

这分明是凌通的声音，凌能丽一听就知道，怎叫她不欢喜？只是她不知道凌通怎会找到北台顶来，不由得加快了脚步。

“小子，你少吹大气，凭你这三脚猫的功夫，也想与我作对？简直是不自量力！”当这个阴冷的声音传入凌能丽的耳朵之时，凌能丽眼前一亮。

凌能丽忍不住惊呼出声：“石中天！”

那说话之人竟然是独臂邪王石中天，而石中天身边的两仆却被一群高手围攻，那与石中天对阵的人正是凌通。不过，一起攻击石中天的，还有另外两名剑手和一名刀客。

那两名用剑之人赫然有剑痴在其中，只不过，攻击最为凶猛的仍是凌通。

凌能丽的惊呼自然也惊动了这些人。

“丽姐！”凌通一见对方是凌能丽，忍不住欢呼一声，但险些被石中天趁虚而入，击个措手不及。

几个月不见，凌通的功力似乎比以前高出了数倍，每一剑的气势如潮，风雷隐动。看得凌能丽暗暗称奇，不明白凌通的功力怎会进展得如此之快，那完全有些不合常理，但姐弟相见，其欢喜之情却非任何言语可以描述的。

“老贼魔还想顽抗？本少爷就早一点送你去见阎罗王好了！”凌通似乎极为恼怒，剑势再次一紧。

凌能丽心中大感不安，石中天的厉害她可是亲眼见过的，以凌通的武功又怎是他的对手？即使武功再提高几倍也无济于事，不过观看一阵后，凌能丽立时明白，石中天早已受伤，步法之间有些难以为继，根本就没有往昔那般自然而利落。

“是谁伤了石中天呢?”凌能丽有些惑然，她心中明白，这绝不是凌通所伤，而助凌通的那老者也不够资格，“难道是……”想到这里，凌能丽心中一急，忍不住呼道，“师父!”同时背着黄海就向忘情崖奔去，却并不理会凌通，因为她看出凌通应该还可以勉强撑下去。

“你们谁能够斩下那两个老妖怪的脑袋，赏银一万两!”凌通财大气粗地呼道，他这样杀得有些烦了，总想那边的人赶快干掉石中天的两仆，前来助他一把。

石中天的厉害的确让凌通吃惊，不过，他并不知道此刻的对手是石中天，其武功只不过发挥了四五成，若是未曾受伤之时，只怕此刻的凌通早就没有如此嚣张了。

石中天心中怒极，这小娃不知天高地厚地缠着他，的确很烦，不过，凌通也正是他所要对付的对象，就因为对方曾破坏过他的好事，破坏了他追杀萧衍，这才使他在南朝损失了大部分实力。而萧衍绝对不是一个简单的人，一旦他的身份暴露，就立刻对他存于南朝或明或暗的实力施以无情的打击。

萧衍也曾来自江湖，对于江湖人的一贯伎俩，他并不陌生。是以，此刻石中天在南朝竟很难容身，而凌通更是萧衍培养起来的另一股实力，对于任何可能成为他敌人的人，都绝不会手下留情。而此刻的石中天身负重伤，对萧衍的所作所为有些无可奈何，想到这里禁不住又再一次咒骂起田新球来。

原来，他在上北台顶的途中，与田新球已经战了一场，他自然不知道田新球已经成了毒人，更为蔡风所控制，还当田新球又反过去帮助尔朱荣了。石中天心中很不明白，为什么田新球似乎并不认识他，在他报出名字之时突然出手，只杀得他措手不及。若不是两大仆人同时出手，这次他肯定会栽到家了，说不定还会被田新球所杀。

田新球的武功提升之快，完全超出了石中天的想象之外，石中天的不灭金身在蔡伤那一役之中被破，虽仍有神功护体，但还是免不了受伤。

在石中天主仆三人的联手之下，最终使田新球重伤而逃，这也是为什么田新球与尔朱荣交手之前已经身受重伤的原因。

与尔朱荣交手之前，田新球其实是在抓紧时间疗伤，因此未能在尔朱荣制住凌能丽之前现身阻止，只是扔出几颗石子警告凌能丽，这也是凌能丽能听到石子击树声的原因。只是到了不得不现身之时，田新球方出手应战尔朱荣，完全顾不了全身的伤痛。

石中天与田新球的体质不同，他恢复伤势绝对没有田新球快。看来他是终日打雁，反被雁啄，没料到机缘巧合之下，蔡风以其人之道反治其人之身，使得他今日还要受一个小孩子的恶气。

剑痴杀得凶狠，似乎跟石中天有着深仇大恨一般。那边是十名随凌通前来保护他的南朝好手，紧围着黑心仆木耳和夜叉仆花杏缠斗，一时也是斗得难解难分，那两仆的武功也十分厉害，还杀了几名凌通同来的护卫，也就是凌能丽在路上见过的几具尸体。

凌能丽却心系五台老人，背着黄海直向忘情崖冲去。

石中天立刻认出了来者正是蔡风的红颜知己，且是上次欲擒却未得手的凌能丽，再见凌通也称她为丽姐，心头不由得大喜，不过他弄不明白凌通与凌能丽及蔡风之间的关系，他还当凌通是南朝中人。

至于凌能丽其人，石中天倒是十分熟悉，心道：“我只要擒下这女娃，今日就可控制全局，包括五台老人那老不死的。”

石中天今日前来，也就是为了擒下凌能丽，同时他还想去看看了愿大师对圣舍利究竟是否已经化开。此刻见凌能丽回来，似乎还背着一个重伤之人，且步子有些虚浮，想来是受了伤，这样擒拿起来定是极为容易。

凌通似乎也在刹那之间明白了石中天的恶毒用心，忍不住惊呼道：“丽姐，小心！”但是，他仍发觉迟了一些。

石中天的身法快绝，虽然功力大打折扣，可他所学之博之精，根本不是凌能丽所能比拟的，何况此刻的凌能丽不仅自身脉象混乱不堪，还背负着黄海那百多斤重的躯体，又心系五台老人，哪里还能抗拒？

凌通大惊，手中的屠魔宝剑如闪电般追至，石中天竟在他们的围攻之下仍能抽身而出击凌能丽，这份功底，是凌通无法相比的，但此刻凌通的功力却惊人至极，屠魔宝剑之上竟射出五尺多长的剑芒。

剑芒赤红，在凌通的惊怒之下吞吐不定，但石中天根本就不在意，因为他认定那剑芒不可能追赶得上他。

凌能丽大惊，玉手轻挥，似要挥开石中天的魔爪，但却心有余而力不足，眼见不可幸免地被石中天所抓，忍不住惊呼出声。

石中天大喜，但他的得意并没有太久，因为他看到了一双眼睛，一双比他更为邪恶的眼睛。

幽蓝幽蓝的眼珠，闪烁着一种如同魔鬼般邪恶无伦的光彩。

石中天的心似乎在刹那之间被毒蛇咬了一口，一阵抽搐，他从来都没有想过世上竟有这样一双可怕得不能用言语描述的眼睛。

其实，眼睛并不可怕，眼光也不可怕，幽蓝之色本是一种赏心悦目的色调，可是这双眼睛里所蕴藏的那股凶邪魔意，却是比任何可怕的毒物更可怕，那纯粹是一种精神和意识上的震撼。

正当石中天震撼之时，一柄锋锐无伦的剑自凌能丽的背上射出，带着无边的戾气和张狂魔意，以破天裂地的气势射向石中天。

石中天大骇，他看到了那一点幽蓝幽蓝的光彩，那是剑芒的核心。

石中天退，以他能够达到的最快速度飞退，这是他能够做到的也是必须做的一件事，因为他看清楚了那双眼睛的主人，正是那个曾与他出生入死的“哑剑”黄海。

他不明白黄海怎会拥有这样的一双眼睛，但他却知道，这柄剑并非真正的剑，而是黄海的身体，一个无坚不摧的身体。其实，那仍是一柄剑，世人无法想象的剑。

黄海的剑道，已经超出了石中天的想象，而且石中天也感觉到了黄海体内那股奔涌的邪魔之血。

凌能丽忍不住惊呼，她的背上一轻，也同样感觉到那疯狂的邪恶之意在她头顶掠过。

凌通大惊而呼，剑痴也在惊呼，他们皆是用剑之人，自然知道欣赏这一剑的艺术。不过，他们却无法抗拒那邪恶的剑意，除了凌通之外，所有人都骇然飞退两丈。

剑灭，如化在虚空的水气，唯有那张狂的邪恶之气仍弥漫于虚空之中。

“会主!”剑痴忍不住惊呼道。

凌通愣了一下，有些疑惑地望了静坐于地如木雕般的黄海一眼，有些惑然问道：“你就是我师父黄海?”

剑痴忙躬身行礼，凌通却并不下跪，他嗅到了黄海身上那张狂的魔意。

石中天静静地立着，脸上绽出一丝极为古怪的笑意，目光更如死灰般望着地上坐着的黄海，发出几个短促无力又显得十分得意的字：“你……也……会……入魔，哈……”

石中天想笑，但是在他张大嘴时，眉心处竟滑下一串血珠，自鼻尖到人中再到下巴，全都渗出了细密的血珠，笑声未尽，人已仰天而倒，溅起了一片地上的尘埃。

他死了，头脸分成了两部分，谁也没有想到一代邪王死时竟如此简单……

蔡风并不想对邯郸动用太多的武力，毕竟邯郸是元叶媚的家，也是元府所在地，不管元浩认不认蔡风这个女婿，他都是蔡风的岳父。因此，对于邯郸，蔡风只想劝其归降，如果劝降无法达成的话，说不定也只好攻城了，不过，他并不希望伤了这难缠的岳父。

蔡风更暗中自广灵接来了刘瑞平，这是两桩头大的婚事，由于两方的情况处于敌对，婚礼不能太过铺张，那只会对刘家制造更多的压力，让刘家无法立足于北朝。所以这次的婚礼举办得虽然极好，但只属于义军内部的高级将领。

婚礼由葛荣与齐皇后及王敏诸人主婚，同时，刘家也派来了刘傲松和刘承东，元家莅临的人物是高阳王和河间王及元叶媚的姨妈及姨夫田中光。

参加婚宴的人也达逾千，可算得上是盛大的婚礼，明媒正娶了。只不过，这样的婚礼对于蔡风如此身份的人来说，仍有些简陋。如蔡风这般身份之人办喜事，应该是满天下邀请宾客。

当然，这只是一个仪式，在蔡伤和胡秀玲及元定芳回归中土之时，必须再重新举行一举婚礼，那时候，将向满天下散发请柬，这是葛荣的主意，包括这次婚礼，也是葛荣的主意。在蔡风的心中，其实仍有一处轻伤，也可以说是一个结，一个让他烦恼和无奈的遗憾。不过，他爱元叶媚，也同样不会忘了对刘瑞平的责任，何况刘家和蔡伤的关系非比寻常，他终须给俩人一个名分。

蔡风是葛家军的一种精神支柱，葛家军的前期组合支柱是蔡伤与葛荣，因为前期多是各寨头绿林人物及附近的百姓，现在却不同了，现在拥有大军百万，需要的就是一个外在表现极强，且能臣服人心的表率。

蔡风，几乎成了百万义军的偶像，因此这次婚礼的气氛极为热烈。

不过，婚礼的第二天，葛荣就找来了蔡风，也就是昨天。

葛荣说的是一个极不好的消息，蔡风也见到了几个身份极为特殊的人，这就结束了蔡风的蜜月之乐。

万俟丑奴求援，向葛荣借助将领。

这的确有些荒谬，但葛荣却极为慎重以待，并不当这是一件荒谬的事，因为他本身就是一个极讲情义之人，所以他的朋友多，多得满天下都是。是以，万俟丑奴相信他，胡琛也相信他，这才出言借将。

这很意外，万俟丑奴前些日子才接收莫折念生的大部分义军，使自己的实力大增，可不到几个月时间，却向葛荣借将，的确有些不可思议。

蔡风没有因此而奇怪，因为他不是俗人，他有自己独特的思想，更因为信中所说的事实和那几个身份特殊来客的叙述。

万俟丑奴的武功被废，胡琛遭害，这说起来的确有些危言耸听，让人不敢相信这是事实。不过，蔡风和葛荣相信了，因为出手的人是叶虚、区阳、区金、区四杀。有这四大高手的联袂出击，没有多少事情是干不出来的，所以蔡风相信这几个来客所说的话和信内的内容全属事实。

域外联军的介入，使得义军形式有些异样，蔡风和葛荣所做的是同一个目的，尤其是蔡风，他要面对的是为万民请命，澄清天下，使千万百姓从水深火热之中解脱出来。如果域外联军的铁蹄踏足神州大地，他是第一个不允许的！何况，击杀区阳老魔是蔡风的首要责任，他必须作出一个决定。

葛荣和蔡风对万俟丑奴的信都很感动，那是一个人对另一个人最真诚的信任，同时也暗暗表示万俟丑奴要将领导权交给葛荣或葛荣所信任的人，那是一种知遇和知己的恩情。

更重要的是，葛荣知道万俟丑奴与他背负着同样的使命，不可避免地成了与魔门相斗的前锋，也是代表。所以，万俟丑奴才会选择向葛荣借将，而并没有将希望寄托于侯莫等义军首领身上。另外，也许是因为葛荣属下的确有着数不尽的将才之故吧。

那几个特殊人物都是胡琛和万俟丑奴的亲信，他们告之蔡风，胡琛之死，是因为救万俟丑奴，以自身为万俟丑奴挡了区阳要命的一指，这才重伤不治而亡。赫连恩也受了伤，万俟丑奴与叶虚、区金搏命之时，受了重伤而武功尽失。区金也身受重伤而退，那一战极为惨烈，而引起酷战的却是一本莫须有的《长生诀》。

也不知道区阳自哪里听到，说《长生诀》在万俟丑奴手中，便向万俟丑奴索借，但万俟丑奴说自己没有，于是双方一言不合，动起手来，后来被叶虚杀了数百兄弟冲出了重围。不过，与叶虚随行的所有高手全部击死，只剩区阳、区金、区四杀和叶虚逃走。

蔡风和葛荣更生出无尽感慨，他们禁不住对胡琛产生了一种无限敬意，这种人才是真正重朋友而轻生命之人，也难怪万俟丑奴死心塌地为胡琛办事。

葛荣最信任的人，就是蔡风、何五和游四，因此，对于这些机密事情，这几个人也知道，还有葛存远和葛悠义。但是葛荣只认为唯有蔡风才能担此重任，因为能够让万俟丑奴手下将领信服的人，必须是个有足够声望之人。何五和游四近来虽然声名不小，但却不足以让万俟丑奴的手下心服，一个不好，反会将那股义军弄得四分五裂，岂不是弄巧成拙？

葛荣其实也明白，万俟丑奴之意也是蔡风，唯有蔡风或葛荣自己方可胜任，但葛荣本人当然不能亲自前去，就只好派蔡风去了。

葛荣也有自己的打算，蔡风若能将那一路义军带好，将来东北与西北两路义军直击洛阳，那时北魏势必形如破竹。他相信蔡风的能力，更重要的还是要粉碎域外联军，也只有蔡风的才智方能完全控制好全局。其实，这是一个很沉重的包袱。

葛荣对自己部下的将领极为自信，在他的计划之中，此刻大局基本上已定，凭借官兵的力量根本就不足以动摇葛家军，为了更好地把握大局，西北高平这颗棋子，他一定要下得稳而准，这也是他不顾打扰蔡风蜜月之美，也要让之赶去高平之因。

蔡风也知道，葛家军此刻不用他压阵也照样可以稳住阵脚南征，所以他很放心地答应前去高平。

刘瑞平和元叶媚缠着蔡风一定要同去，但由于高平局势未定，带着二女可能会有些不方便，所以蔡风并不想带她们同去，只不过被刘瑞平和元叶媚纠缠不过，只好答应让她们一起去了。

今日，蔡风整装出发，并没有带太多的人马，三子、陈楚风及田福、田禄两兄弟所领的一千亲卫营。

“主人，主人……”木耳和夜叉花杏趁众人怔神之时，都骇然惊呼，飞身掠向石中天。

凌能丽一惊之后，忙扶起黄海，急问道：“黄叔叔，你没事吧？”

黄海没有睁开眼睛，但身上的魔气越来越浓。

“师父……师父……师太……”凌能丽大急，一把背起黄海就向忘情崖冲去。

“丽姐，丽姐……”“会主……凌姑娘……”凌通和剑痴被弄得莫名其妙，禁不住随后追去。那群护卫本想继续干掉木耳和夜叉花杏，但又怕凌通万一出了什么差错，那他们可担当不起，忙跟在后面追赶，眼睁睁望着木耳和夜叉花杏抱着石中天离去。

很快，凌能丽背着黄海掠到了忘情崖顶。

凌能丽突然降低声音，她竟发现了圣舍利，那儿有鸭蛋大小的晶石，就捧在达摩的手心。

达摩盘膝而坐，双手交叠，圣舍利便放于掌心，此刻的圣舍利闪耀着一层祥和的光芒。

了愿大师正拿着他花了近一个月方磨出的水晶棱镜，并不断地调整着数十面水晶镜面，保证所有透过镜面的光线全都汇于圣舍利上。

忘尘师太却与达摩相对而坐，以右手的食指隔空点在所有阳光会聚的那一点，她的指间泛出的是一缕青淡的紫气。

五台老人静坐在崖口，在凌能丽赶来之时睁开了眼睛。

“师父，这是怎么回事?”凌能丽惊问道，蓦地，又想到那日忘尘师太所描述的以佛光化舍利之说，不由忖道：“这难道就是以佛光化圣舍利?”不由得望了望头顶的太阳。

五台老人的眉头皱了皱，他感觉到了黄海身上那股浓烈的魔气。

“快放下他，他是谁?!”五台老人忙低叱道，声音压得极低，似是怕惊扰了达摩他们。

“师父，他是黄海黄叔叔，现在被邪灵侵体，快救救他!”凌能丽忙放下黄海，想走近五台老人，但却似乎受到一股无形的力道所阻。

“咦，这是怎么回事? ……”凌能丽正奇怪间，五台老人已到了她的身边。

“这是师太所设的‘逆转五行天罡’阵，快!让我看一下他怎么了。”五台老人一边说话一边伸手搭在全身仍不停颤抖的黄海身上，脸色顿变。

“怎么了师父?”凌能丽极为敏感地觉察到事情有些不妙。

“‘道心种魔大法’!”五台老人的脸色有些发青，同时飞快伸指封住黄海心口的数大要穴，更伸掌向黄海的顶门百会穴击落，左手大拇指以快捷无伦的手法重点对方玉枕、天柱、曲池、脑穴、窍阴、完骨、安眠、医明八大要穴，同时向凌能丽吩咐道："快去将我的金针拿来！"

凌能丽见五台老人每点一下，黄海便震一下，但整个人的颤抖也逐渐轻微了些，魔气依然十分浓烈，但却并不再狂涨，只是她不明白，黄海怎会变成这样，她亲耳听到尔朱荣提到"道心种魔大法"乃是魔门第一奇功，怎会在黄海身上出现呢？难道是……凌能丽来不及细想，就立即转身向住处奔去。

"丽姐！"此时凌通刚好赶到。

"别问，有急事，跟我来！"凌能丽不想作太多的解释，一边跑一边道。

"凌姑娘，会主呢？"剑痴急声问道。

"守住路口，不准任何人上山！"凌能丽向剑痴吩咐道，却并未答话。

剑痴本来满腹狐疑，但此刻只好强压下疑问，不过他相信凌能丽绝对不会对黄海不利，只好乖乖地守在路口处。

"你们全给我守在这里，不准任何人上山，知道吗？"凌通也不知道是怎么回事，只好如闷葫芦般跟在凌能丽身后跑，同时向那些跟屁虫似的护卫吩咐道。

那群护卫不敢不听，只好伴着剑痴诸人呆守在崖口处。

凌能丽拿了金针就向外跑，凌通似乎有些明白过来，心中也大急，这金针是用来替人治疗伤病所用，那就是说很可能是黄海受了重伤，或是出了什么毛病。

凌通并不认识黄海的真面目，只见过黄海戴着面具的样子，今日陡见黄海的真面目，一时竟不敢相认，而且黄海满身魔意，与初见之时那种超然的气势有着极大的反差，何况凌通今日是来找凌能丽的，见了姐姐，其他的一切自然全都不怎么在意，此刻方知为黄海着急了。

"丽姐，师父怎么了？"凌通疾呼道。

"姑奶奶，你没事就好了！"凌能丽跑出竹屋迎面便遇到了被制住穴道的哈不图。

凌能丽一惊，问道："你怎么解开穴道的？"

哈不图搔搔后腮，有些不好意思地道："是个穿蓝袍的老和尚，不！

是个老喇嘛给我解开的。”

“到底是和尚还是喇嘛？这么大一个人，和尚和喇嘛也分不清？”凌能丽没好气地低骂道，也不再答理哈不图，径直向崖顶行去。

哈不图愕然之际，凌通也如飞鸟一般在他眼前恍过，不由得吃了一惊，但心里还在反驳凌能丽刚才的话，忖道：“你能分得出来吗？哪有穿蓝袍的和尚或是喇嘛？”

凌能丽赶到崖口，大惊失色，剑痴诸人东倒西歪地躺了一地，包括那些凌通的护卫，崖口一片凌乱，似乎被暴风拔起的禾苗一般。

剑痴的剑拔出了一半，但另一半却在鞘中，显然是他们根本来不及出手就被对方制住。

凌能丽和凌通心中骇然：“究竟是什么人，出手竟如此快捷呢？”

不过，剑痴诸人未死，只是被制住了穴道而已，并无大碍。

“是谁干的？”凌通惊问道，凌能丽却向达摩等人所在的地方跑去。

“是一个穿蓝袍的和尚，不，是喇嘛！”剑痴有些无奈地道。

正奔向崖顶的凌能丽听了这话，忍不住吃了一惊，暗忖道：“怎么又是穿蓝袍的喇嘛？究竟是何方神圣？”

凌能丽冲上崖顶，一切似乎都没有太大的变化，只是多了一个身穿宽大蓝袍、头戴蓝冠的人，看那顶头冠，应该是个喇嘛。

“难道这人就是他们所说的喇嘛？怎会有穿蓝袍的喇嘛呢？”凌能丽心中暗暗感到惊讶。

“师父，金针拿来了！”凌能丽绕过蓝袍怪人，来到五台老人的身边。

五台老人的左手仍旧按在黄海的百会穴上，只是目光却落在蓝袍怪人身上，右手接过凌能丽的金针。

凌能丽也顺着五台老人的目光望去，只见那蓝袍怪人相貌极为清奇，眉长过耳，洁白如银，却无须无发，那蓝冠盖于头顶，样子极为怪异，不过，这人的年龄极大那是可以看出来的。

黄海身上的魔意很浓，凌能丽竟似又感觉到了“死亡之剑”的存在，那种魔意，就像“死亡之剑”上所散发出来的死气。

五台老人没有说话，只是闪身带着凌能丽向崖边移了移，那是一堆乱石之中，也是达摩、了愿大师和忘尘师太三人的行功之处。

五台老人再不管蓝袍怪人，拿起金针，以快捷而纯熟的手法，自黄海的极泉穴扎至少冲穴，一口气扎遍手少阴心经，再转自天池天泉，直至中突穴，将手厥阴心包经扎遍。取穴之准确，针法之纯熟，无以复加，或直刺、或斜刺、或点刺，深浅度控制极准，最后落针于百会穴和百虫窝，但针却不拔出来。

五台老人扎罢才长长地吁了一口气，松开黄海头顶上的手。

黄海身上迅速散出一股灰色的气雾，气雾之中带着浓浓的焦味，极为刺鼻。

凌能丽吃了一惊，奇问道："师父，这是怎么回事?"

五台老人似乎忘了还有一个蓝袍怪人立在旁边，问道："你告诉为师，到底发生了什么事?"

凌能丽正要将林间所发生的一切细细叙述时，凌通却已带着剑痴冲了上来，他们同样是一眼便看到了蓝袍怪人。

蓝袍怪人似乎有所察觉，那深不可测的目光却巡回在凌能丽身前那一堆杂乱的石头上。

"就是他!"剑痴一指蓝袍怪人道。

第一百八十五章　散魔大法

凌通眉头一皱，纵身来到蓝袍怪人的身前，此刻的凌通已是虎背熊腰，身材魁梧，可是站在蓝袍怪人身前，仍旧矮了一个头，而且更有一种感觉是来自精神上的。

“你是什么人？为何擅闯禁地？”凌通叱道，同时身上也散发出一股凛冽的杀气。

五台老人吃了一惊，他似乎估不到凌通如此小的年纪，竟有如此快的身法和这么浓重的杀气。

蓝袍怪人眉头掀动了一下，淡淡地望了凌通一眼，似乎有些意外。

凌通心中一颤，他看到了蓝袍怪人的眼睛，便如天山雪池之水一般清澈而深邃，更透射着无穷的活力和智慧，似乎可以在一刹那之间看透凌通内心的一切。

凌通看到了夜空，那晴朗的夜空，湛蓝湛蓝的，几点璀璨的星光，几片乳白色的云环绕在皎洁的月亮周围，静谧、恬静、深邃而不可揣测，更让人有一种明悟，一丝崇慕向往……而这一切的一切尽数包含在眼前这个蓝袍怪人的眸子里。

那不是一双特别大的眼睛，却是一双十分特殊的眼睛，但凌通并没有退缩……

凌通没有回避蓝袍怪人的双眸，虽然他的心战栗了一下，这也是蓝袍怪人惊讶的原因之一，惊讶的另一个原因，却是凌通竟如此年轻。

“你问我？”蓝袍怪人的汉语有些生硬，淡淡地、平缓而又有些明知故问地问道。

凌通也觉得眼前之人有些意思，不过心中却多了一丝恼怒，沉声嘲弄道：“不，我是在问人，你是吗？”

蓝袍怪人淡然一笑，也不以为意，他也听出了凌通是在绕弯子骂他不是人。

“小孩子的嘴巴真厉害，这是你规定的禁地吗？”蓝袍怪人笑了笑道。

“不错，所以你必须迅速离开这个地方，否则别怪我欺负你年纪大！”凌通厉声道。

剑痴和凌能丽不由得大感好笑，但他们也想看看蓝袍怪人究竟是什么身份。

“他是我弟弟。”凌能丽向五台老人轻声道。

五台老人并没有什么表情，只是淡然道：“他不是那人的对手！”

凌能丽望了望蓝袍怪人，除了那身衣服和眼睛之外，倒没有什么特别之处，也不见任何气势，但她深信五台老人不会骗她。

蓝袍怪人笑问道：“小小年纪，嗯，前途无量，你师父是谁？可以告诉我吗？”

凌通大怒，这人如此语调，完全是将他当成一个小娃娃，根本没有把他放在眼里，不由没好气地道：“我师父就是你师爷！”

蓝袍怪人摇了摇头，坦然地笑了笑，并不怪凌通出言相顶，反而大步向凌能丽所在的阵势中行去。

凌通大怒，剑如苍龙，疾射而出，一出剑就是得自黄海剑谱上的剑招。

凌能丽和剑痴禁不住大感惊叹，五台老人的眸子中也闪过一丝讶异之色，凌通的屠魔宝剑所过的弧迹的确精妙绝伦，他已经掌握了剑道的精髓，意随心发，剑随意走。是以，这一剑的确有些看头。

凌通的功力似乎远远超出了他这个年龄的限制，就连五台老人也感到有些意外，凌通功力精纯之处，竟不比他逊色多少。这是他的感觉，凌能丽也看出来了，心中暗忖道：“难道通通这几个月又有什么奇遇不成？”

蓝袍怪人本不想理会凌通，但也为凌通的功力吃了一惊，赞道：“好功力，好小孩！”同时之间轻拂衣袖，如一抹蓝云掩过。

凌通只觉自己的剑似乎陷入了一块泥沼之中，完全无法着力，那奔涌的气旋如泥牛大海，化于无形，禁不住骇然飞退。

凌通一退，蓝袍怪人指着达摩手心的圣舍利对五台老人淡然问道：“那可就是舍利子？”

五台老人并没有否认，冷冷地问道：“你究竟是什么人？是为圣舍利而来的吗？”

蓝袍怪人一怔，惊叹了一声，道：“我乃西域蓝日法王，倒不是专程为舍利子而来，也未听说过中土竟有如此大的一颗舍利子，真是奇迹！”

五台老人愣了一下，淡然道：“原来是西域来客，但今日本人不能待客，如有礼数不周之处，还请多多包涵。”

“哦，你就是那个什么吐蕃国的蓝日法王吗？你手下还有什么五尊者，可对？”凌能丽一惊，立身而起，惊问道。她在葛家庄之时，曾听人提起过蓝日法王这个人，说是什么西域神话。

葛家庄中人对蓝日法王并不陌生，在假蔡念伤桑于的口中便曾经提到过蓝日法王和华轮大喇嘛，最后还是蔡伤才解开这个结，那桑于竟是蓝日法王的弟子。因此，葛家庄中人对蓝日法王的了解极多，游四还专门对华轮和蓝日及域外的高手再进行了一次调查，所以凌能丽一听对方是蓝日法王，立刻想了起来。

“哦，姑娘认识他们吗？”蓝日法王讶然问道。

凌通本想再攻，但听凌能丽如此一说，只好持剑呆立，心中却是老大不服气。

“谁认识他们，你们还到中原来干什么？莫非又有什么阴谋不成？”凌能丽没好气地问道。

蓝日法王遭到凌能丽这一阵抢白并没有生气，反而悠然一笑道：“我此次前来中原，只是想与中土的绝世高人切磋武学，并不是来进行什么阴谋的。蓝日早已看破名利与红尘，唯一无法摒弃的就是对武道的追求，闻说今日中原绝世高手辈出，是以凡心再动，姑娘认为有何不妥吗？”

凌能丽一呆，但的确没有什么好反驳的。

“今日，你上得北台顶，真的不是为圣舍利而来吗？”五台老人冷然问道。

“我又何必为它而动心？虽然这么大的一颗圣舍利世所罕见，但这乃是中土佛法的产物，乃佛之结晶，如我要夺它，那我九十余年修来的苦禅何用？舍利子，西域也有，不值得为之而动。”蓝日法王平静地道。

“那你前来北台顶所为何事？”五台老人冷然问道。

蓝日法王淡淡地指了指黄海道：“我跟了这位施主六天，直至今日才追上，因此我便来了这里。”

凌能丽和凌通及五台老人全都为之愕然，同声问道：“你跟踪他六天？”

“不错，这位施主叫黄海，可有错？”蓝日法王反问道。

凌能丽点了点头，道：“正是。”

“那我要找的人就没有错，华轮初回西域便来找我，谈到中土的人物，就说过道家有黄海，佛家有蔡伤，而他就是败在黄海和蔡伤的手中，本以为今生已经没有值得我去挑战和做我对手的人，但华轮却说，他与黄海未曾交手，就已先败，与蔡伤交手，一掌见输赢，这才让我寂寞了四十年的心再一次活跃。所以，我来到了中原。”蓝日法王似乎是在讲着一个故事，十分投入，也带着一种欢欣的语调，似乎是为找到了对手而感到欢慰。

凌能丽自然听说过华轮，但却没有想到华轮也曾到过中原，而且分别与蔡伤、黄海比试过，不由得有些讶异。此刻听蓝日法王述说，华轮与黄海之战，不战而败，与蔡伤之战，一招见胜负，心中禁不住神往至极。

“我找了他们俩人一个多月，后来方知蔡伤潜隐海外，真让蓝日惊羡。脱离世俗，远去海外，看来蔡伤真的是个高人没错。在人世间找到一个真正的对手的确很难，直到六天前，我才发现了黄海的踪迹。只是，他一直都不愿与我相见，时时回避，他早就感到我的心意，是以才会回避于我。蓝日一追就是六天，今日终于让我找到了。”顿了顿，蓝日法王又接道：“黄施主的确没让我失望，在这六天之中，我们可算是平手，他没有甩掉我，我也没能追上他。如此对手，天下已经不多，我岂能错过？”

"不过，你可能会失望的！"五台老人有些无可奈何地道。

"施主此话是何意思？"蓝日法王淡然问道。

"因为我正在将他的功力释放出来！"五台老人涩然道。

"什么？"不仅蓝日法王吃惊，就连凌能丽和凌通也大惊失色地问道。

"师父，怎会这样？"凌能丽惊问道。

"师父！""会主！"凌通和剑痴大惊地向黄海扑去。

"啪啪……"凌通和剑痴俩人似乎撞到了一堵无形的气墙般倒跌而出，俩人不由得吃了一惊。

"好厉害的阵法，中土果然藏龙卧虎！"蓝日法王赞道，不过他的脸色有些难看。

"丽姐！"凌通惊呼着向凌能丽扑去。

"我必须让他的功力全部释放，因为他已经在入魔的边缘，如果不这样做的话，没有任何东西可以让潜进他体内的魔性不侵入心脏，到那时，他就只能永远沦为魔道而无法翻身。唯一驱除魔性之法，就是让他的功力排出体外，这样魔性也会随着他功力的失去而消散。"五台老人吸了口气，解释道。

"怎会这样？会主身具的道心已入化境，怎会入魔？"剑痴不敢相信地反问道。

众人的目光全都落在被死灰色的烟雾所缭绕的黄海身上，心中皆生出一种怪异之感。

"正因为他的道心已入化境，这才是最危险的。如果不这样的话，他将会是第二个被植入魔种之人，这就是'道心种魔大法'的另外一个秘密，道基越深，其魔毒越深。数百年前，大侠于影道基之深也同样入了化境，终被邪魔所侵，致使其成为一代魔王，无人能制。今日的黄海同样会步于影的后尘，因此，我必须废去他的功力，还其一个空灵之体。至于以后，就要看他的机缘如何了，如果机缘巧至，他还会恢复功力。"五台老人无可奈何地道。

蓝日法王也为之色变，他自然听说过于影的传说，因为当年的冰堡就建在昆仑山一带，紫金双剑更出自昆仑，后来两柄神剑俱毁，也酿就了一个传说，什么南海于影之谈也渐渐被人们所淡忘。蓝日法王乃域外高人，域外自然还留传着一个关于阴山的传说，所以蓝日法王听到五台老人说起这么一段典故，也深明“道心种魔大法”的性质和可怕。同时，也为这次白跑一趟中原而感到有些失望。

凌能丽和凌通可对那什么于影、冰堡之类的一点也不知情，是以也没想到怎么严重。

“于影又是什么人?”凌能丽有些不解地问道。

“那曾是道宗的一个奇才，居于南海，后来与他同一个时代的门派全都演化成各种形式，有的没落，有的兴起。现在，江湖中再也不存在那时候的门派。不过，天魔门和域外的邪宗全都是那时候的魔界残余力量所演化出来的，你也不必了解得太过清楚。”五台老人似乎并不想对于影的事情提得太多。

蓝日法王仰天一叹：“天下之大，寻一对手竟如此之难，生命寂寞矣。”旋即一顿，目光再次投向黄海。

五台老人和凌能丽俱是一怔，蓝日法王的目光亮得有些惊人，就像是暗夜里的皓月。

“多一个魔王，将会多一个对手，又有何不好? 蓝日正想尝试一下魔道的最高境界为何种境界!”蓝日法王突然之间似乎作出了一个重大的决定，沉声道。

凌能丽和五台老人同时吃了一惊，那边忙碌的了愿大师和达摩三人似乎根本就不曾感觉到外界所发生的事一般，全身心地去做他们认为应该做的事情。

蓝日法王大步向阵势之中行去，刚才他在阵外极为仔细地观察了阵势的布局，而五台老人和凌能丽入阵他也清楚地见到，以他的绝世智慧，几乎已经将阵势的格局看出了个大概。

五台老人大惊，见蓝日法王在阵外拨弄了两下，竟然向阵中跨进了一步，显然已基本掌握了阵法的玄奥。

五台老人挺身而起，冷冷地道：“你不觉得这样做是在逆天而行，为了一己之私而可能迫害天下苍生吗?”

蓝日法王只觉得五台老人一站身，就有一股剑意向他逼来，不由得刮目相看，但仍不疾不徐地道：“天意为何？谁又能说清楚，也许你这样做乃是违天而行，让他入魔才是苍天之本意。”

“你若再往前行，老夫只好不客气了！”五台老人冷杀地道，眸子之中闪过一丝怒意。

“如果真是如此，蓝日也不会孤独四十余年，自四十五年前与不拜天交手之后，我已再没有出手过，只可惜不拜天已息隐阴山之背，当年一败竟无法得报，今天我岂能再错过一个对手?”蓝日法王傲然道。

凌能丽和五台老人及剑痴诸人全都吃了一惊，谁也没有想到四十余年前蓝日法王曾与不拜天交过手，蓝日法王能与不拜天交手而不死，看来其武功之高实难估计。

五台老人立刻想起烦难曾说过：“不拜天的武功绝对不只于此，若不是他故意相让，就是身患隐伤，否则我也不可能胜得了不拜天。”五台老人暗忖道：“难道不拜天当年真的有隐伤在身？而这让不拜天留下隐伤之人也许就是蓝日，这很有可能!”

蓝日法王正要再次拨开石头，五台老人已经出阵。

出阵一剑，无始无终，如轻风，如闲云，更如惊鸿划过，一道淡淡的光影掠过。

蓝日法王也退了，不知是在何时退的，但他的确退了，那道光影自他的眉梢带过，夹杂着一丝柔风，又如点点细雨，有种说不出的优雅和轻松。

五台老人收剑静立，与蓝日法王对视。

剑未见，如出现时一样，是一个谜。不过，每一个人都感到了剑的存在，那就是五台老人本身。

“好剑！好剑!”蓝日法王的眸子之中闪过一丝喜悦和赞赏之意。

“你的身法更好，功夫更妙!”五台老人的语调极为平和，有些轻灵之感。

“我已经数十年未见过这般轻灵巧妙无伦的剑势，如云雾中隐现的大山一角，又如万花丛中的半角青石，实难想象这剑却是自你的手中使出。”蓝日法王由衷地道。

五台老人并不为之感到高兴，反而更为冷静，道：“如果你一定要找个对手的话，老夫虽然不才，相信陪你玩几招还是不成问题的。”

凌通和凌能丽的眸子里闪过异样的光彩，刚才五台老人那一剑虽然如同羚羊挂角无迹可寻，但他们为能目睹如此剑势而欢欣，也似乎让他们从中得到一丝丝明悟，也对五台老人的剑道起了一丝崇慕之心。

蓝日法王依然有些感伤地道：“你的剑术虽然不俗，但却并不是我要找的对手，如果你可以作为我的对手，那我也不会寂寞四十余载了！”

五台老人的神色并未变，凌通和凌能丽的脸色却变了，剑痴也为之不屑。

剑痴对剑道极为痴迷，但其资质却非绝佳，又因所学太杂，年轻之时太过任性，而无法达到绝世高手之列，但他却可以看出五台老人的剑道修为实已入化境，他不相信蓝日的武功会比五台老人高明多少。

“但任何人想要破阵，就先要自我剑下闯过！”五台老人的语意极为坚决。

蓝日法王的目光再次扫了一下在浓雾之中若隐若现的黄海一眼，冷然道：“那本法王只好不客气了。”

五台老人脚下迅速向前跨了小半步，在蓝日法王乍动之时再次出剑。

其实，五台老人自身就是一柄绝佳的剑，剑与剑相合、相融，几乎达到了完美之境。

杀意、剑气、光影之中，一抹虚幻的蓝影似乎比太阳更抢眼，更让人心惊。

蓝影吞没了那闪过的亮光，也吞没了凌通和凌能丽的视线，更吞没了这块不大的天地里的阳光。

蓝色，如一汪湖水，片片水藻轻浮于其中，生机勃发于其中，两个人全都虚幻，化成一抹残霞。

凌能丽和凌通及剑痴也不知是在何时惊醒，不过，惊醒他们的是剑——断剑！

断剑，是五台老人的，窄长而锐利，青幽的光泽如湖水中一条鲫鱼微露的背脊。

剑身分为两截，剑都落在五台老人的脚跟前，而剑柄，在五台老人的手中。

五台老人静立着，如秋风中的高粱，显得有些消瘦，凌能丽似乎还是第一次发现五台老人很瘦，在他那微曲的背上似乎又多添了一些重物，腰更为曲了，那宽大的衫袍在风中轻晃着，他的确显得有些老了。

的确，他老了，五台老人老了，凌能丽从没有这一刻如此清晰地感觉到五台老人的衰老。

蓝日法王的目光之中有一丝怜惜，也有一丝得意，同样也多了一丝内疚。同样是老人，他不该如此去摧毁对方的自信。

五台老人突然之间将腰背一挺，嘴角渗出一缕血丝，他伸过衣袖轻拭之后，仰天吸了口气，目光变得更为坚定和冷漠。

众人又吃了一惊，所有人都感到了五台老人的复活，却没有人知道这是为什么。

“如果你想拿天下苍生做赌注的话，那你必须自我的尸体上踏过去！”五台老人的话便如冰块击打芭蕉叶，铿锵之中，更带着一股凛然正气，也显出其无比坚决和坚定的信念。

凌通和凌能丽及剑痴的心中顿时涌起一股强烈的敬意，也明白是什么让五台老人复活，那是正义，浩然正气！

“师父！”凌能丽也冲出了阵外，凌通跃步与五台老人并肩，与凌能丽一左一右，无畏地望着蓝日法王，心中更涌起了无尽的斗志。

蓝日法王心中也为之一震，但四十年的寂寞早已使他的思想走入了偏激，为了能让自己不再寂寞，他已经不再在意其他。

“既然你们执意要阻，那本法王也只好依你们所说了！”说完蓝日法王缓缓抬起手掌，空气突然之间似乎变得无比干燥，让人觉得自己似乎置身于火炉之中。

“你们走开！”五台老人向凌通和凌能丽叱道，说话之间，竟咳嗽起来。

“你的手阳三焦经和手太阴肺经已有所损伤，如果不及时疗伤的话，只会使你咳血而亡，这一点相信你也有自知之明。”蓝日法王淡淡地吸了口气，有些无可奈何地道。

五台老人惨然一笑，道：“求道有二，一是为道护道，二是得道。无法得道，为道而亡，此生亦无憾！”

蓝日法王望着这个倔犟的老者，心中生出一丝敬意，但却并不影响他的决定。

“师父，你去疗伤，让徒儿来对付他！”凌能丽有些义愤填膺地道。

五台老人听着凌能丽这有些傻气的话，心中一阵感慨，露出一丝慈和的笑容，道：“为师也活了七十一个春秋，这条命已经不值得留恋了，如今的江湖与天下，是属于你们的，你们的前途也是无可限量的，不必跟为师一起白搭了性命。你去将今日之事告诉少主，以少主的睿智，相信会做得让我瞑目九泉的。”说话的同时，五台老人伸出那双有些干瘦的手轻抚着凌能丽的秀发和凌通的头，目光却并未离开蓝日法王的面门。

凌通和凌能丽忍不住全都握紧了拳头，也都倔犟地道：“不，今日我们绝对不走！”

“来吧！”凌能丽的手中也多了一柄剑。

剑有两柄。一柄是凌能丽的，一柄却是凌通的，两柄剑全都指向蓝日法王，反而将五台老人夹在中间，战意奔涌，凌通的剑锋之上更隐现出一抹幽暗的剑芒。

蓝日法王心中多了几许赞赏，同时也起了一丝爱才之心，凌通和凌能丽都是那么倔犟，小小年纪竟有如此高的修为，俨然是一个年轻高手，只要有名师悉心教导，将来的成就之高应不会在自己之下。

蓝日法王未曾出手，凌能丽和凌通却已抢先出手，两柄剑，洒起漫天花朵，斑斑点点，稀稀落落，但却有着难以述说的协调和优雅，更有着无与伦比的默契。这两剑，几乎封死了蓝日法王进退的所有角度。

蓝日法王暗赞一声好，身子就被吞没在这点点斑斑的光雨剑花中。

五台老人的眸子之中泛起几乎无可奈何的凄凉，他也出手了，他出手的时候，正是那抹蓝色的影子自那斑斑点点的剑花中升起之时。

凌能丽和凌通的身子几乎不由自主地被甩了出去，他们甚至弄不清楚蓝日法王是如何出手的，这也许有些残酷。

“轰轰！”两声巨大的爆响，蓝日法王在甩出凌通和凌能丽之后，避无可避地挡了五台老人两击。

蓝日法王退了两步，在地上踩出两个深深的脚印，而五台老人却张嘴喷出一大口鲜血，身子竟退入了阵中，胸衣染红，盘膝萎坐于地，咳着鲜血。

“师父！”凌能丽挣扎着要站起身形，但却无能为力，他们的穴道已被蓝日法王所制。

剑痴一声怒号，他即使明知不是蓝日法王的对手，也不能再袖手旁观了。是以，他出剑，只可惜，他的功力与蓝日法王相差太远，在他的剑尖距蓝日法王一寸之时，蓝日法王的脚已经印在他的胸口上，于是他不由自主地飞了出去。

剑痴没有死，但却呕出了一大口鲜血，蓝日法王并没有打算要对方的命，其实他并不是很喜欢手沾血腥，四十多年来更未曾动手杀过一个人。

哈不图本是站在崖口看着那些穴道仍未解开的护卫，听到惊呼，忍不住跑了上来，上得崖顶，不由呆住了。

“怎么会这样？他们都是我的朋友！”哈不图有些茫然不知所措地望着蓝日法王，又望了望凌能丽和五台老人，喃喃自语道。

蓝日法王伸指一弹，哈不图只觉胸前一麻，也不由自主地软倒于地。

“你也先歇歇吧！”蓝日法王有些歉意地道，同时大步向阵中跨去。

“蓝日，枉你研习佛法数十载，却不去普度众生，反而来造魔害世！难道你不觉得惭愧吗？”凌能丽忍不住骂道，只可惜，阵中的达摩、忘尘师太、黄海及了愿大师对外界毫无知觉。

达摩和忘尘师太的额角都渗出了豆大的汗珠，了愿大师一刻也不停地调整着水晶，额头也滴下了汗珠，显然事情似乎已到了紧要关头。黄海却显得极为安详，被雾气笼照，若隐若现。凌能丽知道，如果拔出了他百会穴和百虫窝的两枚金针，那黄海唯有坠入魔道。也就是说，黄海的功力也会迅速恢复，成为有史以来第二个由道入魔的人，也将成为魔中之魔的魔王。

蓝日法王跨出第二步，他发现了五台老人再一次撑起了上身，并颤巍巍地立了起来，神形显得极为凄惨。

蓝日法王禁不住心中暗骇，他体内气息的波动也在此时才得以平复，目光有些诧异地望着五台老人。

五台老人再次伸出衣袖擦去嘴角的血迹，冷冷地望着蓝日法王，轻轻地咳了几声，森然道："我说过，唯有自我的尸体上走过，你才能够去做这有逆天意之事！"说话之间，五台老人再次跨出阵外，与蓝日法王对峙。

蓝日法王的心中也不知究竟是一种什么滋味，禁不住深深望了五台老人一眼。

"出招吧，你不必有所顾忌，我永远都是你的阻碍！"五台老人的声音居然显得十分冷静，同时也咳了几声，左手反捏出一个剑诀。但在蓝日法王的眼中，那根本就不是什么剑诀，因为五台老人已是强弩之末。

"中华武源，源远流长，神州大地，人才辈出！阁下何必如此呢?"一声苍老的声音划破虚空，飘入众人的耳鼓。

蓝日法王一震，凌能丽也为之一震，却见一老一少如云烟般掠至。

蓝日法王感到一股强大而霸烈的气势已如暴风骤雨般将他笼罩。

五台老人的眸子之中闪过一丝异彩，有些诧异而又虚弱地道了声："叔孙怒雷！"

来者正是叔孙怒雷和叔孙凤，他们赶到恒山，但恒山上的几位师太却说忘尘师太去了北台顶，于是他们又抽身赶至北台顶，却没想到竟碰上了这样一出戏。

“师父!”叔孙凤一眼就发现忘尘师太，忍不住惊呼出声，同时飞速闪身向阵中步入。

“姑娘请留步，令师可是忘尘师太?”五台老人又咳出了一小口鲜血，挡住叔孙凤问道。

“不错!”叔孙凤回应道。

“令师正处于行功的紧要关头，千万别打扰，否则只会前功尽弃，还会走火入魔!”五台老人道。

“我师父在干什么?”叔孙凤望了望阵中的情景，禁不住奇问道，不过她一看这阵势就知是师父所设，而且行功者全是佛门中人，她自然不加怀疑。

五台老人却再也说不出话来，咳得弯下了腰，其伤势的确很重，看来他真的老了。

叔孙怒雷也似乎想起了那唤出他名字的老者身份，心神为之一动，让他心神浮动的却是那静坐于阵中的忘尘师太。

蓝日法王眼中闪出一丝讶异，但依然没有小看这龙行虎步赶来的老头。

叔孙怒雷似乎一下子忘了还有蓝日法王的存在，也忘了五台老人和其他所有人的存在，步子也缓得不能再缓，似乎怕惊碎了眼前这个不真实的梦。

五台老人并没有看到叔孙怒雷的表情，但他却知道叔孙怒雷与忘尘的关系，因为他已经知晓忘尘就是琼飞，所以他不担心叔孙怒雷会对忘尘不利。

“琼……”叔孙怒雷来到阵边，语调有些颤抖地唤了一声，一种深深的负罪感和愧疚感如同一柄利刃，狠狠刺扎着他的心。

蓝日法王和凌能丽诸人全都有些莫名其妙，凌能丽和剑痴等人更知叔孙怒雷的身份超然，乃是叔孙家族的老祖宗，但此刻竟没有半点前辈样子。

阵内的忘尘师太禁不住轻颤了一下，连带着达摩也颤了一下，圣舍利的佛光忽暗。

“物空色空，佛在其中！”了愿大师忙以梵音轻喧，所有人顿时心中一片空明，似乎天地霎时变得无比祥和。

忘尘师太和达摩停止了颤抖，再次恢复平静，只是额角又多了几颗汗珠。

叔孙怒雷被梵音一呼，顿时心中一片清明，明白刚才自己险些害了他们，暗呼好险，但也为这四十多年来空缺的情感而愧疚、心痛。

“爷爷！”叔孙凤也惊出了一身冷汗，她没有想到叔孙怒雷一声呼唤，竟险些引出祸来。

叔孙怒雷转身与蓝日法王相对，在回转目光之时，他扫视了黄海一眼，只是在烟雾隐绕之中，并未看清黄海的面貌。

“前辈，你伤得怎样？”叔孙凤忙自袖中掏出几颗药丸递给五台老人服下，关心地问道。

五台老人只觉药丸入口便化为甘流通往四肢百骸，咳嗽也稍顿，只是仍然感到全身乏力。

“我没事，你去帮我解开他们的穴道！”五台老人轻轻摇了摇头道。

叔孙凤忙扶着五台老人入阵，又把被蓝日法王拨开的几块石头摆正，这才向凌通和凌能丽等人行去。

萧宝寅和崔延伯在剿灭莫折念生的残余力量后，迅速挥军泾源、华亭，他们得到的消息并不坏，也许是叶虚故意透露出胡琛和万俟丑奴的情况。

但不管如何，高平的义军他们必须平定，此际洛阳事变，而他们并没有受到多大的牵连，其时元融兵败，北魏也只剩下他们与尔朱荣两大军系与两朝边界之处的守将。而萧宝寅与崔延伯所领之军不会比尔朱荣逊色，因此，他们在北朝有绝对的说话权利，甚至一跃之间比叔孙家族、刘家和元家自身更有权威，这是他们的筹码。

萧宝寅和崔延伯有自己的打算和想法，绝不会听从尔朱荣的摆布和吩咐。尔朱荣也拿他们没有办法，是以，只能出言慰勉，孝庄帝数次传出圣旨召他们回去，但萧宝寅和崔延伯拒不接旨，这才使尔朱荣开始重视起他们来了。

孝庄帝再也不让萧宝寅和崔延伯回京，只是传旨赐封萧宝寅为平西上将军，而崔延伯则为秦城王。

崔延伯和萧宝寅相互暗笑，他们深知，乱世之中兵权的重要性，更明白自己如果返回洛阳，其结果只会有一个，那就是被尔朱荣设计迫害，兵权被夺。那时，北魏的整个天下也许真的成了尔朱荣的天下了。是以，他们并不怕得罪尔朱荣和孝庄帝，大不了拥兵自立，谁还会怕谁来着？

另外还有一种情况，那就是如果萧宝寅和崔延伯不死，就成了一支可以与尔朱荣抗衡的力量，也成了孝庄帝的一种安全保障，至少到目前为止，萧宝寅和崔延伯承认孝庄帝的合法性，尔朱荣便可以做到挟天子以令诸侯，尽管尔朱荣这样一举动对崔延伯和萧宝寅来说并无效，也不会使萧宝寅和崔延伯另立新帝来威胁洛阳。

如果尔朱荣敢对孝庄帝有所不利的话，萧宝寅和崔延伯立刻可再立新帝，任意选一个口号，都可以让北魏的各路守将归心，那时候尔朱荣只会陷入一种绝对的困境之中。因此，只要萧宝寅和崔延伯继续牢握着北魏的兵权，孝庄帝就仍然是安全的。

对于这一点孝庄帝自然清楚，崔延伯和萧宝寅也同样心中清楚。是以，他们很珍惜手中的兵权，也很懂得利用手中的兵权，尔朱荣却无法真正地放开手脚，一切都有所顾忌。

元融的死，只是对孝庄帝最为不利，但对萧宝寅和崔延伯及尔朱荣都有着极大的好处，至少使他们的角色变得更重要，他们的力量显得更为强大，权力也大增。

崔延伯和萧宝寅北上攻打胡琛的大军，所想的并不是为朝廷，而是自己的私下打算。

如果不趁胡琛之死和万俟丑奴的重伤攻击这一群义军的话，也许会再生突变，而难以收拾场面。如果此刻一举控制了高平义军，那他们完全可以安心地守住西北半角江山，割地称雄，那时候尔朱荣将面对东北部最强的义军葛荣，和关中的侯莫，而他们则可袖手旁观，在最精彩的时候去收拾残局，那岂不是快哉？

尔朱荣即使知道崔延伯和萧宝寅的意图，也是无可奈何，他总不能派兵北上攻打崔延伯和萧宝寅吧？

崔延伯和萧宝寅的另一个担心，也就是域外的吐谷浑和吐蕃联军，自玉门关和星星峡两路进军，已经在渊泉会师，虽然未抵嘉峪关，可也不能不让人担心。官兵与域外联军交战，那只是迟早的事，如果不在域外联军到来之前将西北地区的义军剿灭，那后果将难以想象。只要在域外联军攻下嘉峪关之前，以大军驻守嘉峪关，那域外大军的铁骑也难奈何。除非他们自祁连山翻过，但那时应说是冬季，又岂是行军之时？因此，崔延伯和萧宝寅要跟域外联军打时间和速度仗。

此刻的崔延伯和萧宝寅已拥有大军三十余万，可谓兵力确已占了北魏朝廷兵力的近三分之一，不过，为守各座重镇，只能调足十八万精兵去攻打万俟丑奴，但十八万精兵比胡琛的军容更盛了。

胡琛所辖地处西北，地理位置没有葛荣优越，虽然是敕勒首长，但其财力、声望都无法与葛荣相比，葛荣为今日之事准备了二十年，几乎将每一个细节都仔细想好了，所以其兵力发展之迅速和兵源之足，根本就不是胡琛所能相比的。

葛荣又巧妙地利用了破六韩拔陵的残余部众，与杜洛周及鲜于修礼这两路义军，这才形成了足以覆盖一方的实力。

胡琛虽然拥兵二十余万，但其军费的开支和士卒的生活却极为艰苦，又处于黄土高原之上，加之大部分士卒是没有经过太多训练的农民和穷人，在军纪和组织配合上与经过艰苦训练的官兵相比，的确还差了一个级别，所以在军容声势方面反而比崔延伯和萧宝寅所领之兵差了一些，这是很正常的。

叔孙怒雷的目光与蓝日法王的目光相交，擦起了一溜幽暗的火花。

叔孙怒雷并不认识蓝日法王，蓝日法王也同样不认识叔孙怒雷，但他们却深深感受到了对方存于暗处的澎湃力量，那是不必用任何语言去阐述的力量。

蓝日法王的眸子里闪过一抹兴奋的光芒，至少眼前之人并不会是一个很差的角色。

“你叫叔孙怒雷？”蓝日法王记下了刚才五台老人所呼出的名字。

“不错，我叫叔孙怒雷。”叔孙怒雷有些机械性地重复着蓝日法王的问话。

“我叫蓝日，今日能目睹中土高手的风貌，也算是不虚此行了。看来，五台山可真是藏龙卧虎之地，竟有如此多的高手。”说到这里，蓝日法王却轻轻叹了一口气，自语道：“如果四十年前你们就有这般功力该多好！”

“为何要四十年前？”叔孙怒雷有些诧异地问道，他感到眼前这怪异的喇嘛有些捉摸不透。

“因为，如果在四十年前你们就有这般功力，那我也不会寂寞四十载了。”蓝日法王有些感慨地道，同时也略带稍许失望。

叔孙怒雷禁不住笑了笑，道：“那是四十年前你没有见到我。”

蓝日法王也笑了笑，道：“见了你也没用，四十年前你也不会有今日之成就。唉，你为何不早生四十年？”

叔孙怒雷心中暗怒，他立刻知道蓝日之意是说此刻他的成就只有对方四十年前的水准，试问叔孙怒雷怎会服气？不由冷声道：“你何不试试？”

第一百八十六章　瑜伽神功

蓝日法王的目光似乎可以洞察一切，淡然道："我完全可以看穿你，即使你的功力完全恢复也不会是我的对手，何况此刻你只有八成功力，顶多也只能与他战个平局。"说话之间，蓝日法王以手一指坐在地上的五台老人。

叔孙怒雷惊骇不已，蓝日法王竟能够如此清楚地知道他体内功力的深浅，这的确让他吃惊非小。叔孙怒雷也清楚地知道，近一个月以来，他虽然不断调养，其功力却仍未能自混毒之中恢复过来，那种混毒实在极为可怕，几乎让他功力尽废，虽然毒性解了，但仍需要一段很长的时间方能将功力恢复到最佳状态。此刻叔孙怒雷的功力恢复了八成左右，已经是极快的速度了，却没想到这一切被蓝日法王一眼看穿。

叔孙怒雷实在猜不出对方究竟是何方神圣，竟然如此高深莫测。

"你此刻心神已乱，而且内惧滋生，气息难静，更不可能是我的对手了!"蓝日法王平静地道，每一个字每一句话，都有着无比的震慑力，似乎有柄巨锤敲击在叔孙怒雷的心头。

叔孙怒雷在气势上立刻大弱，他实在无法使自己的内心平静，面对一个对自己的一切都了如指掌的对手，谁还能够真正地保持平静呢?

蓝日法王笑了，笑意有些傲然和高深莫测，也似是一种胜利者的笑容，为击败一个对手而感到好笑。

叔孙怒雷出手了，出手一击，天地俱惊。

蓝日法王的目光中有一丝讶色，他竟没有看出叔孙怒雷要出手的意图，这是一点失误，同时也告诉了他，他并不是真的完全了解叔孙怒雷。

但蓝日法王并不慌，这几十年来，他从来都不曾慌过，这是他心术静修的结果。

叔孙怒雷的掌，如雷神震怒，自有一种霸杀而野性的力量，更带着炽热的气旋。

不，炽热的气旋是来自另一只手掌，那是蓝日法王的手掌！

蓝日法王出掌，抑或不是出掌，而是那只手掌本来就存于虚空，也存在于叔孙怒雷掌势的轨道中间。

叔孙怒雷的掌化为指，在电光石火之间，接触了那只炽热灼人的掌。

“噗……”一声轻微的闷响，叔孙怒雷的脚已经踢了出去，就像是在玩一种很有趣的游戏，只让人看得眼花缭乱，四处都是一片手脚的影子。

蓝日法王根本就没有移动半分，他那被叔孙怒雷一指击中的手掌泛起一阵异样的感觉，有些疼痛，但那只是瞬间的感觉。

叔孙怒雷在手指击实之时，脚已踢中了蓝日法王的小腹，立时大喜，功力自脚尖猛撞而出，可是他立刻又变了脸色。

蓝日法王笑了，一丝轻笑，却包含了极多的傲意和潇洒，他的左手轻拂而出，如抚琴轻奏，更似在水中挽纱。

叔孙怒雷只感到脚下的劲道走空，如同击在一个旋涡之中，根本就丝毫不着力，蓝日法王的小腹似乎根本不存在，那小腹内陷得吓人，几乎与背部的皮肤紧贴，且他的身体似乎抹了一层滑溜至极的油。

“这是什么武功?”叔孙怒雷来不及细想，那如抚琴的手已到了面门，带着一阵暖如春风的气劲，极为舒服，可是叔孙怒雷不敢硬接。

这看似抚琴的手，谁知道他不会成为杀招呢?

其实这答案是肯定的，蓝日法王又不是唱戏的，更不是艺人，是以他不会抚琴，不会挽纱，只会杀人，这只手是杀人的手!

叔孙怒雷仰面，几缕指劲如刀般在他面门拂过，这是在突然之间发生的变化，也是叔孙怒雷反应得快，否则只怕他的头顶要多几个血洞了。

“嘭……”叔孙怒雷全身一震，倒跌而出，蓝日法王的肚皮似乎在刹那之间又充满了气，反弹而出，重重地击在叔孙怒雷的脚上。一股强大至无可抗拒的力量，几乎将叔孙怒雷击得翻几个跟斗。

对于蓝日法王来说，身上的每一部分，都充盈着无穷无尽的杀伤力，包括那张肚皮。

叔孙怒雷倒退五步，上身回仰，再出拳，但蓝日法王的手掌已经铺天盖地般压了过来，他那只手掌几乎比磨盘更大，透着一股炽热得让人无法抗拒的热劲。

“大手印!”叔孙怒雷也认识这密宗的第一武学，忍不住呼出声来，同时身子再退。

“啪……”叔孙怒雷的身子被甩了出去，是蓝日法王的脚尖钩了叔孙怒雷一下的结果。

蓝日法王的脚就像是一根面条，甚至可以拉长，以一种无法理解的角度击出。这才使叔孙怒雷着了道儿，但叔孙怒雷以掌击地，翻身又立了起来，手心却已渗出了冷汗。

“瑜伽神功!”那边解开穴道的凌能丽呼道，她见过达摩使出这般怪招，令人防不胜防，而且完全突破常规，也突破了人体的限制，这才是最为可怕之处。

“女娃还真有些眼力!”蓝日法王说话间，已经出指，此刻正是叔孙怒雷定下身子之时。

蓝日法王根本就不给叔孙怒雷半口喘息的机会。

叔孙怒雷心惊之余，也大为震怒，双臂一提，全身功力尽运于手上，他要与蓝日法王全力一拼，不再与之玩这种变化莫测的游戏，因为蓝日法王的怪招实在太多。

蓝日法王一声怪啸，指收拳出，一切的变化都是那般自然、利落，中间根本就不曾有半点转折。

“轰……”这一次，真的使叔孙怒雷如愿以偿，俩人以功力硬碰硬的一击。

叔孙怒雷再退，一退七步，“哇……”的一声喷出一口鲜血，脸色有些苍白。

蓝日法王的身子晃了晃，那一拳就定在空中并未曾收回，嘴角边却扬起一丝悠然自得的笑意。

“爷爷!”叔孙凤几乎不敢相信这是事实，即使叔孙怒雷也不敢相信世上竟有如此功力之人，居然能够将他一拳击退七步，并为之喷血。

“我说过，如果是在四十年前，你是一个很好的对手，但四十年后的今天，我依然只能守着孤独和寂寞!”蓝日法王的话有些苍凉，但也可以看出，一个武功攀至极限之人的那种无敌的寂寞。

叔孙怒雷轻轻拭去嘴角的血迹，露出一个涩然的笑容，他这一生的败迹并不少，但那都是数十年前年轻之时的事，却没想到经过这些年的勤修苦练，仍会败得如此之快，真让他有些心灰意冷。

蓝日法王的神情有些失望，对有一个对手的希望再一次破灭而感到失望。

蓝日法王又向阵中行去，他不会放弃找回那个对手的决定，不管对方成魔成佛，他必须在黄海功力散尽之前拔出那两枚金针。

五台老人的眸子之中闪过一丝骇然，连叔孙怒雷也败在蓝日法王的手中，在场其他人就更不可能是蓝日法王的对手了。达摩和忘尘师太此刻的所有身心全都放在圣舍利之上，几乎已经虚脱，更不可能有力气抗拒蓝日法王，此刻圣舍利的佛光越来越强，阵势之内完全是一片祥和的世界，就连黄海身上散发出来的那股焦味也全都消失。显然圣舍利已经起了极大的变化，要分开它，已是眼前之事，但圣舍利内部到底存在着怎样一个秘密呢？是否真是有关天道的秘密？抑或是其他?

“阻止他，不能让他入阵!”五台老人疾呼道，他不仅仅担心蓝日法王拔下黄海百会穴上和百虫窝上的金针，也担心会影响圣舍利的化解，而且更担心阵势一破，圣舍利化开后若再生变故，却没有了保护屏障。

叔孙怒雷并不知道蓝日法王是要拔下黄海身上的金针，他只当蓝日法王对圣舍利怀有异心，会对忘尘师太不利，他觉得自己以前已经太对不起琼飞了，不管情况如何，他都不能再让任何人伤害忘尘。闻听五台老人急言，不由得腰杆一挺，再次生出一股凛冽的杀气，叔孙凤又怎允许别人伤害她的师父？也禁不住生出一股浓烈的杀气。

蓝日法王感到一丝异样，竟嗅到了一阵淡淡的花香，不由得向叔孙凤望了一眼，冷冷地笑了笑道：“小姑娘，你就别白费心机了，任何毒物对我蓝日法王来说已经没有了作用，如今的我已是水火不侵、百毒不惧的金身，你这雕虫小技只能害了别人。”

叔孙凤大惊，她的下毒水平自问高明至极，却没想到竟被蓝日法王一眼看穿，还如没事人一般，怎叫她不惊？但她仍硬着头皮不屑地道：“大和尚尽爱吹牛，有谁可能练成水火不侵、百毒不惧的金身呢？”

蓝日法王淡淡地笑了笑，道：“世上并无不可能的事，只有想不到的事，十五年前我就已是不坏金身，这并没有什么奇怪的。”

叔孙凤心中生出了一些惊惧，连叔孙怒雷也败给了蓝日法王，她自然更是不行。但又如何阻止蓝日法王的行动呢？刚才阵势被挑开一角，显然就是蓝日法王所为。

叔孙凤一拉叔孙怒雷飞速向阵内移去。

蓝日法王一声冷哼，似早已看透了叔孙凤的意图。他似乎也知道叔孙凤对这阵势的变化极为精通，如果让她入阵，那样只怕阵势会再生变化，那对他是绝对不利的，是以他出手了。

叔孙凤的速度根本就无法与蓝日法王相比，在她转身之时，蓝日法王的手掌已经抓向她的衣领。

“你这老不死的，看剑！”凌通大怒，屠魔宝剑犹如离弦之箭疾射而出，凌能丽也在同时无畏地扑上。

叔孙怒雷知道无法快过蓝日法王，只好回身反击，拳掌齐出，几乎凝聚了他全部的功力。

蓝日法王似乎早就料到叔孙怒雷有这么一招，在半途中手臂犹如两条活蛇一般竟缠上了叔孙怒雷的手臂，身子也同时跨步赶到叔孙怒雷之前，快得骇人。

“轰！”叔孙怒雷顶出的膝盖却被蓝日法王的小腹顶住，同时将叔孙怒雷弹了出去，与蓝日法王交换了一个位置。

蓝日法王的身形如山般阻在阵势之外，叔孙凤也在蓝日法王挥袖之间被逼至与叔孙怒雷并排而立。

一切变故都在电光石火之间发生，叔孙怒雷却心中惊骇莫名，蓝日法王的功力之深的确已达通神之境，他所说的不坏金身并不是妄言。叔孙怒雷刚才那一膝之力竟然无法让蓝日法王受伤一丝一毫，反而被对方逼退。

正当叔孙怒雷思忖间，却发现两道幽光自旁侧射过，正是凌通和凌能丽的剑。

“你们两个小娃真不知天高地厚！”蓝日法王有些微恼，但他却并不想伤害凌通和凌能丽，这是出于一种爱才之心，是以双手一分。

凌通和凌能丽的剑根本就无法威胁到蓝日法王，反而被蓝日法王的两手所夹。

剑，在指间，蓝日法王的指间。

蓝日法王的手，看上去极为枯瘦，手指修长如竹，众人还是第一次清楚地看清蓝日法王的手。

凌通在剑被夹住的那一瞬间，顺势递进，其速快至无法形容，连叔孙怒雷也吃了一惊。

叔孙怒雷确实吃了一惊，这两个小娃似乎不要命了，这般打法，又岂能与蓝日法王相抗衡？但此刻他也顾不了那么多了，他也不想眼睁睁地看着凌通和凌能丽死去。是以，叔孙怒雷豁出去了。

叔孙风也吃了一惊，不得不跟着扑出，手心之间渗出一股浓重的死气，似乎空气突然被抽干了一般。

蓝日法王冷哼一声：“不知好歹！”身体霎时如气球般膨胀起来，周围更似笼罩了一层乳白色的雾气。

“嘭……”几声闷响，凌能丽和凌通同时被震了出去，凌能丽的剑断成了无数碎片，射向叔孙风，而凌通的剑已经刺入了叔孙怒雷的小腹。

在蓝日法王身体膨胀的一刹那，达摩那边也发生了巨大变化，一股佛光凝成巨大的光柱，自圣舍利之上直冲云霄，再散成伞般光华。

霎时整个北台顶全都在光华之中罩住，一片祥和，电光自天顶上闪过，却在这层佛光之外缠绕，无法窜入佛光的护罩之中。

圣舍利发出一声轻响，终于开裂，奇事更生……

蔡风的心情并不是很好，他无法想象，此时身处海外的元定芳是怎样一种心情。每次想到元定芳之时，蔡风便满怀歉意。所以，此刻他真的无法使心情轻松。

在中土，蔡风的确有许多亲人和朋友，可是在这战火频繁的年代之中，亲人和朋友都以另一种形式并存，那份亲情、那份友情都显得十分薄弱。

“海外的风浪是否很大呢？海外的亲人是不是过得很好呢？海外究竟有多远？”蔡风知道其他人都会照顾好自己，但对于即将分娩的元定芳来说，又有什么比自己的丈夫在身边更值得安慰和庆幸呢？生活就是这般无奈，也许这便是人在江湖身不由己吧。虽有盖世的武学，惊世的智慧，可是这些都无法逾越空间的限制，这也许就是人类的悲哀吧，也难怪世间众生会向往天道。

蔡风并不会看航海图，但他仍忍不住铺开那张简陋的航海图来，图上只有一些大圈小圈和一些红色的箭头与黑色的箭头，以及几个陌生的地名。

蔡风一只手轻轻地转动着身边的司南，那枚指针在转了几圈之后又回到了原位，指针的方向是那么单调。

蔡风的目光落在那张地图中央的一个红色小圈上，在整张地图上，那一点是如此渺小，但就在那一点上，居住着他的亲人、爱人。

元叶媚和刘瑞平自营外相携而回，每天她们都会十分辛勤地练剑，二女总想有一天，为自己的夫君多出些力，至少，不至让夫君太过挂怀。

“风，叶媚的进步可真快。”刘瑞平如一阵香风般快步闯入营中，欢悦地道，像是得胜的小女孩。

蔡风愣了一下，缓缓抬起头来，望着娇妻红扑扑的俏脸，勉强地笑了笑，问道：“是吗？”

刘瑞平一愣，立刻发现那被整理好的航海地图和司南又一次摆在桌上。

“风，瑞平姐可真厉害。”元叶媚有些气喘吁吁地跑了进来，酥胸起伏如浪，如小云雀一般。

蔡风心情稍好，缓步踱了过去，柔声问道：“累了吧？看你们两个，才扎营这么一会儿，也不肯安分地歇着。”

“我们是想把武功练好，陪风郎一起杀敌嘛!”元叶媚小嘴一撅，有些不服气地道，同时投给蔡风一个娇媚无限的媚眼。

刘瑞平一手提剑，一手挽住蔡风的胳膊，体贴而温柔地问道：“又想定芳妹妹了?”

元叶媚这时候才发现桌上的地图和司南，神情一黯，那兴高采烈的气氛也尽去。

蔡风点了点头，道：“定芳下个月就要分娩了，而这时候我却不在她身边，也不知道她会怎样。”

刘瑞平似乎极为了解蔡风的心思，不由安慰道：“只要你能为百姓做一些好事，解救万民于水深火热之中，定芳妹妹也定会感到幸福的，她会为有你这位夫君而感到骄傲。若是她知道你如此牵挂着她，一定感到非常的欣慰。”

蔡风感激地望了刘瑞平一眼，为她能如此善解人意而大感欣慰。

“反正很快表妹就会回中土，海盐帮的人已派船去接他们了，那时候风郎再作补偿不也是一样吗?”元叶媚也柔声安慰道。

蔡风不由愉快地笑了，又恢复了昔日的滑头，双手将两位玉人紧紧一抱，由衷地感激道：“你们可真是为夫的好帮手，他们帮外，你们却能攘内，为了表示为夫的感激，一人奖励一个吻。”

元叶媚和刘瑞平大是娇羞，蔡风却趁机大行其道，然后“哈哈”一笑，才正容道：“二位娇妻可怕晚上行军?”

元叶媚和刘瑞平久久没从娇羞中恢复过来，心中暗怪这宝贝夫君在如此光天化日之下竟这样不检点。不过，那种甜蜜的感觉却一直激荡在体内，二人俏脸发烫，此刻听蔡风这般一问，不由同声道：“有你护着我们，我们还怕什么?”

“哈哈，你们不是说练剑就是为了减少为夫的负担吗?”蔡风不由好笑地问道。

“可是我们还没将功夫练好嘛，谁叫你不亲自指点我们。”元叶媚娇声怨道。

“风郎为何要晚上行军呢?”刘瑞平有些不解地问道。

蔡风笑了笑，道："瑞平还要去看看兵书啰，不然将来怎么帮为夫指挥儿女军团？就你这种将领，肯定老打败仗！"

元叶媚不由笑得花枝乱颤，一副幸灾乐祸的样子。

"你笑什么笑，倒说说看？"刘瑞平白了元叶媚一眼，笑怨道。

元叶媚吐了一下小舌头，扮出一个鬼脸笑道："夫君大人又没叫我指挥儿女军团，我可不会打仗！"说完又笑了起来。

"那倒不错，儿女军团由瑞平指挥，定芳训练，叶媚负责生养。"蔡风也邪邪地一笑道。

"由我生养？"元叶媚大惊问道。

刘瑞平这回终于找到了"报复"之机，幸灾乐祸地笑道："一个军团嘛，人数不是很多，一个兵营也就几百人，而一个军团只不过几个营而已，看来一千多个儿女差不多勉强可凑成一个小军团了。"

"啊——这么多？"元叶媚不由得惊呼道。

蔡风也忍不住笑得肚子发疼，打趣道："也不要那么多，打个折吧，就五百个。"

"我不干，让我当指挥官好了，哪有能生出那么多孩子的女人？"元叶媚立时明白俩人都在拿她打趣。

"不干算了，那还是由我当指挥官好了，你们一人给我生一堆儿女，谁也别想逃！"蔡风紧了紧两女的纤腰，笑道。

"只要风郎乐意，我们全听风郎的。"俩人依恋地抱紧蔡风的手臂，轻偎于他的肩头。

蔡风心中升起一丝温馨，悠然吸了口气，道："我选择夜里行军是不想让人知道我们的行踪，兵贵在奇，只有让敌人完全捉摸不透我们的存在，那样方能够起到出奇制胜的效果。我之所以选择今日出发，是要让人猜错我们的速度，别人一定会认为我们新婚才过，必然会休歇一段时间，我就一定要让他们出乎意料，所以新婚第二天便出征。再说，这样岂不是更浪漫？这叫旅行婚礼，如同游山玩水一般度过新婚最美好的时光岂不是更让人难以忘怀？"

"风郎说得对，这样才能算是与众不同，死守在房间里又有什么好？"

刘瑞平深有同感道。

“哈哈，谢谢瑞平如此开明，不过，这次我们的出行还真可以说是个别开生面的婚礼，即使在葛家庄之中，也只有几个人知道我的计划，他们都当我只是想去太行山狩猎，根本不知道我是前去高平。所以，我们必须保持这种神秘，我要崔延伯和萧宝寅大吃一惊。再说崔延伯此人的确是个极为厉害的人物，不以非常手段，很难打败他。”蔡风自信地道。

“连自己人也不知道？”元叶媚惊讶地问道。

蔡风淡淡一笑，道：“不仅葛家庄中只有几人知道，就是在这一千护卫营中，也只有几人知道我此行的目的，这就是施展奇兵之道。也只有越少人知道，那这种奇兵的效果就会越佳。因此，你们不要随便在护卫面前谈论军事，明白吗？宝贝……”

蓝日法王也为眼前的景象怔了一怔，他的目光自黄海身上落在那立起的三丈岩壁上。

岩壁之上，在佛光的映衬下，竟凸现出八个大字，散出一层淡漠的紫气，如紫霞，与佛光相呼相应。

“极尽变生，色空无界！”叔孙怒雷和凌能丽诸人竟同时将岩壁上的八个字念了出来。

所有人的目光全都落在石壁上，却没有人发现黄海身上所笼罩的那股灰暗气雾在佛光之中完全飘散。那两枚金针也自百会穴与百虫窝之中迸射而出。

黄海睁开了眼睛，目光极为清澈，首先吸引他的，就是岩壁上的八个大字以及那幕淡紫色的霞气！他看到一些晃动的暗影，心中顿时有了一种明悟。

达摩手中的圣舍利裂成五块，如同一个剥了壳的鸡蛋，五瓣亮晶晶的圣舍利之间放着一颗犹如拇指头大小，色红如火，更流溢着宝光的丹丸。

佛光却自达摩和忘尘师太的额间透出，了愿大师心间一片明悟，静坐于达摩与忘尘师太之旁，身上也镀上了一层佛光。

蓝日法王的目光有些异样地落在五瓣圣舍利之上，心中涌起了无数的尘念。

电光在高空之中闪烁，却无人在意，全都被眼前的一切所吸引。

凌通感觉到自己的屠魔宝剑发出“嗡嗡”鸣响，当他发觉之时，剑已跃出鞘外，射向那块岩石的紫色光华之中。

不只凌通的剑，包括那些护卫们在崖外的剑，也全都飞射而来，剑痴手中的剑也不例外，他完全无法控制手中之剑飞射而出。

剑一入淡紫色的光华中，便化为碎片，凌通的屠魔宝剑发出凄厉的鸣叫，似乎是在痛苦地挣扎着，但却未碎。

“我的剑！”凌通大急，飞身向那道淡紫色的霞光之中掠去，他绝对不能让那股怪异的力量毁去他的剑。

“嗵嗵！”凌能丽见那道紫色的霞光竟有如此可怕的力量，居然能将那些剑碎成废铁，那血肉之躯又怎能抗衡其力量呢？是以她也向那道紫色的霞光掠去！

五台老人也怔住了，他不明白这究竟是怎么回事，这种突变似乎来得太突然了，但他心中似乎有了一些明悟。目光注视着那道紫色的霞光，这不正是烦难诸人升天时的光彩吗？

突闻一声鹰啼响彻山头，天空之中不知何时飞临了一只巨大的秃鹫，那灰暗的翅膀，几乎使阳光的颜色尽失。

“叶虚！”叔孙怒雷和叔孙凤第一时间想到了叶虚，他们在泰山之顶已见到这只巨大且能载人的秃鹫，但他们却没有想到，在这圣舍利化开之际，秃鹫再现，他们怎能不惊？

秃鹫自天空下落，根本就不受阵势的限制，在蓝日法王、剑痴诸人吃了一惊之时，秃鹫之上一道灰影如电光般飞掠而下，直扑向那端坐的达摩。

灰影的目标正是达摩手中的五瓣圣舍利和那颗红如火的丹丸。

五台老人大吃一惊，一跃而起，但却后力不继，跌了回去，反而触动了内伤吐出一口鲜血。

蓝日法王也震惊不已，虽然西域的圣殿中供有舍利子，但这颗舍利子的佛光如此之强，又岂是圣殿中的舍利子所能相比的？他也禁不住对眼前这颗已分为五瓣的舍利子起了好奇之心，此刻见有人竟对这属于佛门的异宝进行抢夺，他同样身为佛门之人，本能地起了护宝之心。

蓝日法王出指，一缕清晰可见的气劲冲天而起，射向那只在山顶盘旋的秃鹫。使他感到讶然的却是这只秃鹫的存在，秃鹫本来只存在于漠外，而对于这种巨型的秃鹫来说，即使漠外也很少见，但此刻它出现在五台顶上，的确极出乎人的意料之外。

秃鹫之上同样射出一道狂野的指劲与蓝日法王的指劲相对。

蓝日法王竟难得地身子震动了一下，眸子之中闪过一丝惊异，但却见一人身子已自秃鹫之上临空下坠。

“咝……”一根黑绸如一条飞蛇般划破长空，自鹫背上缠住了那个下坠之人。

叔孙怒雷更惊，因为鹫背上至少有三名高手，而那自秃鹫背上跌落之人，正是区阳！

区阳的伤势并没有恢复，叔孙怒雷心中微微感到有些安心，如果区阳的伤势已完全复原的话，绝对不会被蓝日法王那一指之力而震下鹫背。

“鹫背上究竟有没有叶虚呢？抑或叶虚和另外一人也在鹫背之上呢？”叔孙怒雷来不及细想，拉着叔孙凤就向阵中闯去，可他却无法破开这个阵势，但叔孙凤却对阵势极为了解，所以叔孙怒雷必须借助叔孙凤的力量。

蓝日法王仰天一阵长啸，裂云破雾，犹如无数的奔雷一齐滚过，山为之摇，地为之晃。

秃鹫一声惊嘶，冲天而起，似乎被啸声所惊。

“轰！”达摩的身子所在之处被击出一个浅浅的石坑，但他却已捧着圣舍利后跃了一丈，其身形有些狼狈，显然刚开始化开圣舍利之时，他所耗功力太巨，因此行动才显得极为笨拙。

“师父！”叔孙凤惊呼出声，忘尘师太虽及时拉着了愿大师跃开，但是仍被劲气冲得一阵踉跄，所以叔孙凤才惊呼出来。

“好厉害的拳劲！”蓝日法王禁不住赞道，同时他的身子也跟着冲入阵中，叔孙凤的步法他看得十分清楚。

“轰！”佛光一敛，一道闪光冲破佛光，准确无比地击在那块闪耀着紫霞的岩壁之上。

凌能丽和凌通又是大惊，他们原本就已经够惊的了，因为当他们穿入紫霞之时，竟又发现了另外八个暗色的字体“刃皆凶物，宜尽毁之”，更发现了那隐于紫霞间跃动的模糊影子，如宫女轻舞，如侠士挥剑，如佳人调弦，形似狮、似虎、似飞鸟、似虫鱼、似蛇蝎，总之那些奇怪的影子在刹那间全都印入了凌通的眼帘，那更像是一些无法辨清的文字。

凌通抓住了屠魔宝剑，凌能丽抓住了凌通，霎时一道电流贯穿了他们所有的筋络，最终传自剑上。

凌通和凌能丽同时飞跌而出，他们立觉一股似清晰却模糊的感觉自剑身上回流而入，直通向他们的脑海。

紫霞散，岩石裂，那凸现的字也在雷电的轰击之中碎裂成无数片。

石飞、鸟鸣、人呼，忘怀崖顶显得有些混乱。

那自秃鹫背上射落的灰色人影，正是曾化名为尔朱归的区四杀。那惊天动地的一拳，就是他所击。

达摩想退，想还击，但他的速度根本无法与区四杀相比，只好张口便将圣舍利往口中塞。

区四杀大惊，蓝日法王也大惊，即使忘尘师太诸人亦感意外。

“噗!”一缕指劲准确无比地击在达摩的大陵穴上。

达摩手一软，五瓣圣舍利与那颗丹丸如钻石般滚落地上，达摩惊呼着捂手而退。

区四杀一见五瓣圣舍利滑落于地，心头暗松了一口气，伸手疾抓而下，他的目标并不是达摩，而是地上的圣舍利。

“呼!”一只脚比区四杀的手更快，横扫之下踢开了区四杀触手可及的其中一瓣圣舍利，那瓣圣舍利却滑向了了愿大师。

了愿大师忙伸手抓放怀中，区四杀大怒，踢走他即将到手的那瓣圣舍利之人正是蓝日法王，蓝袍一拂，另外四瓣圣舍利如被一只无形之手所抓，向蓝日法王的手中窜去。

“去死吧!”区四杀怒吼一声，袖袍尽裂，两只黝黑的拳头裂空而出，他的身子同时插入蓝日法王与圣舍利之间。

蓝日法王正在得意之时，却没想到区四杀的动作如此之快，更感到来拳夹杂着一股毁灭性的力道。

“你是不拜天的弟子？”蓝日法王隐约间记起了当年不拜天也会这路霸道无比的拳法。

区四杀一声不哼，全力出拳，他对这个扰乱他好事的怪喇嘛恨之入骨，加之其本就性情怪僻，做事凭其喜好所为，此刻自是全力出击了。

达摩的身子趁机一滚，却拾起滚到一角的那颗火红丹丸。对于圣舍利，他已经不再在意。

叔孙怒雷见这两个可怕的人物相互交手，不由得大喜，那散于地上的圣舍利不拿白不拿。

蓝日法王的双手内扣，自胸前平推出去。

“轰！”一声惊天动地的爆响，那激涌的气流冲得沙石乱飞。

蓝日法王晃了晃身形，区四杀却被弹退五步，那股强大的震力使区四杀的衣衫碎裂。

区四杀似乎立刻明白眼前的喇嘛身份不同寻常。

叔孙怒雷正想拾起那五瓣再次散落于地的圣舍利时，突闻叔孙凤惊呼：

“爷爷，小心头上！”

叔孙怒雷其实根本不用叔孙凤提醒，他也可以感觉到上头压顶的劲风。不由得身子一缩，向内侧滚去。

“轰！”叔孙怒雷刚才的立身之处被一股强劲击得沙石飞扬，那自上落下的人在虚空中翻了两翻，并未再追叔孙怒雷，却落在蓝日法王与区四杀之间。

“区金见过法王！”那人在蓝日法王正欲出手之时忙道。

“是你！”蓝日法王有些惊讶。蓝日法王身为域外神话，区金当年就是想去域外寻求佛门异学——天龙禅劲。后来寄居吐谷浑，期间曾多次拜见过蓝日法王，但蓝日法王却拒绝了传授天龙禅劲。不过此时，却一眼就认出了区金的身份。

“师弟，快见过法王，他就是我常常提起的盖世奇人蓝日法王！”

区四杀一惊，但心中却不以为然。不过刚才他与蓝日法王硬拼一记，知道此人还是少得罪为妙，不由道："原来是法王亲驾，区某真是有眼不识泰山！"

"好说，好说！"蓝日法王说话间，目光扫了一下地上的五瓣圣舍利，同时再将目光移向叔孙凤和忘尘师太。

此刻的忘尘师太似乎知道自己不是眼前几人的对手，竟在他们之外迅速布阵，竟欲困住这三人。

"想布阵！哼！"蓝日法王一声冷哼，拂袖间，那尚未形成阵势的石头全都飞射而出。

区金迅速拾起两瓣圣舍利，向区四杀使了个眼色。

区四杀立刻明白什么意思，双臂一伸，区金如魅影般掠上区四杀的手臂。

"哈——"区四杀大吐一口气，双臂一抡，区金犹如射出的利箭，冲天而起，目标却是那只秃鹫。

蓝日法王一愣，这时区四杀已弯身向地上的另外两瓣圣舍利抓去。

"你们好贪心！"蓝日法王见来者是区金，乃是吐谷浑王子的师父，也不想再作什么阻拦，见对方只不过抓走了两瓣圣舍利，也就作罢，却没想到区四杀却贪心得想将四瓣圣舍利全都带走，不由得心中暗怒。

区四杀一抓住圣舍利立即翻身飞退，但却看到了一个骇异莫名的景象。

一道电火，又似一颗拖着彗尾的星芒，更像是一柄怪异的利剑，直冲虚空。

虚空之中，区金似乎闻到一阵龙吟凤鸣，那是八个字的字音在虚空中飘荡——"极尽变生，色空无界"！

五台老人大惊，达摩大惊，忘尘师太大惊，叔孙怒雷、叔孙凤、了愿大师、剑痴等人无一不是大惊，那是因为他们知道那电火、那彗星、那异剑代表着什么。

是黄海，功力被尽泄出体外的黄海！可是此刻的黄海却犹如一只复活的火凤凰，是那般野、那般狂、那般让人不敢想象。难道这一切就只因为八个字——"极尽变生，色空无界"吗？

那究竟是怎样的八个字？那究竟蕴涵着怎样一个秘密？又是谁所留？

所有人都满怀着疑问，所有人都显得有些茫然，当那八个字闪射着佛光与紫霞之时，所有人的目光都被它吸引过去，但那八个字全被雷电击毁，而此刻再自黄海的口中吐出来，竟是那般具有震撼力。

黄海的功力不是尽泄了吗？那此刻的他究竟是来自何处的力量？

不管怎样，蓝日法王的眸子之中却闪过了无尽的狂热，在这一刹那之间，他知道自己将不再寂寞，不管那可怕的“火凤凰”究竟是谁。

区金大惊，惊骇之余，区四杀的抛力已尽，他的力量再生，身形再次高飞，那只秃鹫展翼掠过，刚好接住区金的身子，但秃鹫却完全无法抵抗那射上虚空、快得已经不能用言语来形容的剑！

剑气、鲜血、羽毛，以及惊吼之声散满了整个虚空。

那柄剑，自秃鹫的腹部射入，再自秃鹫的背部射出，角度准确得比最为完美的艺术还要精确到位。其实，那一剑本身就是一种艺术。

两条人影如陨石般坠落，一同坠落的，还有那柄无与伦比的剑。

剑如天之网，如日之华，如同漫天飘舞的雪花，显得那般轻灵，犹如电火雷击般狂野，又犹如四海倒泄般猛烈。

那本就是一种矛盾，一种无法解释的矛盾。也许，这个世界本身就是一种矛盾，但却没有人能够想象，将那如此矛盾的事物纠合在一起竟显得这样协调，这样自然，这样完美。那已是有别于尘世间的情结，成了一种另类生命的舒绽。

区金惊呼，区四杀惊呼，蓝日法王也轻轻“咦”了一声。

叔孙怒雷有些异样，目光怪异地投向了忘尘师太。

忘尘师太如同没有见到一般，额角闪耀出一层祥和的光润——那是佛光。静立之间，虽有弱不经风之感，却更具宝相。

叔孙凤也发现了师父的变化，那是一种让人忍不住想膜拜的变化，变得可以让人清晰地感觉到她内心的恬静和圣洁，同时她的情绪更感染了场中每一个人，连达摩和了愿大师也不例外。

暗影下落，却是已成两半的秃鹫尸体。血雨纷坠而下，腥腥的咸咸的，犹如自区金口中所吐出来的鲜血。

不，自区金口中吐出来的还有一瓣圣舍利，那正是他拿走的两瓣之一。

黄海的身形变得真实，却又有些不真实，不真实是那种让人感觉到他已经完全不属于这个世界上的人。

最为异样的，是那双眼睛。

黄海的脸色再不是那种焦黄之色，在片刻之间，脸色竟变得如同透明，透着一层淡薄而柔和的光润，衬着那双眼睛，更让人的心忍不住战栗。

双目无光，但却似乎是一片内陷的蓝天，广阔、延伸得无边无际，那就是黄海的眼睛。当然，那只是给人的一种感觉，但却十分真实，一种来自精神上的真实。

区金的脸色苍白，身子在轻轻颤抖，另外一条身影正是长发披散的区阳。

黄海的目光在众人的脸上一一扫过，最后落在区四杀身上。

“交出圣舍利，那是佛家之物，邪魔歪道，不配拥有！”黄海的声音极为平淡，犹如春风拂过，每个人的心头都感受到了一分异样的平静和安详。

凌通和凌能丽在那边却似有着另一种感受，他们并没有在意黄海的变化，而是在受着一种似乎痛苦，但又似乎拥有无限朦胧之意。他们的神志被陷入了另一种外人无法理解的境界。